JN034410

86

—エイティシックス—

No one knows Love and Curse are, in fact, very similar.

［著］
安里アサト

［イラスト］
しらび

［メカニックデザイン］I-IV

EIGHTY SIX Ep.13

―ディア・ハンター―

ASATO ASATO PRESENTS

The number is the land which isn't admitted in the country. And they're also boys and girls from the land.

MAP

— 戦況図 西部戦線全体 —

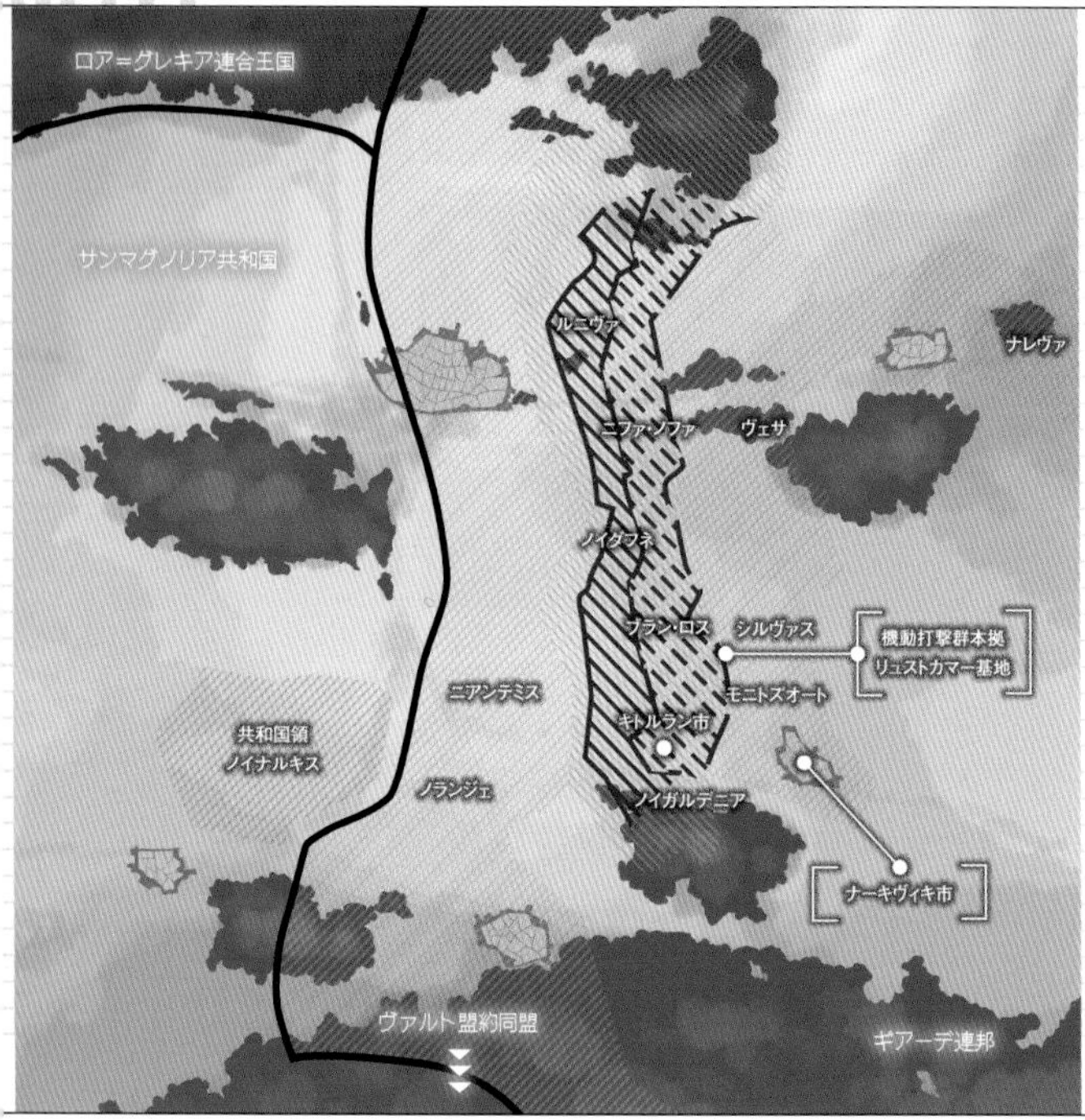

［概略］

旧国境

センティス・ヒストリクス線防衛陣地帯

西方方面軍・後方支援段列展開区域

戦闘属領

生産属領

現在、〈レギオン〉支配下の戦闘属領

[map design] 来栖達也

人は倦《う》み、厭《いと》い、そして恐れる。戦いを。死を。
他者を。

ヴラディレーナ・ミリーゼ『回顧録』

序章　ふりさけみれば

大好きな童話の、月の光でできた宮殿のような。眩《まぶ》しいくらいに真新しい、真っ白な綺麗《きれい》な街だった。

それまで住んでいた大きな都市の、郊外に新設されたベッドタウン。共和国特有の、広くまっすぐな道と整然と区切られた街区、瀟洒《しょうしゃ》な建物と優美な街灯。新しい市民が未来を担《にな》う子供たちを育てる、未来と希望の街なのだからと新進気鋭のデザイナーが腕を振るって、広場にも公園にも統一された意匠の家々にもとりどりの花々が咲き零《こぼ》れる、おとぎ話のような、夢のような、そんな美しい街だった。

共和国の古くからの住民である白系種《アルバ》、他国からの移民だけれど代を重ねた者は、故郷といえる街も人間関係もすでに持っている。だから新しいその街に引っ越してきたのは、ロア＝グレキア連合王国からの移民の両親と共和国生まれのチトリの一家同様、移民としても世代の浅い、生来の色もとりどりの家族ばかりだった。純粋な白系種《アルバ》はお隣の家の、ギアーデ帝国からの移民だという一家しかいなかったくらいだ。

そう、お隣の家の。同い年のダスティン・イェーガー。

イェーガー家は帝国では貴族だったそうで、ダスティンも貴族の子弟としての所作や振舞を躾《しつ》けられて身につけていて。子供ながらにまるで立派な大人のおとこのひとみたいに、堂々としてそれでいて落ちついた、やわらかな物腰で優しくて。

年下の子供や女の子に意地悪なんて絶対にしなかったから、近所の他の、髪をひっぱったり虫なんか投げつけてくる腕白な男の子たちの中ではまるでおとぎ話の王子様みたいで。

好きだった。

憧れていた、のだと思う。

庭の花で冠や指輪なんか作って、助けてくれたお礼、なんて言ってよく着けてあげた。ダスティンもチトリのことをまるでお姫様みたいに扱ってくれていてそれが嬉《うれ》しくて。

学校には毎日、一緒に通って。帰ってきてからもまた遊んで。

いつものように家まで送ってくれた彼に、また明日ねと手を振って別れて。

その夜に。


ふ、と目が覚めると、昨日の仮宿にしたプレハブ小屋だ。

名前も知らない大きな河の、名前も知らない橋の管理事務所。街の外れで元々人気《ひとけ》がない上に、夜には職員たちも帰ってしまって無人になるそこに、鍵を開けて忍びこんで。

朝方で小雪がちらつく天候だけれど、連邦らしい頑丈な造りと仲間たちの体温で寒さを感じるほどではない。時間切れになる前にと呼びかけて、応じて集まってくれた、八六区のあの研究所以来の仲間たち。

それでも、ここにいない者の方がずっと多い。たどりつけなかったのか、チトリたちと合流するつもりがなかったのか。

共和国人の避難先は、別段隠されているわけではないだろうけれど大々的に公表されてもいないから、大丈夫だとは思うけれど……。

毛布代わりのコートを剝いで起き上がると、仲間の少女たちもちょうど起きたところのようだ。キキとカリネ。アシハとイメノとトトリとランとシオヒ。

……否。一人足りない。

「トトリは？」

まっすぐな長い赤い髪の、大人びたカリネが小さく首を振った。研究所でもこの一団でも、みんなの姉分のような立場の少女だ。

「夜の間に」

まるで死期を悟ると一人きり、死に場所に向かう野良猫《のらねこ》のように。

否、そのものに。

「……そう」

　それでも、せめて。

　街の外れの人気《ひとけ》のない河辺の。夜には無人になる管理小屋を出て。誰もいない闇の中に一人きり、静かに消えていけたのは——誰も巻きこまずにすんだのは、せめて、良かったというべきなのだろう。

　それをこそ自分たちは、望んでこうして集まったのだから。

　その理由を、知りながら同行してくれたもう一人の姿も見えないことに気づいてきょろりと見回した。

「ユートは？」

　親鳥を探す雛《ひな》みたいなチトリの仕草に、仲間たちが忍びやかに笑う。

「食糧調達にいってるわ。この時間ならもう朝市が開いてるだろうからって」

「管理人が出勤してくる前に戻ってくるつもりだけど、間に合わないようならあっちのあの、高い木の下に移動していてくれって」

　小柄な体軀《たいく》を更に小さく丸めて膝を抱えるように座った、短い金の猫っ毛のキキが笑う。

「巻きこんじゃうかもしれないのに、チトリが連れてきた時はびっくりしたけど。おかげで出来たてのあったかいもの食べられるのは、やっぱりありがたいよね」

　人を避けたいチトリたちに代わり、道案内に加えて道中の食糧調達を買って出てくれたユートは、それが可能な時には屋台や出店のつくりたての、温かい料理を持ち帰ってくれる。街から遠い場所では火を熾《おこ》してお茶を淹《い》れたり缶詰を温めたり、一度など大きな雉《きじ》を、銃も使わずに仕留めて捌《さば》いてくれたこともあった。狩りは無論、魚の一匹も捌《さば》いたことのないチトリたちには、まるで魔法のような手際《てぎわ》で。

そうして振る舞われる温かい食事は、大陸北方に位置する連邦の、冬のこの気温の中では思いの外に体にもこころにも嬉《うれ》しくて――最初の夜などチトリはつい、涙ぐんでしまったほどだ。久方ぶりの熱い、火傷《やけど》しそうに熱いスープの熱が、闇に灯《とも》る焚火《たきび》のあかいろが、どうしようもないくらいに懐《なつ》かしくそして慕わしくて。

……冬のこの寒さよりも、連邦のこの雪よりも。冷たい戦場で戦い続けるために、身につけた技能なのだろう。

〈レギオン〉だけでなく、雪や闇や森や、人の冷たさや悪意とも、戦いそして生きぬいてきたからこそ、今でもこんな、冷たい雪の世界でも誇り高い孤狼《ころう》のように、生きていくことができるのだろう。

焚火《たきび》の一つもまともに熾《おこ》せない、あの研究所の薄闇にぬくぬくと浸っていた自分たち〈仔《こ》鹿《じか》〉とは違う――戦いぬいた、人なのだと。

そう、思い知らされてしまった気がして、何故《なぜ》だか酷《ひど》く、寂しくて。

「――ああ。まだ移動してなかったか」

属領の街外れの、昼間だけ使う管理小屋でさえも連邦の建物はしっかりした造りで、軋《きし》むこともなく扉が開いて顔をのぞかせたのはユートだ。

ザンクト・イエデルを離れて、もう何日も経《た》っているのにその端整な面《おもて》には疲労の陰りの一つもない。起きたばかりでも体のだるさが抜けないチトリには信じられないくらいに涼しげな顔で、いま来たばかりの道の方角を示してみせる。

「管理人はまだ、来ないようだが念のため移動した方がいい。昨日の夜に推測したよりも街の規模が大きいから、昼間はこの辺りにも人の行き来が——なんだ？」

「ううん」

なんだか胸を衝《つ》かれたように見上げるチトリを、怪訝《けげん》に見返す。チトリは小さく首を振った。

淡い、金色の髪。少し橙《だいだい》がかったような、夕焼け色の朱《あか》い瞳。

清浄な澄んだ月光のようだと。夜闇の中にわずかに一つ、灯《とも》る慕わしい火明かりのような色だと。ふと思った。

EIGHTY SIX

The number is the land which isn't
admitted in the country.
And they're also boys and girls
from the land.

ASATO ASATO PRESENTS
[著] 安里アサト

ILLUSTRATION／SHIRABII
[イラスト] しらび

MECHANICALDESIGN／I-IV
[メカニックデザイン] I-Ⅳ

DESIGN／AFTERGLOW

86

—エイティシックス—

No one knows Love and Curse are,
in fact, very similar.

[Ep.13]

— ディア・ハンター —

第一章　いざ言とはむ

大陸西北部に位置するギアーデ連邦の戦場は暗い冬の間、白魔の暴虐を免《まぬが》れ得ない。降りしきる粉雪の紗幕《しゃまく》の下、大地そのものが鉄よりも硬く凍《い》てつく、北方の四戦線はむしろ、まだしもましだ。悲惨なのは比較的南部、夜のうちに降った雪が日照と気温で半端《はんぱ》に溶け、地に浸《し》みて一面の泥濘《でいねい》と化す南方・西方戦線である。

戦車型《レーヴェ》や重戦車型《ディノザウリア》の、足止めとなるほどの泥の海ではない。一方で重量の割に出力の高くない牽引榴弾《けんいんりゅうだん》砲や輸送トラック、装甲歩兵はしばしば足を取られる。塹壕《ざんごう》の底には凍りつく寸前の冷たい泥水が常に滲《にじ》み、体温と共に体力と士気とを削り取る。

まして鋼色《はがねいろ》の戦闘服に雪上迷彩のオーバーコートで生身を晒《さら》す、不運な歩兵たちときては。

鉄色の軍勢が、塹壕《ざんごう》を踏み超える。

最後まで応戦していた生き残りがどうにか這《は》いだし、凍《こご》えた脚が躓《つまず》いて転倒。助けを求める間もなく戦車型《レーヴェ》の鉄杭の脚に踏み潰される。旋回した機銃に逃げる背中が薙《な》ぎ倒《たお》される。直後に飛来した一五五ミリ榴弾《りゅうだん》群が制圧された塹壕《ざんごう》直上で自爆、自己鍛造弾の鋼鉄の驟雨《しゅうう》が殺戮《さつりく》機械どもを叩《たた》き伏《ふ》せる。――今、戦死した兵たちが、最後に要請していた砲支援。

「今だ、吶喊《とっかん》！　取り戻せ！」

塹壕《ざんごう》は複数のそれが相互に支援し、迫る〈レギオン〉に三方から砲火を浴びせる配置だ。周囲の塹壕《ざんごう》から雪を蹴立てて歩兵が飛び出し、残る仲間の援護の下《もと》、無人となった塹壕《ざんごう》へと飛びこむ。砲撃を生きのびた〈レギオン〉には至近距離から銃弾を撃ちこみ、あるいはなけなしの八八ミリ対戦車砲に排除させて、雪泥と仲間の血肉に等しく塗《まみ》れて塹壕《ざんごう》に滑りこむ。

連邦軍に特有の、衝撃波を減衰する正確な直角で折れ曲がる整然たる塹壕《ざんごう》も、鉄骨とコンクリートの対戦車障害も、連日の戦闘にうち崩されてみる影もない。

友軍機甲部隊は機動防御に回され、後方にまとめて控置《こうち》されているからここにはいない。

それでも。

「〈ヴァナルガンド〉はいねえ、砲兵連中もあちこちの支援で手一杯だ――だからここは、俺たちだけで守るしかないんだ！」


一息がてら煙草《たばこ》を一服つけるのは、第二次大攻勢からすっかり癖になってしまった。

風花の散る凍《い》てつく大気にささやかな紫煙を吐き出して。黒縁眼鏡に黒い長い髪の、砲兵指揮官の娘は雪と泥土《でいど》で斑《まだら》の、彼女の戦場を見渡す。

戦線後方に部隊を展開し、数十キロの彼方《かなた》に大火力を叩《たた》きこむのが砲兵の戦闘だ。敵を眼前にする最前線の塹壕《ざんごう》ほどの狂奔ではないものの、前線の激戦が続く間は砲支援の要請もひっきりなし。ようやく訪れた戦闘と戦闘の間隙《かんげき》に部下たちが一日ぶりのまともな食事を——ただし戦闘糧食《コンバットレーション》、それも肉料理《メイン》のパックに堅パン《ビスケット》をつっこんで一まとめに砕きまぜた代物を——かきこみ、そして彼女と同様に煙草《たばこ》と、カフェイン添加の代用コーヒーで一息ついている。

「——てんてこ舞いってやつだったみたいだな、砲兵の」

視線だけで振り返ると、顔なじみの機甲部隊指揮官の青年だ。

機動防御を担当する機甲部隊もまた、歩兵の塹壕《ざんごう》がそこここで突破されるたびに敵部隊の迎撃に出るから息つく間もないありさまだが、合間を縫って補給と整備に戻っていたのだろう。超重量ゆえに駆動系の負担が大きく、戦闘と同程度の時間を整備に取られるのが機甲兵器というものだ。

紙巻煙草《たばこ》を銜《くわ》えだすのに、下士官が歩み寄って火をつける。すっかり草臥《くたび》れた機甲搭乗服《パンツァーヤッケ》、煤《すす》けた顔には疲労の陰が色濃くて、背後、八脚から鋼鉄の腹まで泥まみれになった彼の愛馬。泥も落としきれない最低限の整備で、休息もそこそこに前線に戻るということは。

「そちらも、機甲の。屑鉄《くずてつ》どもの攻勢は、まだ収束の兆《きざ》しはないか」

「残念ながらな。こいつはまた、長引きそうだ」

銜《くわ》え煙草《たばこ》で笑まない目のまま、唇の端だけを引き上げる。長い戦闘で疲れきり、それでもなお収束の兆《きざ》しも好転の気配も見えない戦況だ。嘘《うそ》でも笑わなければ、やっていられない。

「実際かぞえてみたわけじゃねえから、単なる俺の感触だが。……この攻勢が始まったのと前後して、〈レギオン〉どもの数が増えてる気がするな」

砲兵指揮官の娘は眉をひそめる。

「元エイティシックスの〈レギオン〉どもが、共和国での虐殺を終えたか」

「その上で、やり口を変えてきた感じだ。数に物言わせて戦線全体を圧迫してきやがるが、単純な面押しじゃない。抵抗の具合で練度の低い部隊を炙《あぶ》りだして、そこに主力投入して食い破るための圧迫だ。実際、それで補充兵の多い戦区が何度も突破されちまってる」

第一次大攻勢からの膨大な死者を補うため、補充兵はその多くが訓練期間を短縮している。教育と訓練が足りない分、どうしても練度は低くなる。経験においてもこの十余年の〈レギオン〉戦争を生きぬいてきた、古参の軍人たちとは比ぶべくもない。

些《さ》細《さい》な判断を誤り、恐慌《きょうこう》にかられ、あるいはただ、運が悪くて。古参兵たちが辛《かろ》うじてでも耐え凌《しの》ぐ中、真っ先に崩れるのは大抵が新入りの補充兵たちだ。

「取り戻すために今度は、古参の部隊が無茶強いられて犠牲出して――去年の大攻勢以来の、天国行きフライト大混雑だ。後送も間に合わなくて、まとめて積んだきり凍っちまってるよ」

今が秋の終わりでなければ、卿《けい》の背中に虫の一匹も入れてやったのだがな。

と、突然ヴィーカが言うからなにかとシンは思ったが、要するにフレデリカの正体を彼女自身から聞いたらしい。

彼女の身の安全に加え、他人の身の上を勝手に口外していいとも思わなかったから伏せていた情報だったが、フレデリカ本人が明かすと決めたならそれで構わない。ヴィーカもそれは了解した上での、虫がどうのという冗談なのだろう。

……そう思っていたら数日後に、気の毒な凍《い》て蝶《ちょう》を片手にレルヒェが突撃してくるとかいう珍事が発生したので、本当に探させた上でそれまで見つからなかっただけだったようだ。

ともかく。

「――なんだ。もう基地の位置まで把握していたのか。なら作戦立案中に、例の砲弾衛星に先手を打たれたわけだな」

明かしたのならばそれ以外についても、ヴィーカに隠す必要もない。適当な名目で押さえた会議室で、シンとライデンとヴィーカはテーブルを囲む。

「作戦名と参加予定の兵力、実施時期まで第二次大攻勢前に決まってた。――状況が変わった今は情報の再精査と、参加部隊の策定をし直してるところだ」

大君主作戦《オペレーション・オーバーロード》。

〈レギオン〉の司令拠点を制圧し、女帝《フレデリカ》の青き血を以《もつ》て新規の指揮権限保有者を設定。未だ

帝国の遺命に従う全ての殺戮《さつりく》機械に機能停止ないし自壊を命ずる――〈レギオン〉戦争を一挙に終結させる一大作戦。第二次大攻勢で勢力圏の全周を包囲され、窮地においこまれた人類には、文字通りの起死回生となる作戦だけれども。

「もともと投入予定だった義勇連隊は、第二次大攻勢での減耗《げんもう》分の補充に各戦線に回されて、そこから動かせないから。……ただ、準備に費やせる時間も、そうはなさそうだ」

会議に先立ち、シンが進捗状況を確認した相手はヨシュカで、おそらくは大貴族たち配下の師団、中央予備の名目でこれまで温存されてきた精鋭部隊が投入されることになるだろうと言っていた。加えてそれでも足りない兵力を前線から引き抜くための、徴兵の検討も。

機動打撃群は変わらず、〈大君主《オーバーロード》〉作戦参加兵力のままで――そう、だからレーナが戻ってきたなら、フレデリカには彼女とそしてグレーテにも、事情を明かしてほしいとシンは思う。旅団長であるグレーテも作戦指揮官のレーナも、作戦検討の時間は相応に必要だろうし、戦争終結の希望をいつまでも黙っているのも心苦しい。相談可能な高級指揮官がヴィーカだけというのもなんだか、情報が変に偏りそうだ。

あと多分そろそろ、レーナに妙な嫉妬をされる。

シンにとっては重大だが〈大君主〉作戦上は至極どうでもいい懸念《けねん》がつい頭をよぎるのを、どうにか脇に置いてホロスクリーンに表示した西部戦線の地図をなぞる。見透かしたらしいライデンが片眉を上げたので、あとで尻でも蹴飛ばしてやろうと思った。

「ここにきて西部戦線に、軍団規模の〈レギオン〉集団が複数、新規に出現した。共和国の殲《せん》滅《めつ》にあたった規模じゃない……たぶん、西か南で生き残っていた、どこかの国が陥落したんだと思う」

通信途絶したきりの南方や極西の諸国、あるいはもう十年以上も生存を確認できていない東部や極東、西南部の国家のいずれかが。

ふん、とヴィーカが鼻を鳴らす。

「連合王国でも東部、西部の戦線双方に新規部隊の進出を確認している。東部の部隊は船団国群を陥落させた集団だろうが、西部の部隊は出所《でどころ》が不明だ。他国の陥落、という推測は正しいだろうな」

「大国の連合王国、山岳地帯の盟約同盟さえ押されてるんだ。そりゃ他の国は、耐えきれなくなっちまうとこもでるよな。……連邦も、長引くと保たねえだろうな」

陣地帯に籠もってなお、戦死者が嵩《かさ》むほどの敵数の激増である。避難民からも義勇兵を募り、訓練生も予備役も投入して底の見えた連邦の戦力は、実のところそう長くは保たない。

いつか、ヴィーカが〈アルカノスト〉全機を使い潰してレーヴィチ要塞基地を奪還した時と同じ。強引だろうと今、打開策を取らねばあとは磨《す》り潰《つぶ》されるだけだ。

「ああ。……だから最低限必要な兵力抽出と、ある程度情報に確証が取れた時点で。動くことになると思う」

この手の説明を、任せてもらうのはそういえば初めてだ。

「今後の予定だけど。機動打撃群はしばらく、どの戦線での作戦にも参加しません」

ミチヒやリトたち第一機甲グループの大隊長六名とその副長に、作戦本部付のシデン。基地の状況説明室《ブリーフィングルーム》に集まった彼らを前に、クレナは少しうきうきと語る。

察したクロードとトールは補足に徹することにしたようで、アンジュにはここはいいよと伝えてあるから不在だ。

「なので、次の作戦が降りてくるまでは訓練ってことになります。……休暇は、まとまっては取れないけど訓練の合間に交代で少しずつ休む感じで」

「おー」「まあそうだよね」

「あと、その間に基地周辺の、ザシファノクサの森の西側一帯に予備陣地を構築するのに、西方方面軍から工兵が来ます。あたしたちは作業には加わらないけど、構造は確認しておいて」

ん、と第五大隊長のミツダが顔を上げる。

「予備陣地？　――いま西方方面軍がいるセンティス・ヒストリクス線も予備陣地帯なのに、予備の予備ってことか？」

「そのセンティス・ヒストリクス線が、補強作業が完了して本陣地になったから。これ以上後退はしたくないけど、だからって後退する先を作らないわけにもいかないからって」

「…………。あー。畑とか、工場とかに踏みこんじまうもんな。下がったら」

西方方面軍を含め、連邦の各戦線はどこもぎりぎりで戦闘属領に留まる位置にまで後退させられている。大陸随一を誇る連邦の広大な国土のこと、単純な面積だけでいえばまだ後退できなくもないが――次に下がった先は生産属領、連邦の膨大な人口を支える農地と工場が集まる場所だ。

一個方面軍、数十万人規模の縦深ともなれば、後方段列を含めて百キロ近い。外周部の生産属領をのきなみ、まるごと潰すことになる。

「だからって備えないわけにもいかない、のですよね」

ミチヒが天井を仰いだとおり、不退転だからといって本当に備えないわけにもいかないのが国土防衛なのである。ついで第七大隊長のローカンが片手を上げる。

「作戦と訓練については了解だけど、クレナ。補充は？」

「〈レギンレイヴ〉の補充分については、最低限必要な数が次で揃《そろ》う予定だって」

機動打撃群は元々、四個機甲グループのうち一個を休暇に回す運用で、保有する〈レギンレイヴ〉についても一部はその休暇の間に開発元の工場に送り返し、検査と本格整備《オーバーホール》を行う想定だった。四個グループが同時に作戦参加を強いられ、予備機も検査予定の機体も全て作戦に投入せざるを得ない現状が、一応はこれで解決する予定だ。

「要求数には足りてねえけど。輸送も工廠《こうしょう》も相変らずクソ忙しい中でグレーテ大佐がすげぇ頑張ってぶんどった補充なんだから文句言ってやんなよ。あとあんま壊すな」

最低限、に反応しかけた大隊長たちにクロードが補足して、大隊長たちは苦笑して頷《うなず》いたがシデンが半眼になる。

「まあ了解だけど、壊すなってのは真っ先にお前《め》ェんとこの大隊長に言うことなんじゃねえのクロードちゃんよ」

「そりゃたしかにな。言っとく」

けろりとクロードは頷《うなず》く。冗談ごとじゃなくて後で本当に、もう無茶はしないでねときっちり釘《くぎ》をさしておこうと思いつつクレナは再び説明を引き取る。

シンは冷徹なようで、本当はすぐ頭に血が上るんだから……と、ようやくクレナにもそれがわかってきたところだ。

「えと。それで兵力の補充についてだけど。フォトラピデ市の戦闘属領民《ヴォルフリン》の再訓練が一通り終わったので、その人たちが加わります。基本的には随伴歩兵。今後は、他の隊から借りる余裕はなくなるだろうから」

「……基本的には、ね」

第六大隊長のクノエが嘆息するとおり、この先プロセッサーが戦死した場合の、補充兵力でもある。

「嫌だな。……慣れたつもりだったけど、やっぱり仲間が死ぬのは」

〈大君主〉作戦が始まれば、と、クレナは思う。

大隊長の彼らにも、ここにはいないレーナにも、作戦の詳細が決まっていない今はまだ話せない。けれどいずれ、話さないといけない。

グレーテも、大佐とはいえ貴族ではなくて、だからフレデリカの正体も知らないのだから仕方ないが、旅団長の彼女にはもう作戦について知らせないわけにもいかないだろう。シンたちやフレデリカと相談して、エルンストや軍上層部の様子も見て。その前にベルノルトに頼んで戦闘属領民との顔合わせと、ああそう、説明したとおり防衛陣地の確認もしないと……。

うう。

指揮官って、たくさんやることがあるなあ。

こっそりクレナは口《くち》の端《は》を下げた。


「……言うとおり、その通信衛星とやらが特定できれば基地が——ゼレーネの情報が真実か否《いな》かの傍証の一つにはなるだろうな」

〈大君主〉作戦の要となる司令基地の正否こそが、作戦実施にあたり確度を高めておくべき最大の情報だ。

その手がかりの一つにでもなるかと、ゼレーネから聞いた通信衛星について問うたシンに、果たしてヴィーカは頷《うなず》いた。

「失われれば警戒管制型《ラーベ》がフォローに入るというなら、中継は入っているだろうが基地との間で定時通信をしている。それなら衛星の位置特定もそう難しくない。先の砲弾衛星の攻撃を受けて、連邦でも衛星の増減は確認しているだろうしな」

投入した軌道から動けない上に高高度に位置して地平線に隠れづらい人工衛星は、レーダーの出力次第ではあるがはるか遠くからも探知できるし、条件によっては肉眼でも見える。第二次大攻勢の後にも軌道上に確認できる人工衛星の内、〈レギオン〉戦争の開始前後に存在が記録されたものは件《くだん》の通信衛星である可能性が高い。

「基地と衛星が特定できれば、互いの電波発信時間が記録できる。たしかに通信を行っていると確認できれば、それらが基地と通信衛星だという傍証にはなる。……運が良ければ基地など介さずに外部から直接、衛星に停止命令を送信できるかもしれんぞ」

レーダーに映るということは、つまり電波が届くということでもある。とはいえ。

「無理だろ」

「まあそうだろうな」

言下にシンはぶったぎって、気にせずヴィーカも頷《うなず》いた。

どこからでも通信衛星と交信できて指揮権の更新もできるのなら、ゼレーネは司令基地を

〈レギオン〉停止の鍵としてあげてはいない。〈レギオン〉間の通信暗号も解読できていない以上、その〈レギオン〉の通信を偽装するのも難しいし、仮にも軍事衛星がそうも侵入に脆弱《ぜいじゃく》ではいろいろと困る。

　一方ライデンはつっこんで聞いている。

「お前ならできねえのか、侵入と偽装」

「やってやれなくはないだろうが……そういえばミリーゼにも以前、似たようなことを問われたな。あれは俺が前線に出ていた数年を、指揮官の務めも〈シリン〉の開発と改良もうち捨てて人工知能開発につぎこんでいれば、という話だ。それでは連合王国の前線が保たない。だからそのつもりと、時間《いとま》がないと言ったんだ」

　技術の上では可能だが、リソース上は不可能。だから、『できるがやらない』。

「わかりにくいことを……」

「通信衛星への侵入も、同程度の時間はかかると思うが。抜けてもいいか？」

　数年などそれこそ、彼の祖国はもう保たないのだから待てるわけはないと、わかっているだろうに王子殿下はそんなことを宣《のたま》う。ライデンは肩をすくめた。

「そりゃ困るな。指揮はレーナとザイシャ少佐がいるからいいが、〈シリン〉の整備が出来なくなっちまう」

「言ってくれる」

言いながらヴィーカは、なんだか楽しそうというか少し嬉《うれ》しそうだ。

そういえば前の作戦のあとくらいから、王子殿下、という彼のあだ名をあまり聞かなくなったな、と思いつつシンは話を元に戻す。

「衛星がたしかに稼動《かどう》していると、事前に確認するのは必須としても。……基地の正否については、これも傍証にしかならないか」

「ないよりはマシだし、情報部の仕事とは元よりそういうものだ。……そう、聞いたか卿《けい》ら。機密に抵触する情報は片端から回答不能になる〈無慈悲な女王〉に、それでも全て話させろと上から命じられて情報部があの偏屈女を尋問したやり方を」

「？　いや」

「拷問だのは、〈レギオン〉には利《き》かねえよな。なのに無理強いなんかできたのか？」

ヴィーカは完全に、面白い冗談でも聞いたような顔だ。

「だから脅迫も併用したそうだが。……帝室派最後の抵抗拠点で死んだか行方不明の要人の名前を一人ずつ順に、誰それは〈羊飼い〉だ、と読み上げてゼレーネに復唱させたそうだ」

「…………」

それは。

ゼレーネが〈羊飼い〉の生前の名を告げようとすると禁則事項抵触《プロテクト》の警告に遮られる以上、復唱できたならその名の個人は〈羊飼い〉ではないし、回答不能と反応したなら〈羊飼い〉だと判断することも、たしかにできはするが。

「……力業すぎないか？」

リストの対象者がどれだけいたのかは知らないが、重要な者だけに限ったとしても時間と手間がかかる上に、想像するだに間抜けな図だ。

「尋問要員も交代しながら数日がかりで、ついでにゼレーネは排熱が追いつかずに二、三度ハングアップしたそうだ。それが尋問手順の確認にすぎなかったのだから、本番はもう思いやられるだろう？　適した質問を作るだけでも相当に手間だ」

「気の毒すぎんだろ……ゼレーネも尋問した奴《やつ》も」

まったくだ、とシンも思う。

しかもその上で、思い至ってしまった。

「……そのやり方で、例の基地の指揮官機の名前を割り出して。そいつの声が――通信の記録なりがどこかに残っていれば、そいつが本当に例の基地にいるかどうか、おれが確認することもできるな……」

ああ、とライデンどころか、ヴィーカさえもが気の毒そうな顔をした。

「必ずしも帝室派が指揮官とも限らんだろうが、まあそうだな」

「てことは、〈羊飼い〉だって確認取れた帝室派を順番に嵌《は》めこんで、基地の指揮官だ、ってひたすら言わせるわけか。間抜け二回目だな」

というかその間抜けな図を、察するにゼレーネは延々繰り返させられているわけで。

作戦前に、何かのついでにでも会いに行ってやりたいなとシンは思う。なんというか……愚痴くらい聞いてやりたい。

「ただシン、お前はそれやって大丈夫なのか？　前線と基地が近づいちまって、負担増えてるだろ」

戦闘域と基地との距離は、かつての八六区に比べればまだ遠いけれど。当時はいなかった〈牧羊犬《シープドッグ》〉のために嘆きの声はむしろ今の方が強い。言うとおり、少し辛《つら》いと感じる時が第二次大攻勢からこちら増えてはいる。

それを踏まえ、しれっとシンは応じる。辛《つら》いのはそのとおりだし、だから気遣いはありがたいのだが、……また見事に墓穴を掘ってくれたものだ。

「ああ。だから、しばらく代わりに事務処理は頼む。シュガ副長」

「っ⁉　お前な……！」

「……それですむならいいが、実際作戦前に潰れられては困る。ゼレーネに信頼されている卿《けい》が尋問に回る方が効率もいい。休息も兼ねて、しばらく後方に下がる手もなくはないぞ」

呻《うめ》くライデンは捨て置き、気のない様子でけれど進言を寄越したヴィーカに、シンは肩をすくめる。……機動打撃群は確実に〈大君主〉作戦に参加することになる。というか、参加しないで済ますつもりはシンにはないし、おそらく仲間たちの誰にもない。

己の力と仲間を恃《たの》みに、戦いぬくと己に定めたのがエイティシックスだ。

戦いの意味も目指す先も、八六区からはそれぞれにずいぶん変わっただろうけれど、戦いぬくというその意志だけは、きっと誰もが変わらない。

そうである以上、総隊長であるシンが短期間でも部隊を離れるのは、シン自身の練度の維持という意味でも、部隊全体の士気の維持という面でもありえない。

「そういうわけにもいかないだろ」

基地に隣接する演習場から戻ってくるのはアンジュと、久しぶりに機甲搭乗服《パンツァーヤッケ》姿を見かけたダスティンで、復帰が叶《かな》ったのかとフレデリカはぱたぱた駆け寄る。共和国救援作戦の影響で、しばらく作戦からも訓練からも外されていた彼だったが。

「おお、ダスティン。調子はもうよいのかや」

問うてから。

察してフレデリカは半端《はんぱ》に口《くち》の端《は》を吊《つ》り上《あ》げた。調子は、まあ悪くないようだが回答を待つまでもなく。

「……よれよれだの」

もうどう見ても疲れきってふらふらである。

疲労のあまり顔も上げられない彼の横で、対照的に涼しい顔のアンジュが苦笑する。

「だいぶ鈍《なま》っちゃってるわね。やる気自体はちゃんと戻ってるんだけど、体が全然ついてきてないわ」

「面目ない……」

「だから体力と勘を取り戻すのに、しばらくは慣らしがいると思うんだけど……どうしようかしら。私も今はちょっと、毎回相手をしてあげられそうにないから……」

今回はクレナと、ついでにクロードとトールが説明は任せろと言ってくれたから時間を作れたが、アンジュもまた反攻《オーバーロード》作戦の準備や検討、普段の小隊長としての業務でなかなか忙しいのである。ダスティンの調整にはもちろんつきあってあげたいけれど、自分が背負うべき責任を放りだしたくもない。

やっぱり顔も上げられないまま、へろへろとダスティンが言う。

「気にしないでくれ、アンジュ……君が今、ずいぶん忙しいのはわかってるから。ユウとか、イチヒとか、……ともかく、その時手の空いてる奴《やつ》に頼むから大丈夫だ」

同じ第六小隊員二人の名前をあげたところで次の名前が出てこなくなったのは、疲労で頭が回っていないせいらしい。その回っていない頭で、おそらくは考えたことをそのまま全部口に出した。

「そりゃあ出来るなら、君に訓練をつけてほしいところだけど……だって食事の時間は毎日一緒にいるわけだし、ときどき自由時間を二人ですごしたりはしてるわけじゃないか。そう、わけてもらったドライフラワーも飾ってるし、一緒に花束にしたのだって楽しかったし。それで今は充分だよ。これ以上、君の時間をもらえない」

「だっ、ダスティン君⁉」

焦《あせ》ったアンジュがフレデリカとダスティンとを見回して、その慌てた声にようやく顔を上げてダスティンもフレデリカの存在を再認識する。

目の前でだらだらとのろけられてフレデリカは反応に困っていたのだが、とりあえず何か慈愛に満ちた、聖母みたいな微笑《ほほえ》みを浮かべてやった。

「二人とも毎日、幸せなようだの」

「もう……！」

顔を赤くしてアンジュは逃げ去る。

残されたダスティンもまた真っ赤な顔で立ちすくんでいて、フレデリカはそんなダスティンをちらりと見上げる。

「……毎日幸せなのは良いのじゃがの。アンジュはわらわの大事な姉さまじゃ。泣かせでもしたらシンエイではないが、〈レギオン〉の中に放りこんでやるからの」

ぎょっとダスティンはフレデリカを見返す。

「君も聞いてたのか……⁉」

「当然じゃ。ビキニから最後まで、きっちり全部知っておるわ」

ダスティンはその場にへたりこんだ。


「──とりあえず、今んとこ俺らでわかりそうなのはこんなもんか」

「報告と進言を合わせて、作戦の進捗はまたヨシュカに確認しておく。戦力抽出にあたって大貴族連中がぐずるようなら、どうにかしろとエルンストの尻を蹴飛ばそう」

「宣言どおり、強《したた》かになってきたな、卿《けい》。血筋も後ろ盾も利用するか」

「……それこそ、時間も後もないからな」

ヴィーカに対してではなく目を眇《すが》めて、シンは応じる。

彼の養父である、連邦大統領エルンストは。

彼のことだから徴兵にも反対するだろうし、それはいいのだが反対するばかりが仕事ではないのだから、徴兵の代わりの兵力をとっとと引っ張り出すくらいしてくれなければ困る。

子供を、人を。誰をも犠牲にしないことを、命を賭《と》しても人が守るべき理想だと笑うのだから彼自身だってその理想のとおりに、犠牲を出さずに人類《ひと》を救う努力を少しくらいは必死になってやってほしい。

思ってシンは顔をしかめる。そう、エルンストが〈大君主〉作戦をすぐには承認しなかった理由は、あと一つ。

「あとは……フレデリカか」

　残り時間も少なく、兵力も足りない以上、フレデリカの安全にかかわる新帝朝派の封じこめは、おろそかのままで軍上層部は動くかもしれない。

　作戦中は、彼女の周囲は自分たちで固めるにしても――これまでの成果と、挺進《ていしん》作戦の索敵に必須のシン自身という大駒で、そこは通す――夜黒種《オニクス》と焔紅種《パイロープ》から成る大貴族たちの配下を引っ張り出させれば、当然焔紅種《パイロープ》の部隊も作戦に参加する。

　おそらくは新帝朝派、――旧帝室に代わって皇帝の座に就かんと策動しているブラントローテ大公家のそれも。

　新帝朝派に無闇に、女帝の存在を明らかにはしないだろうがなにしろ戦場だ。予定通りに事は運ばないと見ておかねばならない。つまり、知られてしまう可能性もある。

　ライデンが応じる。

「戦死、ってことにしちまうか？」

「それですむなら、それでいいけど……」

　年端《マスコット》もいかない少女を前線に連れていき、あまつさえ死なせた誹《そし》りを自分たちが引き受けるのは構わないが、果たしてそれで追及を避けられるものだろうか。

「……ヴィーカ。最悪、彼女を連合王国に亡命させるのは」

「火種だとわかっているからの懸念《けねん》だろう。無茶を言うな」

さすがに承服できる話ではなかったらしい。苦い顔で王子殿下は唸《うな》った。

それからその苦い顔のままつけたした。

「そもそも、その話は本人も交えてするべきだろう。あれはあれなりに、覚悟を定めた。その覚悟を無視してやるな。……卿《けい》らが、」

エイティシックスの誇りとやらを、ないがしろにされたくなかったように。

しばし、シンは沈黙した。

もうずいぶん遠い気がする一年前、連邦に保護されたばかりの時に、エルンストやグレーテや、連邦人たちに善意のつもりで、誇りを傷つけられたのと。

同じことを、……気づかぬままに自分がしてしまっていた。

「……そうだな」

「対策の検討に、参加するくらいはしてやる。……そう、大貴族どもの手駒をひきずりだすなら、悪名高いノウゼンの狂骨師団《きょうこつしだん》も出てくるだろう。ただでさえ悪目立ちする連中だ、手柄ごと事後の厄介ごとは全て、押しつけてやればいいんじゃないか」

さっそく提案をしてくれるあたり、王子殿下も割合に人が良《い》い。見返したシンとライデンにヴィーカは優雅に、そしてざまをみるがいいとでも言いたげな顔で肩をすくめた。二人ではなく件《くだん》の、悪名高く悪目立ちするノウゼンの狂骨師団《きょうこつしだん》とやらに。

「どうせ卿《けい》らは名声など要らんというのだろう。まるごと押しつけてしまえばいい。向こうは向こうで、願い下げだろうがその辺りは自業自得《じごうじとく》だ」

英雄エイティシックスにこの戦況で家門の名を負わせるほど、ノウゼン侯もマイカ女侯もボケちゃいねえだろ。

とか、恰好《かっこう》いい顔でわかったようなことを言っていた、どこぞのノウゼン家次代に。

もうたいへんニヤニヤしながら、ヨシュカはなれなれしく肩を組む。再策定の結果、参加兵力は決まりつつある〈大君主《オーバーロード》〉作戦については。

「シンどころか、ノウゼン家そのものが表に出る破目になっちまったなぁ。なあノウゼンが誇る精鋭部隊が一、狂骨師団《きょうこつしだん》の師団長ヤトライ・ノウゼン殿」

「……その精鋭部隊を、今の泥沼の戦場なんかで使い潰すよりはマシだって判断だし、焰紅種《パイロープ》とも合同の作戦ならうちだけが表に出るってわけじゃねえ。だから中立気取りのマイカ侯家も〈魔女の梟《ストリクス》〉師団を出すことにしたんだろうが」

はっきり嫌な顔で、ヤトライは呻《うめ》いて腕を振り払うが、その程度の反撃などヨシュカには一《いっ》矢報《しほう》いたことにもならない。満面の笑みで指摘してやる。

年も近いし、戦時で同じ軍人ということもあってよく話をする関係ではあるが、所詮ヤトライは夜黒種《オニクス》で、しかもノウゼンである。ヨシュカはきっぱり大嫌いだ。

「よかったな。血筋は現当主からそう遠くないとはいえ、分家の末弟が跡継ぎになるんだ。いい箔《はく》がつくじゃないか」

「嫌だあああああ!」

頭を抱えて絶叫するヤトライの横で、ノウゼン一門の有力な分家の姫でありヤトライの許嫁《いいなずけ》でもある狂骨師団《きょうこつしだん》副長は、我関せずという顔で澄まして紅茶など嗜《たしな》んでいる。

と、その副長がふっと顔を上げた。

つけっぱなしのテレビの報道番組を、ホログラムの操作画面を呼び出して音量を上げるのにヨシュカはヤトライをつつくのをやめて振り返る。

「失礼、姫。うるさかったかな」

「いえ、ヨシュカ様」

言いながら、副長は画面に目を向けたままだ。結い上げた、波うつ豊かな黒髪。黒い睫毛《まつげ》に煙《けぶ》る、夜黒種《オニクス》に特有の闇色《やみいろ》の瞳。

「ただ……後方の治安維持に関し、少々気になる内容でございましたので」

補充と言えばさ。と、思い出した顔で言ったのはリトだ。

「ユート、そろそろ帰ってこれそう？　骨折だとやっぱり随分かかるのかな」

んー、と猫が唸《うな》るように、そのユートの代理として第四大隊を率いるサキが応じる。

「怪我《けが》自体は、ほとんど治ってるらしいんすけどね」

黒い長い前髪に隠れた金色の猫目に、猫みたいな細い体躯《たいく》。パーソナルネームの〈性悪猫《グルマルキン》〉の由来が大変にわかりやすい、全体的に猫っぽい少年である。

「なんか、退院したからっていきなり戦闘とかしていいわけじゃないらしいんすよ。退院した後も自宅で静養とか療養とかしなきゃ駄目だとかで」

通常、入院加療は医師や看護師の管理下に置かれるべき重篤な容態の間だけであり、その期間を脱したなら自宅療養に切りかえるのが原則だ。原則なのだが。

「オレらエイティシックスって、この基地が家じゃないすか。基地に戻したらどうせ療養期間中も無茶するだろうって退院許可がおりないって、前に連絡とった時にはそう言ってたっす。無理に動きすぎだって看護師さんに怒られるの、聞き流してたらそうなったって」

「……………いやそれ、完っ全に自業自得《じごうじとく》じゃん」

呆《あき》れ顔《がお》でトールがつっこんだ。サキは突っ伏す。

「実際、はやく帰ってきてほしいっすよ。オレ隊長代理とか柄じゃねえっすもん。……いつ帰ってくるかとか、聞いてねえっすかねクレナ」

縋《すが》る目を向けられて、ん、とクレナは頷《うなず》いた。もちろんクレナも聞いてはいないが、総隊長のシンや第一機甲グループの人事参謀や、それこそ旅団長のグレーテあたりにでも。

「確認しとくね」


人のいる場所にはもう、近づかないようにしないと。

そう、思っていたのにわずかに意識が明瞭になるとそこは無数の人の気配と話し声の渦のただなかで、まだ朦朧《もうろう》とした頭のまま、彼女はおろりと周囲を見回す。

朝の広場の、市場の一角らしい。きんと冷えた、冬の朝の空気を澄んだ午前の陽光が皓《しろ》く煌《きら》めかせ、一種神聖なその光の中を大勢の人々が行きかう。あたたかなコートやケープに身を包んだ大人たちに、マフラーを翻《ひるがえ》らせて走り回るちいさな子供。今月の終わりの聖誕祭に向けて硝子《ガラス》や金属の飾りが露店に並び、金色のバターの塊や砂糖の粉雪を振った重いケーキや、果物の砂糖漬けやジャムのとりどりの色彩や。

いけない。すぐここから離れないと。

みんなとは合流できなかったけれど、みんなと一緒に行けるほどにはもう自分には時間が残されていなかったけれど。せめて、関係ない人たちを巻きこまないようにしないと。

思ったけれど、もう立っていられなかった。雑踏の端に避けるだけの力もなく、古い石畳の道にふらふらとへたりこんだ。

気分が悪い。目が眩《くら》み、冷汗が滲《にじ》む。意識が再び遠のいていく。

体の奥深く潜んだ異物が、今この瞬間にも内側から彼女を喰《く》らい、急速に成長している。

じかんがない。

もう本当に、一刻の猶予も残っていない。

けれど立ち上がる力も這《は》う力もなく、壊れゆく体はもはや声の一つも出せない。せめて人の少ないところへという義務感と焦燥、迫りくる己の運命への恐怖さえ、鈍って重い思考の空転に、虚《むな》しく溶けて消えていく。

暗く霞《かす》む視界にさらに濃く影が落ちて、どうにか視線だけを上げると目の前に膝をついた人影だ。いくつか年上らしい女の人が、うずくまる彼女を心配そうにのぞきこんでいる。

「どうしたの、貧血？　横になれる所に行く？　温かい飲み物かなにか欲しいものはある？」

その心底、案じる声音。

往来で突然、しゃがみこんでしまったというのに迷惑げな声は周囲から一つも聞こえてこなくて、手を貸そうと歩み寄ってくる近くの露店の店主や、ベンチを空《あ》けてくれる老夫婦や。

ああ。

巻きこみたくない。

よりにもよって、こんなにも優しい人たちを自分の巻き添えになんかしたくない。

必死に声を絞り出した。

一言だけどうにか、言葉を紡《つむ》げた。

「にげて」

それが。

彼女の最後の言葉になった。

レーナの療養がそろそろ終わると、黒犬は敏感に感じ取ったらしい。

もう帰るの？　もっといてよ！　とばかりに、これまでにも増してまとわりついてくる彼と名残《なごり》を惜しんでいたレーナは——連れて帰りたい気もちょっぴり、いや、大いにするのだが、そういうわけにもいかないだろうしなんだかシンが嫉妬しそうだ——、東部戦線の戦況に続いて流れたニュースにふと、顔を上げる。

療養所では負担になる者もいるからと、報道番組、特に戦況の報道は食堂などの全員が利用する場所では流されない。一方でまったくニュースの類を遮断されると、世間や戦場から隔離されたと気に病む者が出るので、いくつかある談話室の一つでは報道番組も見られる。復帰にあたって現在の戦況を確認しておこうと訪れたのだが、あいにくとレーナを追って突入してきた黒犬の真っ黒な体軀《たいく》により、レーナにはテレビ画面がてんで見えない。

「……爆発事件？」

「ガレニケ市……旧帝都領南部の街ですね。そこの朝市で今朝、爆発が起きたとか」

近くにいた軍曹が補足してくれる。ぶんぶん尻尾を振りながら視界に割りこんでくる黒犬をよいしょと避けて、レーナはどうにか画面を見やった。キャスターの言葉に続いて流れる字幕と画面のテロップ。

爆発の原因は不明。当局では現在、事故と事件、両方を視野に入れて捜査中です。


ユートが調達してくれたものには日々の食事に加え、手回し充電式のラジオがある。

戦況の確認のために購入したものだが、おかげで歌番組や朗読劇も聞けるようになった。ゆっくりとしか進めない徒歩の道程でも、疲れて重い足を休める休憩の間にも。

夜が明けて、近くの街に食料調達に出たユートを待つ今の間も、ラジオを聞くささやかな楽しみのひとときだ。

昨日の仮宿はもう使われていない古いトンネルで、街へと続く道も消えかけている有様《ありさま》だから昼間でも人はこないだろうと、夜が明けた今もそのまま移動せずにいる。朝のラジオ番となりつつある生真面目な眼鏡のランに、ちょっとぽっちゃりした、ふわふわのシフォンケーキみたいなイメノが身を乗り出す。

「ラン、ねえ。そろそろいつもの劇だよ」

そうねとランもラジオのつまみに手を伸ばす。流していた報道番組が、ちょうど次のニュースに移り変わる。

ランが、イメノが、チトリも全員が凍りついた。

怖《おそ》れていた　ニュースだった。

「ばくはつ、じけん」

「……ガレニケ市、って」

「たしか……近くにサヤが引き取られたお家《うち》が——……」

あの研究所の仲間たちの——〈仔鹿《こじか》〉の一人だ。

最後に一緒に、故郷に向かおうと呼びかけて。——ついに合流できなかった一人だった。

ああ、とチトリは顔を覆う。

こんなことにだけはしたくなかったから、一緒に行こうと呼びかけたのに。サヤだってきっと、こんなことは望んでいなかったのだろうに。

「まにあわなかった——……！」

「見ない顔だけど属領からの避難者かい、兄ちゃん。またずいぶん買いこむんだねえ」

「ああ。妹たちが、疲れたし寒いし、でも腹は減ったから買い物に行ってきてくれと」

「あはは。お兄ちゃんはご苦労さまだ。でも大事な妹だもんねえ」

ユートの出まかせを揚げパンの屋台の婦人は疑いもせず、どうせならと揚げたてを紙袋に詰めてくれた。鱒《ます》とキノコのクリーム煮を包んだものと、果物の砂糖漬けを詰めたものと。

袋越しにもまだ熱いそれを最後に、こちらは保存のきく食料類を詰めこんだザックを担《かつ》ぎ直して、ユートはチトリたちが待つ街外れの廃トンネルへと向かう。

周囲に不審に思われない程度に足を早めたのはその廃トンネルが、他人に近づけない少女たちの事情のために離れた位置にあるせいだ。婦人の心遣いを無にしたくない。それに可能な限り温かい食事を摂《と》らせるのは、冬場の戦場や野営では体力維持のための当然の心がけだ。

当然の心がけであって気遣いでも何でもないのだが、こうして食料調達のついでに温かい食事を持ち帰るたび、チトリたちがやたらに感謝してくれるのはユートには少し、妙な気分だ。

温かいだけで簡素な屋台の料理や、火を焚《た》いて温めた缶詰くらいでやたらに感謝されるくらい――野宿を繰り返していた割にチトリたちが、焚火《たきび》の一つも熾《お》こせないことも。

……違う、か。

〈盗聴器〉の子供たちとも――戦場に研がれた自分たちプロセッサーとも。

仲間の死体を踏みつけながら生きのびた自分たちとは違う、血と死に汚れない綺麗《きれい》な手を、彼女たちはしている。

「……ん、」

街頭の、ラジオの報道番組に足を止めた。――首都領の都市での爆発事件。

眉をひそめたのは、けれど事件そのものにではない。チトリたち〈仔鹿《こじか》〉は元々、同行する七名よりもずっと多いのだとは彼女たちから聞いている。その数多い〈仔鹿《こじか》〉の全員が先日、姿を消したトトリのように誰もいないところで、人知れず死んでいけるとは限るまい。

誰かがいずれ、他者の前で死ぬことになるだろうかもしれないとは――悪ければその他者を巻き添えにするかもしれないとは、チトリたちの前では口に出さないだけでユートは危惧していた。だからこそ、連邦軍への報告をアマリに託したのだ。

不審を覚えたのは、原因不明の爆発事件、というキャスターの言葉だ。

〈仔鹿《こじか》〉についての報告はアマリに託して、だから原因不明のはずはないのに〈仔鹿《こじか》〉のことなど何もわかっていないかのように。

「報告が届いていない？　まさかアマリに何か……」

いや。

「――俺が、疑われたのか」

最前線からではないが、許可なく所在地を離れ連絡を絶った自分は、脱走扱いになっているはずだ。

脱走兵の証言が、重んじられるわけはない。荒唐無稽もいいところの内容ならなおさらに。

……無駄になったな。

一つ首を振って、ユートはその場を離れる。


『――とすると、東でもどっかの国が陥ちた可能性があるな』

〈レギオン〉司令基地関連の周辺情報と進言に加え、西部戦線での〈レギオン〉の増加を伝えると、知覚同調《パラレイド》の向こうでヨシュカは唸《うな》った。

『東部戦線と、隣接する南部第四、北部第四戦線でも同様に圧迫が強まってる。西部戦線に隣接する南北の第一戦線も同じだ。ついでに南北の第二、第三戦線でも〈レギオン〉の攻勢の頻度が増してるから――もうそっちにまで増えた兵数が回ってる、と思っておくべきだろうな』

想定していた以上に悪い状況に、シンもまた眉をひそめた。共和国では旧国境内全域をも聞き取ったシンの異能だが、大陸最大の国土を有する連邦ではさすがに全戦線を把握はできない。あるいは他の戦線も一つ二つは、敵数が増えているかもしれないとは思ったけれど。

ヨシュカは難しげに唸《うな》っている。

『これはだいぶ無理してでも、作戦繰り上げた方がいいかもな。この調子で〈レギオン〉が増えるんだと、四月なんて悠長なこと言ってられねえ』

生き残っていた人類勢力圏のいずれかが陥落し、その勢力圏に対峙《たいじ》していた〈レギオン〉集団が他国の戦場に加わる。仮に加わった先の国がその時点で限界に達していたなら、敵数増加に耐えきれずにその国も滅ぶ。そしてまた、浮いた〈レギオン〉集団が別の戦場に出現する。その連鎖が続けば最後には、連邦の戦場とて破綻する。

そうでなくても〈大君主〉作戦に必要な兵力の抽出が出来なくなった時点で連邦の負けだ。

「やはり、徴兵、ということになりそうですか」

『無理の範疇《はんちゅう》として、ありうるだろうな。間に合わせの数合わせなんざ、出したかねえが作戦の間、足りない機甲部隊の分を数で補うくらいはそいつらでもできちまう』

間に合わせの数合わせ。——つまり体力も素質も、作戦遂行能力も期待しない。ただ立って歩いて、何度か銃爪《ひきがね》を引ければいいだけの使い捨てだ。

それでも、人数さえ揃《そろ》えれば一応の戦力にはなる。銃弾の威力自体は技量にも士気にも左右されず、命中精度の低さも数で補える。どうせ使い捨てる想定なら選別の必要もなく、教育の手間も省けるから数を揃《そろ》えるのも容易だ。……無論、投入した端《はし》から戦死するが。

〈大君主〉作戦の間だけとしても、膨大な犠牲者が出るだろう。

『だから、基地の情報追加も進言も助かる。ありがとな。そう、王子殿下に〈シリン〉の提供が可能か聞いてもらえるか。基地一帯に偵察を出したい』

「言っておきます」

『……素敵のことといい、便利遣いして悪いな』

いえ、と応じてから。

ふと思いついてつけ加えた。〈大君主〉作戦の詳細を決めるのは、ヨシュカではなくさらに上の人間だろうが。

「彼女を作戦時にも確実に、機動打撃群に預けてもらえるなら構いません」

意味深な笑みの気配が返った。

『そいつは構わないが。……全部終わった後にうっかり行方不明にするんじゃねえぞ？　戦場は混乱してるんだから、いなくなっちまったらもう探しだせねえんだからな』

含む意を聡《さと》く、シンは察する。

戦場で行方不明にしてしまえば、フレデリカはもう追われない。……いや。

追わせない、か。

少なくともヨシュカに——マイカ候家にとっては、フレデリカの価値は〈レギオン〉戦争の停止にしかないし、ブラントローテ大公家に余計な権威を与えたくもないらしい。

「そうですね。ましてや、戦死なんてさせてしまったら取り返しがつきませんね」

『もう最悪だな。口うるさい意地悪ばあさんだって泣いちまうだろうな。だから、よく気をつけてやれよお兄ちゃんよ』

よくよく気をつけて、ブラントローテ女公に万が一にも見抜かれないように入念に準備をした上で、――疑いようもなく明確な戦死を、偽装してやれ。

だとすると機体ごと焼いたくらいでは死体が残るから、いっそ戦車砲の直撃で爆散させるくらいはした方がいいか――などと、八六区で嫌というほど見た戦死者の最期《さいご》をつい思い返してしまいつつ思考を巡らせていたシンに、ふと思い出した様子でヨシュカは問うた。

『ああそう、便利遣いついでに、もう一個。――ザンクト・イェデル周辺に、自走地雷でもそれ以外でも、〈レギオン〉が入りこんでるってことはないよな？』


妙なことを聞くものだとシンは思ったが――連邦の国土は首都領の周辺に生産属領が同心円状に連なり、最外周に戦闘属領が位置する形で、つまり首都ザンクト・イェデルは戦場からは最も遠い――聞かれたとおり確認して、いないと応じた。

正確には数機、ごくかすかな嘆きが聞こえたのだが極端に声が小さい上に明らかに上空にいるので、気流に流された阻電攪乱型《アインタークスフリーゲ》だろうと言ったら納得していた。実際、軽量で翅《はね》の力も弱い阻電攪乱型《アインタークスフリーゲ》には稀《まれ》にある話だ。

なんだろう、と思いつつレイドデバイスを外して無人の会議室を出て、談話室の前に差し掛かったところで中からグレンの声が聞こえた。

「……うわ、またかよ」

「なんだか不気味ですわね。こんなに立て続けですのに、犯行声明も何もなくて」

この時間はなんとなくチャンネルを合わせることになっている報道番組に、グレンとトウカが言いあっている。漏れ聞こえるニュースの内容に、ああ、とシンは思い至る。

「……これについてか」

ヨシュカが最後に聞こうとしたのは。

首都領や、隣接する中央属領での爆発事件。今や自爆テロ、と目されつつあるそれは、ガレニケ市での事件以来もう十件を超すが、未《いま》だに犯人もその目的も不明のままだ。

あるいは自走地雷が阻電攪乱型《アインタークスフリーゲ》の光学迷彩を纏《まと》って浸透し、遠い首都領にまで浸透したのではないかとヨシュカやその上は懸念《けねん》したのだろう。全く不可能ではないだろうが、西部戦線ではシンがいる以上察知できないはずはないし、自走地雷は素人目《しろうとめ》にもわかるくらい、どこからどう見ても人間ではない。早々に、自爆テロではなく自走地雷の浸透と報道されたはずだ。

思って、けれどシンは眉を曇らせた。自走地雷ではない。けれど、だからこそ。

「……首都周辺の住民は、不安だろうな」

死者は、テロというには少ないようだがゼロではないし、自分や家族が巻きこまれたらと思ったなら数の多少など安心材料にはならない。時間も場所もバラバラで、犯人たちの意図がわからないのだから避けようもない。

早く何か、わかればいいんだろうけど、と思って、シンはそのまま歩みを進める。

連続自爆テロは、それを調査する者たちにもあまりにも不可解だ。

場所も時刻も人の集まり具合もてんでばらばら、まるで法則性のない自爆現場。なんらかの主張はおろか、言葉の一つさえも残さずにただ爆死する自爆犯たち。把握している反政府組織からもそれ以外の組織や個人からも、発されない犯行声明。――そうであるから犯人たちの動機や目的さえ、未《いま》だ推測できていない。

共通するのはただ、目撃証言や街頭の監視カメラの映像によれば自爆犯はいずれも、十代後半の少女だということ。それから。

「まただ。爆薬の反応はあるのに、それ以外が出てこない」

爆弾を構成するコード類や信管、電波の受信装置に時限装置。対人殺傷力を高めるボールベアリングや釘《くぎ》の類《たぐい》。それらが一切、どの現場からも発見されないのだ。

だから爆発の直接の被害者は、この種の事件にしては意外なほど少ない。自爆のすぐ近くにいた者はなるほど爆発の巻き添えだが、逃げようとして轢《ひ》かれ、あるいは群衆雪崩《なだれ》の下敷きになった者の方がむしろ多い。場合によっては死者は自爆犯本人だけだ。爆薬を全身に巻きつけていたのか、まるで体内から爆発したかのように粉微塵《みじん》に吹き飛んでしまった自爆犯たち。

詳細な目撃証言と監視カメラの映像が回ってきて、それが余計に捜査官たちを困惑させる。

「……逃げてくれ、と言っていた？　犯人が？」

言われた当の相手は聞き返すよりも早く諸共に吹き飛んでしまったそうだが、近くにいた露店の店主がたしかにそう聞いたのだとか。

監視カメラでは別の自爆犯が、明らかに人を避ける様子で人気《ひとけ》のない路地へと折れてから爆死したところだ。ひどくふらついて、曲がった先にいた野良猫《のらねこ》一匹に足を止めて、直後に吹き飛んだ少女。

そう、何より不可解なのはこれなのだ。街中で自爆していながら、まるで犠牲を避けようとしたとしか思えない被害者の少なさ。無人の廃屋に潜んで自爆した者もいれば、見渡す限り人影のない広大な農地の真ん中で爆死した者さえいる。

ふと、捜査官の一人がモニターの静止画像に顔を近づけた。

「この子、……どこかで見たぞ」

なんだって、と色めきたつ同僚の中、モニターを見据えたまま眉を寄せて記憶をたどる。すぐには出てこない。だから顔見知りなどではないが――……。

「つい最近だ。捜索者の通達――そうだ、軍からの情報共有の、」

思い至って捜査官は頷《うなず》く。その時にも少女ばかりで、妙なこともあるものだなと思ったが。

「〈盗聴器〉の検挙から逃げ出したってエイティシックス。その中の一人だ」

ユートに頼まれた報告を、アマリはすぐに伝えたけれどあのいけ好かない憲兵は端《はな》から嘘《うそ》だと決めつけて取り合ってもくれなくて、それよりも彼の『脱走』を重く見たようだった。

何をしに、どこに向かったとずいぶん問い詰められたけれど、共和国に里帰りだと言ったものだからやっぱり信じてもらえなかった。どうせ信じてくれないだろうから、アマリもそれは口に出したのだが。

共犯、とまでは見なされなかったようだが、療養所からの外出には制限がついた。リュストカマー基地への帰還もどうやら遠のいてしまって、体力と暇を持て余してアマリは談話室でぐだぐだする。

入口に影がさして、テーブルにつっぷしたまま目だけ向けるとあのいけ好かない憲兵だ。

彼女を探して見回し、かつかつと足早に歩み寄ってくる。ぎゅっとアマリは顔をしかめた。

「……なによ。話すことはもう、ちゃんと全部話したわよ」

硬い顔で憲兵は応じる。

傍《かたわ》らにもう一人、知らない顔の年かさの軍人がいて階級章と腕章は彼の上官だ。

「そうだな。ちゃんと聞かなかったのはこちらだ。報告を、君たちは上げてくれと言っていたのにそうしなかったのも。すまなかった。……もう一度、最初から全部。知っている限り、聞いた限り、話してくれ」

「……連邦も思った以上に、一枚岩じゃないのね」

すっかり恒例となってしまった自爆テロの報道を見ながら、すっかりお茶の時間を一緒に過ごすのが定例になったアネットが言うのに、セオはその翡翠《ひすい》の双眸《そうぼう》を向ける。なお、目撃した同僚たちは毎日やたらと冷やかしてくるが、別にそういう関係ではない。

アネットは細い眉を寄せて、フードコートの大型テレビを見上げている。

「なんとか解放戦線だのかんとか貴種盟団だのどうたら浄化協会だの。容疑者っていってやたらたくさんテロ組織の名前が出てくるじゃない。解放戦線はまあ、帝国だった時に占領されて属領になったあたりはそれは独立運動もあるでしょうけど……」

「ああ……」

連邦、というよりも帝国のあれやこれやは、セオもほとんど聞いた話だが。

「その帝国だった頃から元々、いろいろ仲は悪かったみたいだよ」

連邦軍に在籍していれば嫌でも目につく、元貴族と市民との反目とか夜黒種《オニクス》と焔紅種《パイロープ》の対立とか。ベルノルトから聞いた戦闘属領兵《ヴァルグス》への蔑視とか。

これは連邦ではなく連合王国だが、やはり臣民か隷民か、同じ臣民でも宵菫種《アイオラ》か淡藤種《ターフェ》かで対立はあったし、エイティシックスの間でさえ、白系種《アルバ》との混血や帝国貴種の血統だという理由で排斥することはあったのだから、帝国でも似たことは起きていただろう。

言語や文化や階級や生まれ持った色彩や、些細《ささい》な何かが違うというだけで他人を侮蔑し、排除する。

「クレナが言うには、シンのお祖父《じい》さんへの対抗意識で部隊一つ送ってくるまであったらしいし。軍上層部が今でもそうなら、連邦のどこでもそれは同じなんじゃないかな。……と、」

近づくのを意識の端でとらえていた足音がテーブルの横で止まるのに、セオは言葉を切って振り返る。憲兵の腕章をつけた下士官と士官の一団が、セオに軽く会釈《えしゃく》してからきょとんとしているアネットに目を向けた。

「失礼。——アンリエッタ・ペンローズ少佐ですね？」


療養所の最寄りの基地から、輸送機の乗り継ぎのために一旦《いったん》首都の基地へ。

到着するなりレーナは、予定にない出迎えを受けてまばたく。

「ええと……？」

「お待ちしておりました、ヴラディレーナ・ミリーゼ大佐」

年の頃はレーナと同じくらい、つまり特士士官だろう。実直そうな、けれどどこか腹の底の読めない眼差《まなざ》しの、黒髪に黒瞳の夜黒種《オニクス》の少年だ。

階級章は少尉で、レーナを待っていたと言うけれど彼女としては会った覚えもない……いや。西方方面軍参謀長、ヴィレム・エーレンフリート准将の傍《かたわ》らに影のように常に控える副官だと、不意に気づいた。

「同行願います。――おとなしく」

がたんとダスティンは立ちあがる。リュストカマー基地の第一食堂の、隅の大型テレビのニュース。

自爆テロ犯のうち、三名の身元が判明。ヒナ・シナガ。サヤ・ヒヨ。ユーキリ・ハクロ。いずれも行方不明となっているエイティシックスであり、警察では同時期に行方をくらませた者を、重要参考人として捜索している。発見した場合にはむやみに近づかず、当局へ通報を。

同時に表示されている、何人もの少女たちの顔写真。その一枚。

亜麻色《あまいろ》の髪。藤色《ふじいろ》の瞳。――はかなげな、優しげな、人形のように整った面立ちの。

忘れるはずもない。

たかだか十年、年を経た程度でダスティンがわからなくなるわけもない。

クラスメートで、……幼なじみの。

暮らしていた街のほとんど全員が、八六区へと護送されたあの一夜に、連れていかれてしまっておそらくは死んだはずの幼なじみの。

「……チトリ……!?」

キャスターはその少女の名を、チトリ・オキと無表情に読みあげた。


予定の日時にレーナは戻らず、代わりに届いたのはあろうことか彼女の拘束の連絡だった。正確には拘束と直截《ちょくせつ》に表現してはいなかったが、当人の意志に反して連行し、閉じこめたらしいのだからそれは拘束だ。彼女が何を、したはずもないのだから全く不当な扱いだ。

「……どういうことですか。これは、一体」

詰め寄ったシンを、デスクの向こうのグレーテは咎《とが》めない。

「保安上の問題が発生したの。といっても、ミリーゼ大佐に責任はないわ。……大尉、一連の自爆事件のニュースは見ていて？」

怪訝《けげん》にシンは眉を寄せた。

朝食がてらの報道内容の確認は日課で、だから概要は把握しているが……そういえばここに来る直前、通りすぎた談話室のテレビが自爆テロの重要参考人がどうこうと言っていたか。

グレーテは、テロ事件、とは言わなかったことは、意識もしなかった。

「犯人の目的が？」

「目的じゃなくて、原因がね。……詳しくは彼女に聞いて。私の話はそれから」

促されて視線を向けた先。それまで目に入ってもいなかった応接セットで、おずおずと立ちあがったのはアマリだった。

船団国群、摩天貝楼《まてんかいろう》拠点での戦闘で負傷して、首都で療養していた一人。基地への帰還予定は、そういえばそろそろだったが退院の連絡は来ていなかったはずだ。

アマリは気の強そうな面を、けれどおろおろとさせている。

「ごめんなさい、隊長。報告、したつもりだったのに結局こんなことになるなんて……」

「アマリ、それはいい。まずは説明してくれ。それと、」

彼女と同じく首都で療養中で帰還予定もそろそろで、彼女が帰ってきたのなら当然、共に戻ってくるはずの。

「ユートはどうした？」


国軍本部の一室に入ると、不安げにソファの端に腰を下ろしていたアネットが立ちあがった。

「レーナ！」

「アネット、あなたも……⁉」

駆け寄ってくるのを抱きとめると、互いに縋《すが》りあうような姿勢になる。わずかにだがほっと緩んだ白銀の双眸《そうぼう》に同じく安堵《あんど》の微笑を返してから、レーナはもう一人、後に続いて入ってきたその人を振り返った。

うって変わって屹然《きつぜん》と。

「説明してもらえますね少尉。これは一体、どういうことですか」

「保安措置の一環です」

連行も同然に、ザンクト・イェデルの国軍本部のこの小さな別館までレーナを連れてきた少年士官は平然と応じる。

ほとんど取り上げて運んできたトランクとティピーのキャリーケースを、ソファセットの傍《かたわ》らに置いてから続けた。高官の宿泊施設らしい、贅沢《ぜいたく》な続き部屋《スィート》の贅沢《ぜいたく》な調度。

「ペンローズ少佐には初めてお目にかかりますね。——改めて。ヨナス・デーゲン少尉、西方方面軍参謀本部所属、参謀長ヴィレム・エーレンフリート准将の副官を務めております」

レーナを迎えた際にも名乗った姓名と所属を繰り返す。見据える二対の白銀の双眸《そうぼう》を、まっすぐに見返して今度はレーナにも言わなかった、彼の本来の立場を続けた。

「ただし現在は、エーレンフリート侯家配下、デーゲンが一子として行動しております。すなわちお二方の身柄は我が主ヴィレム・エーレンフリートの、ひいてはエーレンフリート侯家の庇護《ひご》下にあると、私の存在を以《もっ》て軍内外に示すための措置です」

レーナは眉を寄せる。言うに事欠いて。

「……庇護《ひご》？」

「ええ、庇護《ひご》です」

悪びれもせずにヨナスは頷《うなず》く。

実直な、少し童顔気味の顔立ちに、けれど感情も思惑も覆い隠す冷徹の表情。

「急な話になってしまったことは申し訳ありません。ですが、お二人にも関わりのある事情からです。報告を受けた者が上官への報告を怠ったせいで、こうも後手に回りましたが……」

「自爆テロ、ではなく。――新型の自走地雷かもしれませんね」

国営放送の解説者の声音と表情は、いまやすっかり剣呑《けんのん》が常態になってしまって、内容もまたそれに引きずられるように、同じくらい剣呑《けんのん》だ。

「いずれも行方不明のエイティシックス、一年前に共和国から一万名ほども救出された少年兵の一部です。その一万名の中に、人と見わけのつかない自走地雷が紛れこんでいたということは充分に考えられます」

いや考えられないよ。馬鹿馬鹿しい。

シンの異能を割り引いても無理のある推論に苛々《いらいら》とセオは思って、そうも苛立《いらだ》つのは目の前でアネットが連れていかれて、それを止めることができなかったせいだ。

憲兵たちはあくまで丁重な物腰だったけれど、それだけだ。突然取り囲まれてなんの説明もなく連行されて、アネットは明らかに混乱していたし怯《おび》えていた。だからセオはかわりに引き留めようとしたのだけれど、予測していたように憲兵の一人に制された。

どういうこと、とその憲兵を問い詰めたけれど、保安措置だと言われるばかり。不要な情報《ニード》は教えない《トウ・ノウ》、は軍の原則だと知ってはいても、それで感情はついてこない。

機嫌のよくないセオを、なにしろ一部始終を目撃していたので同僚たちは適度に放っておいてくれて、そんなことは知るはずもない報道番組だけが淡々と感情を逆なでする。

『あるいは〈レギオン〉の生物兵器、という可能性も。いずれにせよ第二次大攻勢での、軍による大規模かつ拙速な避難にも、相当数の〈レギオン〉が紛れていたと考えられます』

共用の大型テレビをながめる、同僚たちの会話も呆《あき》れた調子だ。

「生物兵器ってなんだ生物兵器って。人を爆弾にするウイルスなんかいるわけねえだろ」

「じゃなくて、なんか研究室とかで生まれたモンスターのことだと思ってるんでしょ」

「映画の見すぎか。本物の自走地雷見たことあんのかよ。見間違うほど節穴じゃねえ」

目も鼻も口も顔もない上に、しばしば手足もあらぬ方向にひん曲がったまま、獣みたいに四つ足で移動してくるのである。戦場の混乱や狂奔の中、死角に紛れこまれるからひっかかるのであって、正面から見てなお人間と見間違うような出来のいい代物ではない。〈レギオン〉は人間そっくりの兵器も、生物兵器も作れねえからなあ」

「そりゃ、人間そっくりに作られたんならわかんねえだろうけど。……〈レギオン〉は人間そ
連邦軍人の定番の笑い話だ。

帝国は〈レギオン〉に対し、本来の意味での生物兵器は無論、それこそ映画の怪物のような『生物兵器』まで作成と運用を禁じた。学習し成長する殺戮《さつりく》機械に万一にも抜け道を残さないため、生物兵器の定義を厳重にしすぎた結果——友軍登録された人間がナイフ一本持っているだけでも禁則事項抵触《プロテクト》と判定して武装解除しようとする挙動が発生。〈レギオン〉は帝国の兵器でありながら、帝国軍人との協同が一切できなくなってしまったのである。

「てか、そんなの本当にいたら、前線なんかもうみんな自走地雷だろ。それこそ何年も八六区で〈レギオン〉とやりあってた、エイティシックスの連中なんか特に」

「……こら」

別の一人がたしなめて、言った本人もあ、という顔になる。

そのままそろそろとセオを窺《うかが》ってくるのに、はいはいと片手を振ってやった。

今度は、いいよ、とは言えなかった。

報道番組はやっぱり、そんな気まずい空気を考慮しない。

『そうである以上、前線にも同様の懸念《けねん》が考えられます。つまり我が連邦軍の兵士はもしかし

たら、気づかぬうちに自走地雷と肩を並べているのかもしれません。あるいはすでに、前線には自走地雷しかいないという可能性も……』

「「ねえよ」」

無理がありすぎる自説を真剣に、緊迫すらはらんで語る様子は、娯楽の少ない前線の兵士たちにはもう面白すぎた。

「ええっそんな⁉　俺たち、実は自走地雷だったのか！」

大げさに一人が驚いてみせて、ラジオを囲んだ全員がどっと笑う。辛《かろ》うじてだが交代でとっている、休息の時間の食事の途中。

「いやー、知らなかったな。衝撃の事実だ」

「やばい、爆発しちゃう！　ママ〈レギオン〉のところに帰らないと！」

けたけた笑ったり、体を抱きしめて見悶《もだ》えたり。あいつはほんとに自走地雷かもしれないよなと、嫌いな上官や気の利《き》かない新兵や、共和国人の義勇兵の名前を挙げて笑い合う。

——もし、自走地雷が本当に、後方に忍びこんでいる、なんてことがあったら。

その後方に住む家族や友人たちはその自走地雷に、傷つけられてしまうんじゃないかと思ったら少し不安で、それを笑って紛らわしたかった。

ヨナスは言う。冷徹な、その漆黒《しっこく》の双眸《そうぼう》。

「一連の自爆事件の報道はご覧になっていますね。自爆犯——というには彼女たちもまた、被害者の側ではありますが、」

アマリは言う。痛ましげに揺れる、そのエイティシックスの落栗《おちぐり》の双眸《そうぼう》。

「あの子たちは〈仔鹿《アクタイオン》〉。共和国が人間を——エイティシックスを材料にして作った、自爆兵器だって」

†

人体を構成する各種タンパク質は、細胞内にてRNAに基づいてアミノ酸から合成される。

一方でウイルスが侵入した場合、感染した細胞は自身のではなくウイルスのRNAに基づきウイルスの複製を量産する。また窒素固定菌と総称されるある種の細菌は、大気中の窒素からアンモニアを合成することができる。細胞とは極小の、精巧極まりない化学工場だ。

共和国軍研究部が製造したその人造細胞のＲＮＡは、窒素を基にニトロ基を合成する巨大金属タンパク構造を生成する。また共生する別の人造細胞は、そのニトロ基と脂肪を原料としたグリセリンから、タンパク質ではなく別の物質を合成するＲＮＡを持つ。

二種の人造細胞群は通常、導入された被験者の体内で休眠状態に置かれているが、ひとたび活性化すると、周囲の細胞に対しウイルスに類似した振舞を取る——ＲＮＡを注入し、ニトロ基とそれを原料としたある物質を合成する化学工場へと、周囲の細胞を変化させる。

すなわちニトログリセリン、——ダイナマイトの原料である。

†

連邦はどういうわけか、秘匿研究のはずの〈仔鹿《アクタイオン》〉に行きつき、そして自爆事件と正しく結びつけたらしい。

何が目的でこんなものを、と問われて、プリムヴェールは唇を噛《か》む。聴取の対象として共和国軍の高官や研究者、政府関係者と共に護送された、ザンクト・イェデルの警察施設の中。

「……自走地雷の再現のためよ」

本当の目的は、白銀種《セレナ》の同胞以外の前では口にできない。連邦以上に共和国市民、雪花種《アラバスタ》や月白種《アデュラリア》にこそ知られてはならない。

――貴種たる白銀種《セレナ》をこそ、守るために。

ニトログリセリン生成細胞〈愛しい人《ディア》〉と、それを導入した〈仔鹿《アクタイオン》〉が実用化されれば、軍にはもう訓練も必要なくなる。兵士の不足に悩むこともなくなる。戦う能力や意思の欠如は問題にならず、体力や年齢による選別の手間もなく、あらゆるヒトを――所詮は白銀種《セレナ》の従卒たる雪花種《アラバスタ》や月白種《アデュラリア》を必要なだけ、即座に護国の兵器に変えることが出来るようになる。

たとえエイティシックスが〈レギオン〉の前に滅び去ってしまったとしても、〈仔鹿《こじか》〉があれば国防の戦力は維持できる。処理装置《プロセッサー》に加えて〈ジャガーノート〉も必要とした八六区よりも、よほど効率的かつ簡便に。

「我が国の機甲兵器とて――〈ジャガーノート〉とて、自走地雷に撃破を許すことがあった。そうであるなら自走地雷なら、〈レギオン〉を倒すことが出来る」

そしてだからこそ、そんな目的は同胞以外の前では語れない。かわりに目的ではなく手段である、自走地雷再現の理由をプリムヴェールは語る。眼前の尋問官からはまだ、暴力を振るわれてはいないがこの男は必要とあらば、なんの呵責《かしゃく》もなしに暴力を振るう。そういう、計算された残忍の気配を尋問官は常に漂わせていて、それが恐ろしくて話さずにはいられない。

「エイティシックスは幸いにも人型をしていて、犬猫よりはマシな知能もある。――あれらを直接、自走地雷に変えてしまえば〈ジャガーノート〉を使わせる手間もなく、より効率的に〈レギオン〉に対峙《たいじ》させられる。……開発しない、理由があって？」

強制収容所に造られた研究所の、職員たちはそう言っていたが実際には違うと、チトリもキキたちも、〈仔鹿《こじか》〉の少女たちはみなわかっていた。

そう、少女だ。〈仔鹿《こじか》〉とは全員が、十代後半の少女たちだ。

女性は男性よりも体脂肪率が高く、胸部や腰部《ようぶ》、大腿《だいたい》部に生存に直結しない大きな脂肪組織を有する。また妊娠のために——自身とは異なる生命を長期間、体内で育てるために、特定条件下の他者を免疫による排除の対象外とすることができる。

そして——〈レギオン〉との戦闘では、少年よりも役に立たない。

「私たちは、ユート。あなたたちエイティシックスの——〈レギオン〉戦争終結後まで生き残ったエイティシックスの、処分用の兵器として造られたの」

同胞の顔をして傍《かたわ》らに送りこまれ、——そしてある時、諸共に爆死するための。

「そもそもが対人用の兵器の想定だろうからな。与太話程度にだが聞いたことがある。帝国が攻めこむつもりなら我が共和国の兵士だけでなく、あらゆる場所であらゆる生き物を警戒する破目になるぞと送りつけたというデモテープの話を」

ヴィーカが生まれるよりも前の話だ。顕微鏡の画像の中、脂肪細胞を喰《く》って急速に肥大化、爆散した人造細胞群と、直前まで対爆硝子《ガラス》の向こうで跳ね回っていたのが突然、腹の中に仕込める爆薬量よりも高い威力で自爆した仔豚《こぶた》の映像。

共和国は農業と、牧畜の国だ。――羊や山羊《やぎ》や牛や馬や豚は広い国土に無数に、共和国の人口よりもはるかに多く飼われていた。

「ニトログリセリン――そのままでは反応が過敏で使いづらいから、ダイナマイト同様、可塑剤で反応性を下げているのだろうな。ともかく、機甲兵器の正面装甲には威力不足もいいところだ。対〈レギオン〉としては自走地雷同様にゼロ射程を数で、威力不足は当人の工夫で補う運用を想定していたのだろうが、ひ弱な人間が相手なら憂慮する必要もない欠点だ」

戦場を八六区に遠ざけ、戦闘をエイティシックスに押しつけたがために〈レギオン〉の寿命の克服も知りようがなかった共和国にとっては、終わりが見えていた〈レギオン〉戦争のその後。生き残った国家がもしあったなら始まるだろう、対人戦争。

嫌悪《けんお》の顔でレルヒェが言う。人類の長い戦争の歴史ではそういう手口もあったと聞くが。

「女子供には兵士も油断する、と聞きますからな」

花を手に、菓子をねだって。近づかせた女子供に自爆させ、諸共に敵兵を吹き飛ばす。

けれどザイシャが首を横に振る。

「いいえ、レルヒェ。それだけではありません」

かつてのデモテープの目的も。その時にはおそらくは牽制《けんせい》として可能性をちらつかせただけだったろうが、人体実験の材料を得て本当に人間に適用してしまった時のそれも。

「本命は捕虜です。……敵国から無事、帰還した捕虜がある日突然自爆したとしたら？　前線で、いえそれよりも、後方の自宅や故郷で。安全な、平和なはずの後方で」

不可解にレルヒェが眉を寄せる。冷然と、ヴィーカが後を引き取った。

「これから連邦で、あるいは起きるだろうことだ。同胞だったはずの者が敵になる。さすがに感染力は持たせていないだろうが、そうだとしても」

「ミリーゼ大佐にもペンローズ少佐にも、ご理解いただけたと思います。お二人の身の安全のためにも、連邦を連邦として保つためにもお二人には保護が必要だと」

そう言われて、けれどレーナもアネットも頷《うなず》かない。明確な拒絶の沈黙にもやはりヨナスは眉一つ動かさない。

か弱い白銀種《セレナ》の、それも少女の士官など精一杯に抵抗したところで、ヨナスからすれば子猫ほどの非力さでしかないのだから。たかだか沈黙程度の反抗が効果を持つはずもない。

「お二人の護衛と近侍の長として、私が御身の安全と快適に全責任を負います。ただしご婦人の身辺に常時、男性の私が侍《はべ》るわけにも参りませんから、私に加えて同じエーレンフリートの手の者が、護衛兼近侍としてお仕えします」

女性の軍人ばかりが数名、音もなく入ってきて一礼した。全員が黒髪に黒瞳の夜黒種《オニクス》で、全員が旧帝国貴種特有の端整な、けれどそれでいて奇妙に印象に残らない顔立ちをしていた。

何世代にもわたり影として、不必要に主の目についてはならぬ存在として、己を律し務めてきた者の。

「有事にはお二人の楯《たて》ともなる者どもです。ですから万一、この宿舎から外出する必要が発生した場合には必ず数名、供としてお連れください」

基本的にはこの、一室からは出さない。

言外に告げたそれに、了解が返るはずもなかったがヨナスは気に留めなかった。そう、何故《なぜ》なら先に言ったとおり。


アマリの後を引き取って、グレーテが言う。表情は硬く、けれど決して荒げはしない声で。

「〈仔鹿《こじか》〉の件が解決するまで、ミリーゼ大佐は前線におけない。それは――大尉にもわかるでしょう？」

彼女を今すぐ、取り戻すつもりはグレーテにはない。

かっと頭に血が上ったが、辛《かろ》うじてシンはその激情を堪えた。ここでグレーテに対して激昂《げっこう》しても、子供みたいに喚《わめ》き散らしてもなんの解決にもならない。

そうじゃなくて。

「……それでも、不当な拘束です。抗議を」

グレーテはゆっくりとまばたいた。

「ええ。それはもちろん」

「解決するまでというなら、では速やかな解決の努力と、そして解決次第の帰投許可も。――機動打撃群第一機甲グループは、彼女以外の指揮官は認めない。そう伝えてください」


執務室を出て、どうにか礼節を保って扉を閉めて。

途端に堪えていた激情が吹き出した。

「――くそっ」

吐き捨てた語気の強さに、遅れて従うアマリがびくっとなる。

身を縮めている彼女の姿にさすがに頭が冷えて、意識して息を吐いてから、改めて問うた。

「ユートは、レイドデバイス――は、治療で外してそのままか。他になにか、通信手段は？」

帰りたい、と願われて。

何をどう、ユートが考えたのかは同じエイティシックスのシンにもわかる。時に無機質なくらいに冷徹なユートが、その願いを叶《かな》えてやりたいと思ったのは少し意外な気もするが、どうしてそんなことを、とはシンも思わない。

帰りたい、と願って。帰れない者ばかりだったのだから。あの、八六区の戦場では。だから連絡して、相談してくれたならシンなりに手を貸せた。まして反対などするはずもなかった。シンでなくてもきっと誰でもそうだ。エイティシックスなら誰でもそうだ。

それはユートもわかっていただろうに、なぜ黙って。

まるで裏切りでもあるかのように、黙って一人で。

アマリは首を横に振る。

「持っていかなかった。だって、同じエイティシックスだから。……隊長とかサキとか、機動打撃群の誰かに連絡なんてしてから逃げたら責任を問われるかもしれない。機動打撃群と〈仔《こ》鹿《じか》〉が共謀したって、言われるかもしれないからって」

「っ、」

息を詰めた。それを恐れたのか。

既に多くの犠牲者を出した、〈仔《こ》鹿《じか》〉はエイティシックスだ。

シンとも、機動打撃群の大半とも同じ、エイティシックスだ。

「機動打撃群の――エイティシックス全員の責任に、するわけにはいかないからって」

そして肩をすぼめて小さくなって、チトリは言う。属領ミァナと属領ナレヴァの境に位置する街の外れの、ほとんど遺棄されかけた教会の納骨堂の中。

「ごめんなさい、ユート。こんなことにするつもりじゃなかったの。たぶん、自爆事件なんて起こしたみんなも」

また、どこかで〈仔鹿《こじか》〉が爆死して人が死んだと、ラジオのニュースが今朝も告げた。

繰り返されるその悲劇に、チトリの、〈仔鹿《こじか》〉の少女たちの顔は晴れない。

「ただ、死ぬ前に故郷に帰りたくて。誰も巻きこみたくないから新しいお家《うち》も出ただけで。それだけだったのに、それだけのつもりだったのにこんな大ごとになって、……こんなにたくさん、巻き添えにしてしまって……」

キキが続ける。泣き出しそうな顔で。

「じ……自殺してれば、よかったんだって。こうなる前にあたしたちが全員、それこそ連邦に保護された時にでも自殺してれば、他の人が巻きこまれて死ぬことはなかったんだって、それはわかってたんだけど。でも、」

小さく首を振ってユートは遮る。

「わかってる。情報の伝達が上手《うま》くいかなかった。だから君たちのせいじゃない」

連邦軍人は。

共和国のあの職務放棄の指揮管制官《ハンドラー》たちとは比べ物にならないほど勤勉だったから、報告がなされない可能性をユートも失念していた。日常的に接していたグレーテや幕僚たちはエイティシックスを軽んじず、報告も意見具申もきちんと聞いてくれていたからつい、無意識に他の連邦軍人もそうだろうと考えてしまっていた。

エイティシックスなど有為な猟犬としか見ていないと、目の前で態度に示されていたのに。

けど、と後ろめたげにキキが呟《つぶや》くから、少し考えてユートは続ける。

「〈羊飼い〉は——〈レギオン〉の指揮個体は、エイティシックスを元にしていることが多い」

怪訝《けげん》にキキはまばたいた。

「……うん、」

「元々〈レギオン〉に設定されていた寿命を、克服したのもエイティシックスを材料にしてのことだ。——だから、戦争を長引かせないためにエイティシックスは全員、〈レギオン〉にとりこまれる前に自殺するべきだった」

凝然とキキが、チトリたちが息を呑《の》んだ。

思考に半ば目を伏せたままユートは続ける。硬く底光る、その焔《ほのお》の色彩の朱赤の瞳。

「そう誰かに言われたとして、俺は頷《うなず》けない。それが正しいとも思わない。人類全体のためだからおとなしく死ね、というのは、」

だからこれも、チトリたちの責任ではない。

連邦に事情を、話さずに逃げ出したことさえユートからすれば罪だとは思えない。

自殺しなかったのが罪だなんて、存在自体が他人の害になるのだから閉じこめられてそのまま死んでいるべきだったなんて、ユートには言えない。

囚《とら》われたまま、せめて生きぬこうと足掻《あが》くことも許されず。人類のために、みんなのためにーーお前が死ねばよかったのだと。

誰かに断じられることは。

そう、誰かの生を断じてしまうことは。

「正しい言葉じゃないとーー俺は思う」

†

〈レギオン〉が戦線全体で圧迫を強め、練度の低い部隊を探し出しては食い破っているのは、ただ前線の突破だけを企図しているわけではない。

《連邦軍各戦線の、部隊構成を把握。ーー作戦を第二段階に移行》

本来は兵卒と下士官、下級士官を代替する想定で造られた〈レギオン〉は、総軍に相当する統括ネットワークの指揮官機たちでさえも、必ずしも高級将校の脳構造を有していない。その中で共和国軍大佐であったヴァーツラフ・ミリーゼの、人格と記憶を持つノゥ・フェイスは総指揮官機でも数少ない、元高級将校の〈羊飼い〉だ。

敵軍を瓦解《がかい》せしめる剣は何も、直接的な暴力行使に限らないとも知っている。

《優先目標を設定。共和国人が多数を占める陣地。補充兵が多数を占める陣地。少数民族が多数を占める陣地。――また合わせて、後方地域への超長距離砲撃を実施せよ》

一四〇〇トンの超重量を支える、支配域全体に張り巡らされた彼ら専用の複々線。

真新しいその軌条を鋼鉄の爪先で踏み鳴らし、電磁加速砲型《モルフォ》たちは連邦の十ある各戦線へと向かう。

その中で〈ニッズヘグ〉の識別名《コールサイン》の一輛《いちりょう》は、共和国避難作戦にて列車を足止めし、作戦瓦解《がかい》の号砲を奏《かな》でた電磁加速砲型《モルフォ》だ。連装式電磁加速砲《カンプフ・プファオ》に撃破された機体はこの一月《ひとつき》余りで再建され、新たな体を駆って担当戦区である連邦西部戦線を目指す。

その最期《さいご》の言葉。

俺たちの番だ。俺たちの番だ。俺たちの番だ。

そう、叫んで死んだ彼はエイティシックスだ。共和国への復讐《ふくしゅう》を望み、そのために〈羊飼い〉となるを選んで、殺戮《さつりく》機械の制御装置へとその身を変じた機械仕《じ》掛《か》けの亡霊だ。

命さえ投げうつほどの激烈な憎悪《ぞうお》だ。たかだか共和国人を丸焼きにしてやった程度では収まらない。まだまだ彼は、気が済んではいない。

射撃位置に到達。指定された座標へと砲口を向ける。そこに何があるのか、それも通達を受けているからニッズヘグは知っている。哄笑《こうしょう》に似た衝動が流体マイクロマシンの脳を満たす。

まだ、俺たちの番だ。

復讐《ふくしゅう》は、勝利は殺戮《さつりく》は、俺たちの番だ。もういいよな。まだいいよな。まだ、俺たちの番でいいんだよな。

これからはずっと、――俺たちの番でいいはずだよな。

†

連邦の全周を囲む、〈レギオン〉支配域の各地に複数の電磁加速砲型《モルフォ》が出現。

その砲撃は堅固に構築された戦線を、その後方で敷設《ふせつ》が進む予備陣地をも越え――まだ安全であるはずの、平和であるはずの属領の各都市、各集落に、八〇〇ミリ砲弾を叩《たた》きこんだ。

第二章　面影は見ゆらむものを

〈仔鹿《こじか》〉の調査は始まったばかりで、だから公表は軍全体にも民間にも当分先だが、機動打撃群は関連して士官二名が拘束されている。現状わかっていることだけでも、と説明を受けて。

エイティシックスたちは全員が、嫌悪《けんお》に言葉もない、という顔だ。

「……この前の共和国救援作戦の、強制収容所の実験室だの手術台だのはそういうことね」

「人間盗聴器に今度は自爆ウイルスとか、共和国ってほんと、何考えてんだよ……」

ツイリが吐き捨ててマルセルが呻《うめ》くのに、説明を担当した〈レギンレイヴ〉研究班長もさすがに笑みの一つもない。

「大本は肥料の研究だそうだよ。なんというか、侮辱的な話だよね」

農業大国で、また疑似生体《パラバイオ》技術を得意としたのが共和国だ。肥料として有用な窒素固定細菌とその酵素の再現を目指すのは当然だが、その副産物が人間爆弾である。人々の豊かな食生活に貢献せんとした元々の研究者たちには、なるほど侮辱以外の何物でもあるまい。

ちなみにもう一つの副産物が戦時中の共和国や連合王国、戦前からも盟約同盟を支えた農作物の促成プラントだったりするのだが、それはさておき。

「ああ、それとマルセル少尉、〈爆薬生成細胞《ディア》〉はウイルスそのものじゃないし、感染力もないよ。少なくとも現状わかってる仕組み上は」

〈爆薬生成細胞《ディア》〉はウイルスとは違い、自己の複製ではなくニトログリセリンを生成する。生成細胞自体は増殖しないから、ウイルスのように〈仔鹿《こじか》〉の体内から拡散、別の個体に侵入して感染する、ということはまずない。

「確定は押収《おうしゅう》した資料の精査待ちだけど、共和国も感染はしないように作ったと思うよ。生物兵器は、敵味方区別しないで感染するせいで使いにくいんだし、ましてこんな爆弾を作る細胞なんかたとえ予防薬や治療薬があっても感染させないよ。自分が危ないから」

「………………？」

きょとんとしてから、少し考えてマルセルは頷《うなず》く。

「……ああそうか。共和国人本人が感染しても困るし、自分が無事でも隣の奴《やつ》が爆弾になってたら巻きこまれるのには変わんねえんだから、そりゃ感染なんかさせねえですよね」

「実際、一年一緒に暮らしてたその子たちの家族は無事なわけだし。潜伏期間一年は生物兵器としては悠長すぎるし、シオン中尉が今言ったように手術台が――外科的な導入が必要なら、やっぱり感染能力はないんじゃないかなぁ。……ああそうシオン中尉、その施設の詳細、覚えてる？　説明してもらうことってできるかな。それかガンカメラの映像とか……」

調査資料として提供しようというのだろう。どこかいそいそと身を乗り出した研究班長と、顔をしかめつつも応じるツイリを、なんだか見ていられなくて。

ダスティンはひっそりと席を立って会議室を出る。

会議室を出て基地の廊下を闇雲に進んだところで、本当に行きたい相手の元にたどりつけるわけもない。

それでもダスティンは、なんだか急《せ》き立《た》てられるように早足に、歩き回らずにはいられない。

逃亡した少女の一人の。連続自爆事件を引き起こした〈仔鹿《こじか》〉の一人の。――幼なじみの、チトリ・オキ。

彼女が連邦に保護されていたことを、ダスティンは知らなかった。

死んでしまったろうと無意識に思って探しもしなかった彼女が生きていて、けれど〈仔鹿《こじか》〉などという自爆兵器に、おそらくはチトリも変えられてしまった。

チトリは今、どこにいるのか。〈仔鹿《こじか》〉たちはどうして、自爆事件なんて起こしているのか。

今もどこかで、本当は助けを求めているんじゃないのか。

俺は。

どうにかしてチトリを探し出して、自爆なんかやめさせて、今度こそ助けてやるべきなんじゃないのか――……!?

焦燥にかられるまま、ろくに前も見ずに歩いていたせいで曲がり角で誰かと衝突しそうになって、危うい所で避《さ》けたペルシュマン少尉が非難の目を向ける。醒《さ》めたその緑の双眸《そうぼう》が、けれどすぐに気づかわしげな表情に変わる。

「どうしたのですか、イェーガー少尉。ひどい顔ですよ」

「いえ……すみません」

そう言われるくらいにひどい、追いつめられた顔をしていたのだろうが、どう説明していいのかもわからない。曖昧に首を振ると、ペルシュマンはその混乱も察したのだろう。気づかわしげな表情のまま、キャラメルの包みをポケットから取り出して押しつけて去っていった。

立ち止まったことで追いついたアンジュが、入れ替わりに声をかける。

「……ダスティン君」

今はその声にも、振り返りたくなかった。

立ち尽くしたまま目も向けないダスティンを、きっとあの綺麗《きれい》な青い、空の一番高いところみたいな青い目で見つめて、傷口に触れるようにそっとアンジュは続ける。

……チトリの目は。

綺麗《きれい》な紫色だった。明け方の空みたいだと思った。

「〈仔鹿《こじか》〉の誰かと、知り合いなのね？　――前に言ってた、チトリ、って子？」

「友達だ。……隣の家の、同い年の幼なじみの」

ダスティンとしては訂正したつもりもなかったその台詞《せりふ》に、アンジュがひそかに息を呑《の》む。

そのことにダスティンは気づかない。

「優しい子だった。自爆事件なんて、チトリが望んで起こすはずがない。きっとどこかで助けを求めてるはずだ。そうじゃなくても、……自爆なんてして死んでほしくない」

そう。

「俺は彼女を、……どうにかして助けてやりたい」

どこにいるのかも、まだ無事なのかさえも、わからないチトリを。

手の中のキャラメルは、いつのまにか握りつぶしてしまっていた。


同等の射程を持つ連装式電磁加速列車砲《カンプフ・プファオ》の反撃を警戒するから、電磁加速砲型《モルフォ》の砲撃は一度に数発程度のごく散発的なものだったが、狙われる属領の住民たちにはその数発も充分な脅威だ。第一次大攻勢ではすぐに定められた、電磁加速砲型討伐《モルフォ》の作戦も発令されない。撃たれたならば成す術もなく、いつ自分たちが狙われるとも知れず、その恐怖がいつ終わるとも知れないストレスに、属領民は今度は耐えきれなかった。

自主避難者の群れが属領から、より安全な首都領や、その周辺の中央属領へと向かう。

初めて訪れた中央属領の知らない道で、家財で過積載のトラックが溝に嵌《は》まり、難儀している自主避難の一団を見かねて、戦場へと向かう補充兵の車列が止まる。

「……これ人力じゃ無理だなあ。おーい、一台こっち来てくれ。ひっぱってやれ」

「親爺《おやじ》さんたち、どこの属領から？　……へえ！　じゃあ俺らと一緒だ、えっどこの村？」

「いや助かった、助かったよ兵隊さんたち。こんなところで同胞に逢《あ》えるなんて……」

がやがやとトラックを引き上げて、その合間に故郷の話題で盛り上がって。

「それじゃあ親爺《おやじ》さんたち、気をつけてな！」

「兵隊さんたちも、体に気をつけて！」

最後に互いに、家族にそうするみたいに手を振って。やっぱり同胞は懐《なつ》かしいなぁ頼りになるなあと、機嫌よく補充兵と自主避難民は東西に別れる。


「――なんだなんだ兄ちゃん、いいご身分だな。お姫様たくさん連れて、先帝陛下のご落胤《らくいん》かなんかか？」

と、苦笑したのは仮宿を探してのぞいた橋の下にいた先客の老人で、ユートたちが属領ナレヴァ西寄りのこの地方都市に入ってから初めて目にした住民だった。

属領ナレヴァは、首都領や中央属領から見れば国境寄りの辺境属領ではあるものの、西部戦線との間には属領ヴェサを挟むから戦場からはまだ遠い。もちろん第二次大攻勢での戦線後退に伴う、避難の対象地域でもない。それなら自主的に避難したものか。

「そちらも風流なお住まいだ、ご老体。街の人は避難したようだが、その指示が？　それとも」

「こいつぁご丁寧に、王子様。そうだよ、例の電磁加速砲型《モルフォ》とかいう屑鉄《くずてつ》の攻撃さ。ここはまだ無事だが隣の街が吹っ飛んだってんで、みんなビビって帝都に逃げちまったんだ」

やはり少し前から繰り返されている、電磁加速砲型《モルフォ》の砲撃によるものだった。このところはもう〈仔鹿《こじか》〉の件よりもずっと報道の頻度が多いから、被害も相応に出ているだろうとは思っていたが。

ともあれ、ユートは眉を寄せる。

「それならご老体も逃げた方がいい。電磁加速砲型《モルフォ》の砲撃は実際に、この街くらいなら消し飛ばしてしまえる。弾速も規格外だから、射撃されたら逃げられない」

「いくら帝都がでっかいからって隙間にゃ限りがあるんだし、だから世捨てババアはもういいんだよ」

……女性だったのか。

枯れ木みたいに痩せて真っ黒に日焼けしているからといって、今の今まで男性だと疑いもしなかったのは悪かったなと、ユートは反省する。

恐る恐る、といった様子で、チトリが身を乗り出す。

「でも、でもおばあさん。やっぱり逃げた方がいいです。ここにいたら……死んじゃいます」

「そうだねえ。けど自分で選んだ風流暮らしのまま、最後は雪花の手向けに鴉《からす》の挽歌《ばんか》。そいつはいっそ重畳じゃないか。捨てた名札を貼られてつるし上げられるよりゃよっぽどいい」

けたけたと老婆は笑う。日焼けた顔としなびた唇に、そこだけ色づいた紅《あか》い瞳。

「あんたたちだってそうなんじゃないのかい。死んじまうかもしれないこんな場所にわざわざ連れ立ってやってきて、なんの物見遊山かは知らねえけど来ようと決めて来た道なんだろ。それならそいつは、重畳ってもんじゃないか。せいぜい楽しみなよ、お姫様たちに王子様」


クローゼットでいちばん暗い色の服を着て、喪服の叔母に連れられてニーナが訪れたのはザンクト・イェデル郊外の、連邦軍の戦死者たちが眠る国立墓地だ。

叔母の学生時代の友人の、従軍していた夫の葬儀だ。大陸北に位置するザンクト・イェデルの、十二月の雪の墓地。

いつか、兄のお墓に来てくれていた、兄と同じ年ごろの軍人さんを見かけた時と同じ、真っ白くて薄明るい、冷たい寒い雪の曇り。

兄の友人のマルセルお兄ちゃんが、そいつもユージンの友達だよと後で教えてくれた。お気にいりの大きな猫のぬいぐるみは、マルセルお兄ちゃんとそのシンエイお兄ちゃんからのプレゼントだ。

シンエイお兄ちゃんも今度は一緒に来てね、とマルセルお兄ちゃんに伝言を頼んで、叔母さんも次の休暇ではぜひ連れてきてね、と頼んでいたけれど、その〝次の休暇〟はなくなってしまった。

〈レギオン〉の攻撃が激しくなって、連邦軍はとうとう負けてしまって。それからずっと、苦戦が続いてたくさんの人が、……兄のように、この葬儀の死者のように、死んでいて。

真新しい墓穴に下ろされる棺《ひつぎ》はどうやらあまりにも軽くて、中にはおそらく誰もいない。

――去年の夏に、戦死してしまった大好きな兄は、開かない棺《ひつぎ》だったけれどそれでも帰ってこられただけまだ良かったのだと、幼心にニーナは悟る。

「……どうしてこんな、酷《ひど》いことばかりが今になって、急に」

同じ光景を見つめていたらしい誰かの零《こぼ》した言葉が妙に、耳に残った。


共和国義勇兵の一人でクロードの異母兄の、ヘンリ・ノトゥ中尉の所属大隊は連邦軍人と共和国義勇兵の混成で、どちらも短い間に何回もの補充を経て、ずいぶん顔ぶれが入れ替わってしまっている。

「……やっぱりこの陣地、少し前から集中攻撃されてるよな……！」

溶けかけた雪混じりの泥水が塹壕《ざんごう》の底に溜《た》まって酷《ひど》く寒い。数人がかりで運用する据え置き型の重機関銃に、新たな弾薬箱から弾帯を引き出して装塡しつつヘンリは吐き捨てる。陣地全体で鳴り響く、銃身の過熱を防ぐために短い休止を挟んで繰り返されるスタッカート。

数十キロ後方の砲兵陣地からの突撃破砕射撃が鉄色の津波を粉砕するけれど、その残骸を踏みしだいて新たな機影がなおも続々と迫る。虎の子の八八ミリ対戦車砲の咆哮《ほうこう》が連続し、雪の向こうから進み来る戦車型《レーヴェ》の、数の膨大を陣地全体に知らしめる。

日付の上では少し前から、ヘンリたちの感覚ではもうずっと、この陣地はこんな調子だ。この陣地、というかこの部隊、というか。

隣にいた連邦人の部下が笑って茶化す。

「〈レギオン〉は元エイティシックスだから、中尉殿たちが嫌いなんでしょ！」

「かもしれないな！　巻きこまれたお前らには災難だな！」

戦闘の喧騒《けんそう》と昂奮《こうふん》の最中だ。叩《たた》きあう軽口はどちらも怒鳴り声で、冗談というには際《きわ》どくもあったが、際《きわ》どい冗談を遠慮なく吐ける間柄なのだからむしろ関係性は良好な部類だ。こんな悲惨な戦況では、黙ったまま不満を溜《た》めこむよりよっぽどいい。

「実際俺ら共和国人はいい囮《おとり》になるでしょうしね！　髪が銀色でピカピカしてますから！」

共和国人の部下ものってきて、これもまだ冗談の声音だ。だいぶやけっぱちだが。

「いーけないんだー正義の国がー、囮《おとり》作戦なんてしちまってー」

「正義の国ってんなら正義らしく、いっちょヒーローでも登場させて全部ズバーンと」

「ほしいなあヒーロー」

「先技研が極秘に開発してねぇっすかねぇ」

「ていうか援護来ねえ！　何やってんだよ戦闘属領兵《オオカミ》ども！」

「ご注文のアイントプフが遅れてるんですがぁあ⁉」

雪混じりの泥のせいで寒くて、眼前の〈レギオン〉どもは倒しても倒しても際限もなくて、だからこそしょうもない軽口と冗談で恐怖と不満を吹き飛ばす。寒いけれど戦闘で疲弊しているけれど、まだぎゃあぎゃあ喚《わめ》く元気と気力は残っている部下たちに、大隊では最先任の中隊長、ただし階級はヘンリと同じニノ・コティロー中尉が苦笑する。

「ここがずっと集中攻撃されてるから、援護だ支援だってかり出される周りの部隊も消耗してるんだろうよ。もう少し頑張れ。終わったらそう、熱い珈琲《コーヒー》とアイントプフでも食おう」

「イェッサー！」「でも中尉殿ご自慢のレシピの家庭風《アイントプフ》シチューはクッソ辛《から》いから嫌です！」

「なんだとコラ人の嫁の自慢料理を」

「ノトゥ副長んちのアイントプフどんなんですか⁉　やっぱ豚肉たっぷりですか！」

割と真剣に険しい顔をしたニノ中尉を無視して部下ががなる。あんまりなジョークに思わず吹き出してからヘンリは応じる。……義母《はは》がよく、作ってくれたシチューは。

「残念、魚と海老《えび》だ！　いつか作ってやるよ、びっくりするほどうまいぞ！」

ヨナスがそう告げたとおり、レーナもアネットも国軍本部の外れの宿舎の、件《くだん》の続き部屋《スイート》から出られなくて、情報端末も携帯端末も、レイドデバイスも取り上げられたまま返ってこない。一方でニュースも新聞も、テレビは元々置かれていて普通に映ったし、新聞は要求したらそのとおりに全紙届けられた。つまり、少なくとも公開情報へのアクセスは制限しない。解決したら前線に戻すつもりは、一応はあるようだ。

……だったらシンたちへの連絡もさせてくれたっていいのに、と、腹立たしくレーナは思う。

本来は高官の宿泊用のこの一室の、贅沢《ぜいたく》なソファの上。

『保護』からの数日、どこかから脱出できないかと鍵のかかった窓やら扉やらを調べて回っていた結果、部屋の隅に必ずヨナスか、配下の女性兵士が控えているようになってしまったがあえてそちらには目も向けない。

「だって、突然こんなことになって絶対にみんな心配しています。わたしだって心配です。リュストカマー基地は戦場に近づいてしまったし、〈レギオン〉の攻勢は続いているし」

すぐに会えると思っていたのに会えなくなって、シンはきっとすごく心配してくれているだろうし。でも、だからといって。

「居場所を知らせたら乗りこんでくるほどみんな、短絡的じゃありません。馬鹿にしてます」

「いや、それはどうかしらね……」

むくれるレーナに、ちょっとげんなりとアネットは呟《つぶや》く。特にシンは、もう忠犬みたいに吹っ飛んできそうな気がしなくもない。シデンあたりも。

アネットが連れていかれるのに、自分のことみたいに激昂《げっこう》して抗議してくれたセオも……彼は犬というよりも、気難しい猫っぽいが。

「……聞いていますかヨナス少尉！　ですから、レイドデバイスだけでも返してください！」

結局レーナが、無視しきれなくなってヨナスを振り返った。聞こえよがしの不満にも、すました顔で聞こえないふりを決めこんでいたヨナスが淡々と応じた。

「保安措置上、いたしかねます」


預けていった時のユートの想定よりも遅くなってしまって、だからアマリもずいぶん迷ったが、やはり伝えることにした。

後で取り返しがつかなくなってから何かの拍子に、知らずに見捨ててしまっていたと思い知らされるよりはマシだろうと思った。

「ちょっといい、……ダスティン」

プロセッサーの共用のオフィスに、向かう背中に声をかける。振り返ったダスティンの銀色《ぎんいろ》の双眸《そうぼう》が、アマリを見て怪訝《けげん》に染まる。

第一大隊に所属する彼と、第四大隊のアマリとはこれまで話したこともない。唯一の共和国人のプロセッサーであるダスティンは、機動打撃群でも秘《ひそ》かな有名人だったからアマリも見知ってはいたが、ダスティンは別の大隊の、百人を越す隊員の一人にすぎないアマリのことなんか知らないはずだ。

「ええと……？」

「アマリ・ミルよ。第四大隊、スクラマサクス戦隊所属。ユートから伝言、預かってて」

そういえば第四大隊長のユートのことも知らないんじゃと、今更になって危惧したが、幸い彼のことは知っていたらしい。ああ、と今度は、怪訝《けげん》そうなままではあったけれど頷《うなず》いた。

「じゃあ、ユートと同じで入院してたのか。……なんだろう？　というか、ユートは一緒じゃないんだな」

あれ、と思ったがすぐに気づいた。ユートが彼女たちと行ったことは、機動打撃群の指揮官や幕僚、加えて今回は研究班長あたりには共有されているだろうが、所属大隊も異なる一般隊員のダスティンにまで展開される情報ではない。ユートとダスティン、双方の知人であるはずの総隊長のシンは、今は情報共有なんて思い至れる精神状態でもないだろうから彼から伝えられることもない。

「ユートは他に行くところがあって、そう、だから伝言だけ残していったの。ただ……ダスティンは共和国人だし、立場が悪くなるなら聞かなかったことにしてくれて構わない。来られないならそれは仕方ないからって」

「？　どういう……」

「チトリって子、知ってる？」

は、と白銀の双眸《そうぼう》が、見開かれて凍りつく。

「亜麻色《あまいろ》の髪で、紫の目の、お人形みたいにきれいな……知ってるのね」

その反応から察してアマリは頷《うなず》く。よかった。

来られないなら仕方ないとユートは言ったけれど、チトリもそう言ったそうだけれど。それでも知り合いなら最後に、会わせてやりたいとはアマリだって思う。

「ユートはその子と一緒に行ったの。その子も〈仔鹿《こじか》〉で、……もう長くなくて。巻き添えを出さないために家を出たんだけど、生き残った幼なじみに……つまりダスティンに、死ぬ前に逢《あ》えたらって言ってて。ユートはだから、会いに来てやれないかって、……ひゃっ⁉」

がっ、と強く、いきなり肩を摑《つか》まれてアマリは驚く。

「ユートが、一緒なんだな。……チトリが今どこにいるのか、それも知ってるのか⁉」

その必死な、銀色の双眸《そうぼう》。

気圧《けお》されて小刻みに頷《うなず》いた。

「知ってる。もちろん」

ユートからはそれも聞いていた。だってそうでなければ、ダスティンが会いに来られない。そして、だからユートからこの伝言を預かったことも含めて、アマリはこれまで誰にも、もちろんあの憲兵にも言わなかった。

だって追いつかれてしまったら、ユートが脱走してまで庇《かば》ってやった意味がなくなってしまう。共和国へ行く、とだけは言ったけれど、いまや〈レギオン〉支配域奥の共和国を目指すなんて、信じられるはずもないと思ったから言ったのだ。

十余年もの戦争と断絶で、おそらく憲兵は意識していなかった。

今でこそ共和国は要塞壁群グラン・ミュールの中、狭苦しい八五行政区だけを国土としていたが、――それ以前には連邦の前身たる帝国と、国土を接していた隣国だ。

国土の端の領域なら――西部戦線の今の防衛線の、それでも近いとはいえないけれど向こうにある。

「目的地は共和国領東端、ノイナルキス。そこを目指して属領ヴェェサから、戦闘属領ニファ・ノファ、ノイダフネ、ニアンテミスを経由して移動する。――予定どおりに進んでるなら、今はヴェェサの手前あたりにいるはずよ」

西方方面軍は現在、西部の戦闘属領一帯を縦断するセンティス・ヒストリクス防衛陣地帯に拠《よ》っていて、その一端は戦闘属領ニファ・ノファと、いまユートたちの眼前に広がる生産属領ヴェサの境に横たわる。

ヴェサは第二次大攻勢での避難の対象で、西部一帯は後方支援段列の展開区域だが、属領ナレヴァと接する東端部のこの辺りにはまだ戦闘の気配はない。広がる無人の、どうにか収穫の後で放棄された麦畑が、連邦西部特有の丘陵地帯の起伏でどこまでも広がる。

ひたすらに静かな、風が畑と周辺の林の梢《こずえ》を渡る音だけが響く冬の丘陵を、チトリたちは息を呑《の》んで見つめている。

通過してきた属領ナレヴァも自主避難のために無人の街村が多くなっていたが、住民全員が完全に避難したヴェサの静寂はやはり別物だ。人類全てが死に絶えた後のような静けさの中、残していくのを牧場主が哀れに思ったらしい、囲いから放たれた羊の群れが遠い丘に、薄雲のようにわだかまって淡い冬の陽《ひ》に金色に煌《きら》めいている。

少し前からラジオは受信しなくなっていて、自主避難で放送設備も放棄されたのだろう。戦局が確認できないのは多少困るが、チトリたちのためにはその方がいいとユートは思う。彼女たちにも今更どうにもできない、〈仔鹿《こじか》〉の死とその巻き添えに、心を痛めながら道行きを進むくらいならいっそ耳にもしない方が。

どうせこれから前線に近づけば、そこには放送施設があるしその頃までには他の〈仔鹿《こじか》〉たちも人のいないところに辿《たど》りついているだろう。そのまま沈静化してくれていれば。

「……行こう」

「ええ」

冷たい風に、長い亜麻色《あまいろ》の髪を押さえてチトリが頷《うなず》く。

ユートはレイドデバイスを含め、通信機器は持っていかなかったという。

だが、居場所がわかっているなら近づけば合図ができる。発煙筒でも発光弾でも、ダスティンの居場所を伝える目的なら充分だ。それこそ火を焚《た》いて煙を立てるだけでも。

会いにきたと、助けにきたとチトリに、知らせてやれる。

その衝動に衝《つ》き動《うご》かされるまま、ダスティンは身を翻《ひるがえ》す。手にしていたクリップボードを無意識に落としたことにも気づかない。驚いたアマリが声を上げたことにも。

「ちょっと⁉　――ねえダスティン！」

ダスティンの目にはただ、遠くて見えないはずのこの第一隊舎の出入り口が、リュストカマー基地のゲートばかりが見えていた。

軍服で、ブーツを履いて、だから行軍に支障はない。火を焚《た》く材料は、用意している暇がないが現地調達すればいいだろう。刃物は――マルチツールくらいはいつでも、もちろん今も持ち歩いている。星を見て方角を知るやり方は教わったし、だから方位磁針も地図も必要あるまい。このままでも今すぐにでも、彼女の下《もと》へ向かうことができる。

とにかく、行かないと。

探しに来て、と言われたのだから行かないと——十年前のあの時、二度と会えなくなったはずのチトリの下《もと》に今度こそ。

今度こそ。

助けに。

沸騰する思考を、涼やかなその声が瞬時に冷ました。

「待って、——ダスティン君！」

咄嗟《とっさ》に叫んで、呼び止めてしまってから。

アンジュは続ける言葉に詰まる。

行かせるべきではない、とはわかっている。聞こえてしまった、アマリの伝言の内容。ダスティンの身の安全を考えるなら彼を行かせるわけにはいかない。ダスティンは共和国人で、だからもしかしたら悪い立場に追いこまれるかもしれないというユートの懸念《けねん》以上に行かせるわけにはいかない。

属領ヴェサは戦闘属領ニファ・ノファの——西方方面軍の防御陣地帯のすぐ後背だ。

ユートと、チトリという少女がいるのはレギオンとの戦いが続く、激戦場の真後ろだ。

加えてリュストカマー基地が所在する属領シルヴァスは、ヴェサともニファ・ノファとも隣接していないから、今から追ったとしてもすぐには追いつけない。合流できるのは目的地の、共和国領東端のノイナルキスか、最後の経由地点である戦闘属領ニアンテミス。

どちらも今や、〈レギオン〉支配域だ。

行けるわけがない。

エイティシックスや〈シリン〉ならあるいは可能かもしれないが、……ダスティンにはまず不可能だ。彼の技量では帰ってくることは無論、行きつくことさえできない。

それがわかっていて、けれどアンジュは言葉に詰まって立ち尽くす。

だって、行かなければ傷になる。

見捨ててしまえば、そのことはダスティンには傷になる。

友達だったと言っていた。助けたい、と言っていた。

それなのに見捨てさせてしまうのは、優しく潔癖なダスティンにはきっと取り返しのつかない傷になる。

それがわかってしまうから、アンジュはそれ以上、何も言えない。

行かないでほしくて、ダスティンを傷つけたくもなくて、だからアンジュは何も言えない。

けれど立ち尽くしたアンジュの表情に、ダスティンは我に帰ってしまう。

死なないで、と、言われたのだ。自分はそれに、応えたのだ。

そして一度冷静になってしまえば、最前の自分の、なんの準備もなしに身一つで飛びだそうとした無謀にも、入念に準備したところで困難な道のりにも、思い至らずにはいられない。

自分程度ではまず、行ったが最後生きては戻れないというその事実にも。

アンジュは凝然と、不安とそして葛藤に顔を歪《ゆが》めて立ち尽くしている。

ダスティンでは行きつけないという事実に、気づいているだろうにそれ以上は言わずに、行っては駄目だとは言わずに、懸命に言葉を堪えてくれている。

裏切れるわけがない。……裏切りたくない。

懸命に、どうにか笑みかけた。

「ごめん。行かないよ。……俺じゃ行けるわけがないものな」

〈レギオン〉支配域なんて、進めない。西方方面軍の陣地帯どころか後背のヴェサだって、輸送と後送とで混乱している以上入りこむ余地はない。全容解明には貴重な、生きた〈仔鹿《こじか》〉であるチトリと、脱走兵のユートの所在を知らせるわけにはいかないから、連邦軍に報告して通行許可を得ることさえ。

どうあっても、行けない。それはわかっている。

「大丈夫、約束は、忘れてないから。俺は死んだりしない、死にに行ったりしないから」

でも。伝言したからにはチトリは、ほんとうは来てほしいはずだ。

居場所を伝えたからにはチトリは、本当は助けを待っているはずだ。それなのに俺はまた、彼女を見捨ててしまうのか。

雪の魔女の願いを、守る代わりに。

「ちゃんと、ずるくいるから……これくらいのずるは、してもいいから。だから、そんな泣きそうな顔をしないでくれ」

果たしてアンジュはその言葉に、いよいよ悲痛に顔を歪めた。


村人全員が家族みたいなもので余所者《よそもの》なんかめったに来なくて、だから、盗みに入る者を想定する必要もなかったのだろう。

鴉《からす》や猫の悪さを防ぐのがせいぜいの、ちゃちな南京錠《なんきんじょう》で施錠《せじょう》されただけだと確かめて。無人の農場の一角の、納屋《なや》の扉をユートは思いきり蹴りつける。そもそもの作りが弱い上、古くて劣化した南京錠《なんきんじょう》はぱきんと割れてはじけ飛び、あっけなく入口を解放する。

乱暴への抗議のつもりか、納屋《なや》なりに健気《けなげ》にも、侵入者を防ごうとでもしているのか。ぎいぎい鳴きながら戻ってきた扉を、今度は手で押し開けて中を見回す。畑やその周辺で使う刃物が、錆《さ》びた錠とは正反対のよく手入れされた輝きで整然とまとめられていた。

それこそ避難の直前まで、大切に扱われていたのだろう。そのことに一抹の申し訳なさを感じつつも物色し、手ごろな重さと長さの鉈《なた》を選んで取り上げた。これまでは人が、いないわけではなかったからさすがに避けたが、いないのならこうした刃物はある方が断然、便利だ。

背後ではチトリたちが、目を丸くして覗《のぞ》きこんでいる。

錠を調べていたから開けて中を物色するつもりだとはわかっていたろうが、まさか蹴り開けるとは思わなかったらしい。

「熊とか、狼《おおかみ》とかの護身用？」

「まさか」

淡々と首を振った。チトリたちの背後、広がる収穫後の畑を、鞘《さや》に入ったままの鉈で示す。

農業主体の属領にはどうやら特有の、見渡す限りの畑と放牧地の間に街が点在する景色は、通りすぎてきたミアナでもナレヴァでも、この属領ヴェサでも変わらないが。

「属領ヴェサは今、西方方面軍の後方支援部隊の展開地域だ。人家や街は、邪魔になるものは潰されてるだろうから、雪と風をしのげる建物が見つからないかもしれない。かわりの風よけを作るために刃物がいる」

火を焚《た》いたくらいでは、吹きさらしの風には抗しえないのである。にわか作りのシェルターも寒いことに変わりはないので、なるべくなら避けたいが見つからないのでは仕方ない。

そうなんだ……と目を丸くしたまま、チトリたちは零《こぼ》す。

それから互いに視線を交わしあって、それぞれに決然と頷《うなず》いた。

「じゃあ、刃物」「私たちも持つね。シェルター作るの、私たちにも手伝わせて」

意外な提案に見返したユートに、意気ごんでチトリが身をのりだす。

「だって、これからはシェルターも作らないとなら、ユートの負担が増えるんだから。私たちもやらないと」

それに、そう、あの老婆も言っていたじゃないか。

来ると決めて、来た道だ。決めて、その通りに来られたのだからいっそ重畳だ。

これは自分たちの、最初で最後の旅なのだから。

「ユートがやってるようなこと、……私たちもやってみたい」


拘束にあたり、レーナはどうやらレイドデバイスも他の通信端末も取り上げられたようでまったく連絡が取れない。共に『保護』されたというアネットとも。

何が保護だ、と腹立たしさを持て余しつつ、そんな精神状態で隊員たちの前にいるわけにもいかないから終業後の自由時間をファイドの待機スペースでやりすごしたシンは、消灯時刻が近づいたので戻った兵舎の廊下で、思案に暮れる様子のフレデリカに気づく。

「……フレデリカ。どうした」

声をかけると、ちらりと視線が返る。

「わらわではなくダスティンとアンジュなのじゃが……」

ああ、とシンはうなずいた。ダスティンの知り合いが〈仔鹿《こじか》〉だとは、アマリを経由したユートからの報告で聞いてはいたが。

……そういえば伝えるのを忘れていた、と思ったら、見透かした様子でフレデリカが肩をすくめた。

「そなたもそなたで、ダスティンどころではなかろう。クレナや、クロードやらトールやらにも頼むから関わらずで良いわ」

「……悪い」

言うとおり、正直なところ二人のことまで抱えこめる余裕が、今の自分にあるとも思えない。

「なに、任せておれ。万一の時にはわらわがそなたのかわりに、ダスティンめを〈レギオン〉の中に放りこんでやるからの」

そんなことも言ったなと、シンはようやく少しおかしくなる。

「それはさすがに、譲れないな。……多分、おれがダイヤに叱られる」

おッ前おちびちゃんになんてことさせてるんだよ！　とかそんな感じで。

いまや年下になってしまった彼は、そういうことには本気で怒る性格だったから。


初めて鉈《なた》など扱うチトリたちの、手際《てぎわ》の悪さを見越して早いうちから準備に入った甲斐《かい》が合って、日暮れ前にシェルターは完成した。

「すごい。お家《うち》だぁ……！」

「枝とか木だけで、こういうの作れるのね」

今夜一晩を凌《しの》げればいいだけの、葉も落とさない枝をさしかけたり敷きつめたりした小屋とも言えない何かを、けれどキキとカリネは感動の眼差《まなざ》しでいつまでも見つめる。

焚火《たきび》をおこすのに挑戦したシオヒとチトリは熾火《おきび》にかけた鍋から缶詰を取り出して、アシハとイメノは枯れ枝を集めに行ったはずなのだがどう見ても遊んでいる。剝がれかけた木の皮をひっぺがして、その下で越冬していた天道虫《てんとうむし》の群れにきゃあきゃあ言ってみたり、がさがさ草を揺らして進むネズミかなにかにとびのいてみたり。

チトリが唇を尖《とが》らせる。

「ねえ、もう、遊んでないで。夕ご飯だってできちゃったんだから」

温めただけの缶詰と、炙《あぶ》っただけの固い重いパンも、火の準備から管理までどうにか自力でこなした彼女には、立派な『夕食』であるらしい。

はーいと戻ってきた四人も、どこかうきうきと地面を掘り下げた焚火《たきび》の周りに集まる。

食後のお茶はじゃあ、私が淹《い》れるねとカリネが松葉のお茶を用意して、一息ついたところで明日以降の行程の確認にとユートは地図を広げた。

「現在地は属領ヴェサ。北西で戦闘属領ルニヴァ、南西でニファ・ノファに隣接していて、どちらにも西方方面軍が陣地を敷いている。昼に言ったとおり、ヴェサは西方方面軍の支援部隊展開地域だ。住民はいないが、今度は連邦軍に注意する必要がある」

別段殺されはしまいが、拘束なり保護なりの上で後送、ということにはなるだろう。ついでに、脱走兵扱いのユートは間違いなくもっと面倒なことになる。

チトリたちは真剣な顔で、夜光塗料でルートを書きこんだ地図を囲んでいる。

「連邦軍の陣地帯と〈レギオン〉の哨戒《しょうかい》線は、ニファ・ノファ北部の原生林にまぎれてすりぬける。ここが一番、日数がかかると思っておいてくれ。その後は〈レギオン〉支配域を南進してノイダフネ、それから西のニアンテミスに向かう」

〈レギオン〉の哨戒《しょうかい》線を越えてしまえばむしろ警戒が薄いのは、二年前、支配域を踏破したシンたちの経験から推測できるし、人間程度の大きさで小集団なら、支配域への浸透と、内部での行動も可能とは何度か〈シリン〉たちが証明してもいる。〈レギオン〉も共和国を滅ぼし、兵力を西部戦線に集中できる今、支配域内にむざむざ遊兵を置いてもいまい。

連なる無数の丘陵の陰に、名前もない森に、人の背丈よりも高い草の原に、南北四百キロにも及ぶ広大な荒野に、隠れてしまえば大きさの上でも熱源でもちっぽけな人間数名程度、そうそう見つからないはずだ。

ことんとイメノが首を傾《かし》げた。

「あたしたちも、何か気をつけることはある？」

「いくつかあるが。とりあえず西方方面軍の陣地に近づいて以降は、特に夜には大声は出さないように。もちろん〈レギオン〉支配域でも。夜間は、意外と遠くまで音が響く。もし一人で火を焚《た》くときも、今みたいに穴を掘ってその中で焚《た》くこと」

ユートたちエイティシックスはまだ、ほとんど覚えた者はいないが。夜の歩哨《ほしょう》で不用意に煙草《たばこ》を吸うとその火を狙って撃たれる、というのは戦闘属領兵《ヴァルグス》の定番の教訓話である。

ベルノルトから聞いたそれを思い出して、ユートはつけ加える。冗談は得意ではないが。

「だから虫や小動物を探して騒ぐのは、今のうちに存分にやっておいた方がいい」

はーいとイメノたちは声を揃《そろ》えた。頬を膨らませたチトリが、ぺしりと背中を叩《たた》いたがまるで小鳥でも止まったみたいな威力で、ユートは肩さえも揺らさなかった。

共和国の士官二名の保護のため、主人の傍《そば》を離れたヨナスだが連絡は絶やしていない。

〈仔鹿《こじか》〉の調査の進捗を伺い、それをどこまでレーナたちには話すべきかと同時に思考を巡らせ、一方で従者として仕えて長いヨナスだからこそ察せられる、淡い疲労の気配に思いを馳せる。西部戦線の戦況も相変らず良くないらしい。ずいぶん、お疲れのご様子だ。

『――それから、当該の少女が一人、自殺体で見つかった。生前の同意があるわけはないが、検死の名目で先技研の対生物兵器部署が解剖して調査中だ』

「…………」

それは本当に自殺なのだろうかと、ヨナスは思う。

冬のこの時期とはいえ、警察も首都近郊の駐屯部隊も動員しての捜索の対象とはいえ。人知れず自殺したろう死体が、調査できる程度に新鮮なまま見つかるなど。

ヨナスの疑念を聡く感じとったらしい、ヴィレムがわずかに苦笑する。仕え始めたばかりの小さな頃にはともかく、もう聞くことも珍しくなった、たしなめる調子の声が届く。

『自殺だ、ヨナス。その一線を兵どもに越えさせていい状況ではない。……それに年端《としは》もいかぬか弱い少女が、生体爆弾と化す前にと自ら命を絶った、その勇気と覚悟を疑ってやるな』

細胞の機能を利用してニトログリセリンを合成する以上、機能停止した死体の細胞では役に立たない。そうと知っていたとしても、軍人としての訓練も主の盾としての訓練もしていないただの少女には、死を選ぶのはなるほど、恐ろしい決断であったはずだ。

愧《は》じてヨナスは瞑目《めいもく》する。

冷徹と非道は別物であるべきだし、情報を慎重に精査する態度と、何もかもを悪く考えて疑う猜疑心《さいぎ》とはやはり違う。

「失礼いたしました。……では、想定よりも早く、正確な情報を報道にのせられそうですね」

『正直発表したくはないがな。そういうわけにもいかないが』

誤情報や無責任な風説は、時に民衆を不安や恐慌に陥《おとし》れる。戦局が悪化して連邦の社会全体が険悪さを増している今ならなおさらに。正確な情報の提示は対策となりうるが、……その正確な情報が、流布《るふ》した風説と偶然にも似通っているのだからなるほどそう言いたくもなるだろう。

新型の自走地雷がどうの、生物兵器がどうの、という。

「あの報道は、させるべきではありませんでしたね」

『あれくらいはどうでもいい。どうせ他の人間でも思い至る程度の話だ。そうではなくて、よりにもよってまた共和国だろう』

意外な回答にヨナスはまばたく。

知覚同調《パラレイド》の向こう、彼の主は珍しく、ひそやかに深く嘆息した。

『市民どもには、責めたていい明確な悪が生まれたことになる。……この状況ではそれは、面倒なことにしかならない』

電磁加速砲型《モルフォ》の砲撃は続き、辺境属領からの避難者はいよいよ増えて、さすがのザンクト・イエデルも周辺の中央属領ももう許容能力の限界だ。

ホテルや集合住宅の空きは、第二次大攻勢直後の避難民の受け入れでほぼ埋まっている。とりあえず公共施設で解放できるものを片端から受け入れ施設に転用するけれど、その施設の数にも限りがある。まして日々消費される食料品や日常の消耗品や。

受け入れ施設の設営に、食料の配布の手配にと駆り出されて、その合間にあちこちから要望やら苦情やら嘆願やらを入れられてその一部の対応にも奔走する日々が続いて、セオはすっかり疲れてしまう。前線の戦闘職の不足は深刻で、予備役に加えて後方の支援職からもずいぶん人が引き抜かれているから、セオたちのように支援職として残った側も人手が足りない。

甘いものでも飲もうキャラメルコーヒーとか、と思い立って、基地の酒保のフードコートにふらふら向かった。

そして気づいた。

「……あれ、」

目当てのカフェが、その両隣のファストフードチェーンも、フードコートに出店している店全体が、――それぞれの金額としてはわずかだけれど、軒並み値上がりしている。

なんだろう、と考えつつとりあえずキャラメルコーヒーを購入して、ぼんやり飲みながらもなんとなく意識の端に置いていていたら不意に思い至った。

「そうか。属領が」


第二次大攻勢での戦線後退に伴い、生産属領の一部からは住民が退去させられて、それはつまり彼らが働いていた農地や牧場、工場が生産能力を失うということでもある。

その影響が二か月を経て、品不足と物価の上昇というかたちでザンクト・イェデルやその周辺に現れる。収穫が終わっていた農産物はまだしも、乳製品や食肉や日用品や。

一部生活必需品の配給制への切り替えが検討されている、というニュースを見ながら、アネットが淹《い》れてくれた合成紅茶をレーナは含む。

こうした嗜好品《しこう》の類《たぐい》は、真っ先に生産プラントが培養肉や合成デンプンのそれに切りかえられてしまうのだろうから、今後は貴重品となるか生産性を重視して品質が低下するのだろう。

共和国でも首都リベルテ・エト・エガリテのデパートメントのようなごく一部を除いては、合成紅茶も合成珈琲《コーヒー》も酷《ひど》い味だったらしいのと同じように。

「まさかそのうち、例のプラスチック爆薬が主食になる、なんてことはないわよね……」

同じようなことを考えていたらしい。ぼそりと、そして戦慄した顔でアネットが言うものだから、レーナは微苦笑する。第一大攻勢の二か月で散々食べる破目になった、八六区の合成食料。食べ物を名乗るのもおこがましい虚無味の、白い粘土に似た何か。

アレはもう二度と、金輪際ごめんだしそれはアネットも同じだろうけれど。

「連邦は共和国よりずっと大きくて資源も豊富なんだし、共和国でも一応は壁の中ではそうじゃなかったんだから、それはないと思うわよ」

「そうかもしれないけど、だってつまり連邦のがずっと人口も多いってことよ。生産属領からの避難は止まらなくて農地も工場もどんどん放棄されてて、だから生産能力も下がってて品不足はこれから悪化するばっかりなんだから、もしかしたらってこともあるじゃない」

数秒レーナは考えた。たしかに。

そしてやっぱり戦慄した。

アレがまた、主食なんて。

電磁加速砲型《モルフォ》からの自主避難は、渋滞の続く軍の輸送網にさらなる悪影響をもたらす。行政の統制を受けていない、経路や目的地の指示もないまま移動する集団だ。通るべきではない場所へも入りこむ。軍の輸送のための道路が、列車の軌条が避難民に塞がれることが頻発し、支援物資を求めて集積所に集まるから物資の発着が妨害される。誘導や警備にまで人手を割かれて、ただでさえ無理を強いられ続けた兵站《へいたん》部門はいよいよ限界に達する。

結果としてニアム・ミアロナ中佐が属する北方第二方面軍でもその他の戦線でも、補給の遅延が目立ち始める。

要求した弾薬が、燃料が、医薬品が、補充の兵が届かない。そうなれば要求側も遅延を見越して多めに発注し始めるから、兵站《へいたん》の負担はなおも高まる。戦力や物資が足りずに、守り通せるはずの拠点が陥落する。助かるはずの負傷者が死ぬ。ただでさえ〈レギオン〉の圧迫で日夜大量に死んでいる上にさらなる死傷者の増加だ。兵員の補充の要求はますます増え、兵站《へいたん》の負担と疲労も増え続ける。

そのくせ今の戦況では、補充兵は投入される端から死んでいくような有様《ありさま》だから、前線は常に兵力不足だ。

「頭が痛いな。どうしたものか」

つい、ミアロナ中佐は嘆息を零《こぼ》す。物資の不足も戦力の不足も。

糧食の供給だけは最低限、滞らずにいることだけが唯一の救いだ。連邦では上等の食料は軍に優先して供給される。食事の質は士気に直結するからだ。後方の市街が悩まされる品不足も品質の低下も、だから前線には未《いま》だ無縁だ。

そのうちに甘味や、煙草《たばこ》や酒といった嗜好《しこう》品類も、後方では貴重品となるのだろう。

彼女の乗機の操縦士《オペレータ》の青年が、傍《かたわ》らで真面目くさった声を出す。

「軍でなら腹一杯に食える、というのが、いずれ我が連邦軍の有効な勧誘文句となるやもしれませんね、姫様」

「いつの時代だ、一体それは」

あんまりなブラックジョークに思わず苦笑する。食いはぐれを従軍させる破目になったことなど、栄えある帝国の歴史ではその最初からない。

冗談の空気を察して今度は副官が、やはり軽口の口調で続ける。

「いっそ避難民を狩り集めて、補充兵としてしまいましょうか。それなら兵力不足は解消されますし輸送の負担もなくなりますし、後方の食糧不足だって解決します」

ミアロナ中佐は苦笑を深める。冗談なのはわかっているが。

「馬鹿を言うな、ヒスノ」

〈仔鹿《こじか》〉たちはどうやらほとんどが、人のいないところまで辿《たど》りついて隠れられたらしい。ひところは毎日、相次いでいた自爆事件もここ数日はうって変わってニュースにならない。報道されていないわけでもないだろうから、事件自体が起きていないのだろう。

「そのつもりでみんなで家とか出たって、ユートが聞いた話じゃそう言ってたらしいから……じゃあ、まだ良かったのかな」

〈仔鹿《こじか》〉の少女たちは、シンにも他のプロセッサーたちにも知人でもないが、同じエイティシックスだ。なんとなくだが誰もが気になるようで談話室や食堂のテレビは報道番組に回されることが多くなっていて、けれどすっかり各戦線の苦戦と避難の混乱ばかりのそれに、ぽつりとクレナが呟《つぶや》く。

アンジュはこのところ、自身の食事は早々に終えてもう一人分のトレイを持って食堂を出ていってしまうからここにはいない。

連邦の朝食の定番の、煮込んだ豆とベーコンを口に運びながらライデンが応じる。

「共和国に復讐《ふくしゅう》とか、考える奴《やつ》がいないわけじゃなかったろうが避難先も公開されてねえからな。それなら無関係の奴《やつ》まで、巻き添えにしたかねえって思うのは当然だろうし、そうできるならせめて、その方が良かったよな」

「そうだね。せめて」

「……けど、それなら」

ぼそりと独りごちたシンに、ライデンもクレナもちらりと視線だけを向けて、それ以上は触れずにいてくれているがそのことにもシンは気づけない。

〈仔鹿《こじか》〉たちは隠れ潜めたようで自爆事件の報道は無くて、グレーテの話では書類やらの調査も進んでいて。それなのに。

何があろうが、それこそ傍《かたわ》らにいるべき人間が不在となろうが食欲が落ちるということもない、戦闘のための体力維持を最優先する己の体に、戦人《いくさびと》としての自身の習い性にさえも腹が立って、フォークをきつく握りしめる。一度はどうにか、飲みこんだ苛立《いらだ》ちだったけれど、こうも進展がないのでは蘇《よみがえ》りもする。

「じゃあどうして、レーナはまだ帰ってこないんだ」

ユートが〈仔鹿《こじか》〉たちから聞いた話では、彼女たちには地雷と同様に、自爆処分のための時限装置が設定されていて。

「逃げた子たちの期限はこの十二月だって、クロウ少尉の証言は裏付けが取れたってさ」

押収《おうしゅう》した資料から確認された〈仔鹿《こじか》〉の追加の調査結果を、研究班長とグレーテは彼女の執務室で共有する。

「その上で、酷《ひど》い言い方だけど結局は実験段階の被験者であって、まだ兵器じゃない。ただの女の子を洗脳も条件付けもしないまま使ったんだから、それはその子たちも犠牲は避けたいよね。このまま次の事件も起きないでなんとなく忘れられて、それで年明けにこっそり事実公表、安全宣言、ってとこじゃないかなぁ」

この月の間に少女たちが全員、隠れ潜んだまま爆死してしまうことで。

グレーテは小さく嘆息する。言うとおり、酷《ひど》い言葉ではあるけれど。

「このまま沈静化しそう、ということね。電磁加速砲型《モルフォ》の報道の影に隠れたのも、幸いと言えば幸いかしら」

少女たちにもせめて、悪名などはつくことがなかったのなら。

「……それにしても、沈静化を待つのはそうでしょうけど、ミリーゼ大佐とペンローズ少佐は早く返還してもらいたいところね。ミリーゼ大佐については、ノウゼン大尉はそろそろ忍耐の限界でしょうし」

レーナとアネットは現在ヴィレムの庇護《ひご》下にあるとはグレーテも知っていて、庇護《ひご》というからには二人とも安全かつ丁重な待遇の元に置かれているだろうが、……実はグレーテは未《いま》だに庇護《ひご》者がヴィレムであることをシンに伝えられていない。今でもよく堪えてくれている状態のシンは、まず間違いなく激怒しそうで。

「まあ、君の嫌いな例の人斬りさんの判断も、わからなくはないよ僕は」

カフェイン添加の代用コーヒー、それも泥水みたいに濃いそれをすすって研究班長が言う。〈レギンレイヴ〉の開発元の――つまりはグレーテの実家の企業のもう一つの経営者の一族の出で、グレーテとは腐れ縁気味の幼なじみである彼。

「君だってそうでしょ、グレーテ。失敗した王様は吊《つ》るされるものだよ。負けた英雄は処刑されるものだよ。……まあ、英雄は勝っても処刑されたりするけどさ。ともかく」

「……ええ」

わずかにグレーテは目を伏せる。それをこそヴィレムは、軍上層部は、警戒しているからこその二人の保護だ。

「流れ次第ではまだ、特にミリーゼ大佐は危ないわ。流れ弾、なんてことにもなりかねないし、……それはもっと悪い事態にもつながりかねない」

第二次大攻勢後の避難でだろう、放棄された小さな、森に埋もれるような集落が今日のユートたちの仮宿だ。

ベッドで寝たい誘惑に駆られている少女たちの横顔に足を止めて、見繕った民家の釘付《くぎづ》けにされた扉をこじ開けて。幸い街道からは外れた森の中の、中隊の宿営にも小さすぎる集落だ。発見される可能性は低い。冬の早い日暮れに備えて硝子《ガラス》ではなく木の板が嵌《はま》った窓に布をかけて、置き捨てられたランプを灯《とも》す。この集落にはまだ、電気が引かれていないようだ。

チトリたちは興味深げに、そしてはっきりとほっとした様子で、見慣れぬ連邦西部辺境の民家を見回している。

「連邦の、田舎の方のおうちってこんななのね」

「首都とはだいぶ違うよね。共和国とも」

他人の家に勝手に入りこんでいるから少し後ろめたそうだけれど、久しぶりのテーブル、久しぶりの椅子、久しぶりの木の床と壁と屋根。炊事のための薪のストーブは使えそうで、カリネがさっそく火を入れた。

まだぎこちない火熾《おこ》しに続き、鍋と缶詰を用意して夕食の準備にかかる少女たちを見ながらユートはふと思考に沈む。

ダスティンは結局、来られなかった。

予定ではこのヴェサの手前で合流できるはずだったから、伝言が届かなかったか遅れたのだろう。連邦軍の〈仔鹿《こじか》〉への初動が遅れたのと同様に。

そして属領ヴェサは戦場後背で、ここから先の戦闘属領ニファ・ノファ以降は戦場そのものなのだから、この後も合流できるはずがない。仮にダスティン本人が冷静さを失って来ようとしても、周囲の誰かが止めるはずだ。

……会わせてやれるなら、その方が良かったが。

ダスティンにも、……それを望んだチトリ本人にも。

ユートのその思考を知らない、チトリは楽しげに、鍋の湯が沸くのを待っている。周りでキキやイメノやシオヒも。

「なんだかおとぎ話のお家《うち》みたいね。お見舞いのお婆《ばあ》さんが住んでそう」

「たしかにね！　それか働き者の小人とか仔山羊《こやぎ》の兄弟とか」

「ニワトリとかのっけたロバが外で鳴いたりして」

なんとなく全員が木の窓に目をやって、ちょうどよく外で獣か何かが鳴いた。

「……ロバ？」

「さあ……」

幸い狼《おおかみ》でもないし、窓の外というにはだいぶ遠いな、とユートは思ったが、じゃあ何かというと彼にもわからなかった。それとニワトリを乗せたロバとは何だったか。

赤みがかった髪を不揃いに切った、一行で一番活発なアシハが言う。

「あっでも、ひいおばあちゃんちとかこんなだったよ！　ひいおばあちゃん子供の頃はまだ村に電気来てなくて、それで薪でご飯作ってたって！」

「そうなの？」

「うちも田舎だったもん。あたしが子供の頃だって、隣の村まで一日とかかかって」

懐《なつ》かしげな笑みに目を細めてアシハは笑う。……ユートを含め、戦場にいたエイティシックスはほとんどが忘れ去ってしまった故郷を思って。

ユートにはもうわずかな断片しか思い出せない、懐《なつ》かしいとも思えない故郷を思って。

ふと、問いが口をついて出た。

「……どんなところだったんだ？」

そんなことを自分が問うのかと、むしろユート自身が驚いた。

そんなことを、……自分が、聞いてみたいと思うことがあるなんて。

見返してくる少女たちのとりどりの色彩の瞳を、チトリの淡い紫の双眸《そうぼう》を、なんとなく見返せずにランプの火に目を逸《そ》らして、問いを続けた。

「君たちが暮らしていた、……帰りたかった故郷の街は」


なにしろ総隊長のシンとその副長のライデンと、クレナとアンジュは最初に連邦に保護されてエイティシックスの筆頭格と認識されている分、いろいろと忙しいのである。機甲グループの運営でも、どうやら秘密裏に進行している次の作戦に関しても。

同じスピアヘッド戦隊の同じ隊長格でも、完全には代わってやれないトールとついでにクロードは、だから四人では手が回りきらない細かい雑事くらい、片付けてやるつもりでいる。たとえばプロセッサーではやっぱり一番弱い、ダスティンの面倒とか。

居室に籠もってろくに出てもこないダスティンの、その居室の入口でトールは言う。

「ダスティンお前、ちゃんと飯食えよ。そんでせめて飯の時くらい外に出ろ」

通路みたいに狭苦しい居室の、ベッドに座ったダスティンは俯《うつむ》いたまま顔さえ上げない。

「食欲が」

「なくっても食うんだよ。あのクソ合成食料だろうと目の前で誰か吹っ飛ばされた直後だろうと。じゃねえといざって時に動けねえ」

八六区では、そういうものだった。体調を崩していようが何人死のうが、お構いなしに屑鉄《くずてつ》どもは攻めてくるのだから、どんな状況でも腹に物を入れて、いつでも戦えるようにしておかねばならなかった。

それはこれからのこの、連邦の戦場でもきっと同じで、そしてダスティンはプロセッサーだ。トールたちと同じプロセッサーだ。出来るようにならねばならないし、だからトールはダスティンを部屋から連れださねばならない。

「心配されて声かけられんのが嫌《や》だってんなら、クロード連れてきて前で仏頂面《ぶっちょうづら》させといてやるよ。だからほら飯いくぞ」

「……君だって心配してくれてるだろ」

ふんとトールは鼻を鳴らした。

「スピアヘッド戦隊の戦力を、小隊長としてな。あんま甘ったれてんじゃねえぞバカ」

同じプロセッサーだけれど別段仲良しこよしでもないトールにも、何日も閉じこもって懊悩するなんてこの戦場ではまったくいい気な振舞に、何も言わずに毎日毎食、部屋の前に食事のトレイを置いてやっている誰かにも。

ダスティンはようやくこちらを見た。力なく、苦笑していた。

「そうだな。……じゃあ甘えついでに、聞き流してくれないか」

アンジュには話せない。

クレナやフレデリカにも、彼女たちから伝わってしまうかもしれないから話したくないし、シンやライデンやヴィーカは忙しい。マルセルはきっと、トールほどには聞き流してもくれないだろう。こんな益体のない話を。

トールは肩をすくめて身を翻《ひるがえ》す。聞いてやる、とも、ついてこい、とも言わないその素っ気なさがむしろ気楽で、ダスティンは訥々《とつとつ》と続けた。

「……優しくてきれいな子で、ちょっと、お姫様みたいに思ってたんだ」

前を行くまま、トールは振り返りもしない。

「チトリって子？」

「ああ」

好きだった英雄物語の、お姫様みたいに。幼いダスティンが憧れた騎士が、忠誠を捧《ささ》げる姫君みたいに。

「俺が、守るべきお姫様みたいに——思ってた」

けれど。

——ダスティン。今夜は外を、絶対に見ちゃ駄目。

母のその言葉に、蒼褪《あおざ》めていたその細い面《おもて》を少しだけ不審に思ったのに、諾々と従ってその夜はカーテンを開くこともなく眠って。

今でも覚えている。翌朝、いやに静かだった。

隣の家には毎朝迎えに行くと出てくるチトリも、彼女の両親もいなかった。道にも店にも、人影一つもなくて不安に急《せ》き立《た》てられて学校へと急いだ。そこには誰かがいるはずだと、毎日授業や遊びに、クラスメートやチトリと時間を過ごしたそこだけはせめて、昨日と変わらないままであってくれと、ほとんど祈るようにして無人の街をひた走った。

学校には、学校にも、誰もいなかった。

ほとんど気にもしていなかったテレビのニュースをはじめて、食い入るように見た。……おかしなことばかり言っていた。色のついた人たちは敵。チトリたちは敵。そんなはずはないのに、まるでそれが絶対の真実みたいに。

納得できないダスティンとは裏腹、おかしなことを言うテレビは、周囲の人間たちは、もっとおかしくなっていった。そもそも色つきは、人じゃない。進化に失敗した劣等種。人型の豚。〈レギオン〉と戦わせるべき無人機の部品。チトリたちは、人間なのに。

正す言葉を、その時にはまだダスティンは持たなかった。——狂っていく世界に対し、ただ呆然《ぼうぜん》とするばかりで何もできなかった。

おとぎ話の騎士気取りで、いざという時には何もできなかった。

だから。

「今度こそ俺は、——彼女を助けてやりたいんだ」

それが。

共和国の罪を雪《すす》ぐべく機動打撃群に志願した自分の——まさに行うべき贖罪《しょくざい》で、あるはずなのだから。

エイティシックスは共和国の各地から八六区へと追いやられた、数百万の人間のその生き残りだ。同じ戦隊、同じプロセッサーでも出身地は全く別であるのと同様、チトリたち〈仔鹿《こじか》〉もまたその出自は様々だ。

尖塔《せんとう》の並ぶ古くからの街に、生まれたというキキ。盟約同盟の山岳を間近に望む村の出のシオヒ、南の副都ユスティティア育ちのカリネ、金色の穂波の様を美しく語ったイメノに、羊の世話の日々を面白おかしく話すアシハ。それぞれの家族と友人たち。

最後に順番が回ったチトリは、引っ越した先の新しい美しい街から、やがて共に育った幼なじみの話になる。

おとぎ話の王子様のような、優しくて頼りになった隣の家の男の子。

また明日、と手を振って、それきりになってしまった一番の友達。

「……だから、心配してたらいけないから会いたかったけど」

追憶に淡く、微笑《ほほえ》む眼差《まなざ》しで、目を伏せてチトリは語り終える。

——ダスティン・イェーガーって男の人が、もしかして、いなかった?

ダスティンは白系種《アルバ》で、けれど帝国出身でもあったから、もしかして彼もまた収容所に送られたのではないかとずっと心配だった。壁の向こうで生きているとは偶然に、研究員が話していた革命祭での出来事に、名前を聞いてわかったけれどそれで余計に心配になった。

大攻勢の直前の、あの最後の革命祭。首席卒業で演説をしたという男子学生のその名前。

――いつまで続けるんだ、こんなことを！

そんなことを、共和国人全員に向かって真っ向から。言い放ったその理由がもしも私なら。見捨てたとか、守れなかったとか。思って共和国に真っ向から、反対したんだとしたら。

「それがもし、呪いみたいになってたらいけないから会いたかったけど。……いまさら会っても、それはそれで呪いになりそうだから――会わなくてよかったのかも」

無事だってわかったなら。

大攻勢でもこの前の攻勢でも、生き残ってくれたとわかったなら。

「それで……良かったのかも」

「…………」

それは。どうだろうかとユートは思う。

少なくとも自分は。……自分なら。

呪いすらも、得られないくらいなら。

イメノが身を乗り出す。

「ね、最後。……ユートの故郷は、どんなところだったの？」

「ほとんど覚えてないな。それどころじゃなかったから」

あ、とイメノが口を噤《つぐ》むが、ユートはそのまま続けた。わずかに残る、思い出とも言えない風景の断片を拾って。

「ルーツは多分、共和国からずいぶん遠い地域だったんだと思う。今から思うと他の街と、いろいろと習慣が違った。だから避けられた、というわけでもないんだろうが……」

たとえば語り聞かされたおとぎ話。たとえば紅茶の入れ方。ろくに顔も思い出せない母親の、親族たちの、なぜかそれだけ覚えている強く甘い香の香り。

全て捨て続けて、生きのびた。

年間生存率〇・一パーセントの八六区の戦場といえど、号持ちともなれば長生きもするし、号持ち同士で何年も共に戦いぬくことはそれなりにあった。たとえばシンたちスピアヘッド戦隊の五人、たとえばシデンたちブリジンガメン戦隊、たとえばクロードとトール。

ユートは本当に、一人だった。

最後の戦隊の仲間も、それ以前に属した戦隊での顔見知りもいない。本当に誰一人の戦友もないまま――一人、機動打撃群に加わった。

「多分、運が悪かった、というだけなんだろうな。元々号持ちは――生き残りの古参兵は激戦区に回されやすかったし、その上で、他人まで守れるほどには強くない奴《やつ》ばかりだったんだろう。俺も周りも」

そしてその弱さのまま、……誰も守らず、守ろうともせずに、一人きりで生きのびた。

誰も守ろうとしなかったから誰が死のうと傷にはならず、誰も守ろうとしなかったから、誰のことも記憶ではあっても思いでにはならなかった。

その歪《いびつ》さと寂寥《せきりょう》に、――気づいていながら改めることもなく。

――呪いになりそうだから、会わなくてよかったのかも。

それは。

どうだろう。

負った傷もないが、懐《なつ》かしむ思いでの一つもない。そんな生き方をするくらいなら、俺は。

「誰かに呪いの一つも、……かけられた方がマシだった」


ザンクト・イエデルの基地にいるセオなら、レーナの所在について小耳に挟むこともあるんじゃないかとライデンは思ったのだが、知覚同調《パラレイド》越しの答えはあいにくの内容だった。

「アネットまで連れてかれちまったのか……」

『少なくとも二人とも、僕のいる基地にはいないよ。たぶん、国軍本部じゃないかとは思うんだけど行く口実もないし、知り合いもいなくて確認できない。……そっちには何か、レーナとかアネットから連絡はないの？』

「いや。……おかげでシンの奴《やつ》がぴりぴりしてて、正直そろそろ鬱陶しいな」

隊員の前ではそれでも一応は、自制してくれてるからまあいいのだが、気のおけないライデンの前ではもう隠しもしないのである。

ダスティンを気にして落ちつかないアンジュはともかく、クレナの前でもぎりぎり自制しているのは多分、最後のプライド的な何かだ。クレナはきっぱり気づいて心配しているが。

おかしそうにセオが笑う。

『なに、気の立った犬みたいになってんの？　ちょっと見てみたいなそのシン』

さすがにつきあいが長いだけあって、たいへん的確な予想である。

『気持ちはわかるかな。僕も、アネットなんか目の前で連れてかれたからさすがに気になって。今も思い出すと腹立つよ』

「なんだ。ずいぶん仲良くなってんだな」

『別になってないよ。なんなのみんなしてさ』

今の基地の同僚ともうまくやっているようだ。そしてどうやら、そいつらにもバレバレだ。

むすりと息を吐いたらしいセオが、そのままふと声を潜める。

『……ただ、腹は立つけどあの処置はあれで正解だったかも、とも思っちゃうんだよね。今となっては』

「ん？」

『そっちは隣の街は避難ずみだし、だから気にならないでしょ。こっちは……ザンクト・イェデルは基地も街も、もう雰囲気最悪なんだよ』

言う間にも廊下の向こうで、こちらを指して何か言いあう数名が見えてセオは目を眇《すが》める。共和国人のアネットの交友か、エイティシックスだからとの〈盗聴器〉扱いかはもう知ったことではない。

第一次大攻勢直後には政府批判が展開され、〈盗聴器〉発覚後は共和国人と白系種《アルバ》に敵意が向いたが、今となってはそれに加えて。

「戦死者が増えてるのも避難民が増えてるのも、誰が悪いの間違ってたのって、なすりつけあいみたいになってってもううるさくって。機動打撃群も言われてるよ、とっとと電磁加速砲型《モルフォ》を倒しに行けばいいのにどうしてやらないんだってさ。じゃあとりあえずシンをあと十人と、それとクレナとかアンジュとかライデンとか、とにかくプロセッサー全員をそれぞれ十人ずつ追加で寄越してよって話だよね。あとレーナと王子殿下とグレーテ大佐あたりも」

『セオ、落ちつけ。特にヴィーカの奴《やつ》が十人は完全に悪夢だ』

「神父様と征海艦隊《せいかいかんたい》も追加したらもう完璧かな。……ともかく。そんなだから共和国人のアネットを基地に置いとけなかったのはわかる気がするんだ。こんなにみんなが殺気立ってるんじや、絶対八つ当たりとかされてただろうから」

　ライデンの声が低くなる。

『……電磁加速砲型《モルフォ》の砲撃、そんなにやべぇのか』

「砲撃自体はそうでもないみたいだよ。ただ、元々の避難民に加えて、今度は自主避難の人たちが逃げてきてて。その人たちへの不満とか反発が大きくてさ」

『ん？　なんで避難の連中に、反発が？』

　避難民が不満を抱いている、ならわかるがと、言いたげなライデンに嘆息した。それはそうだろう。セオも、実際そうなるまでは予想もしなかった。

「元々住んでる人たちとの間に、もめ事が絶えないんだよ……！　言葉が通じないとか注意書きが読めないとか、そうじゃなくてもお店なんか酷《ひど》い混み具合だし公園も図書館もみんな宿泊施設に転用して使えなくなってるし、だから邪魔だ帰れって。挙句に辺境語が耳障《みみざわ》りだとか辺境人はみすぼらしくて不愉快だとか、そういう言いがかりまで。そんなの避難の人たちだって黙って聞いてないから、余計喧嘩《けんか》が絶えなくて」

　揉《も》めごとと喧嘩《けんか》が絶えないなら、当然怪我人《けがにん》だって出る。喧嘩《けんか》の当事者の市民と避難民にもたまたま近くにいた無関係の人間にも。

　そうでなくてもそれまでの日常の平穏が、首都の住民からすれば避難民のせいで乱されて失われてしまっているから。

「家族の暮らしが脅《おびや》かされてるって思うから、基地でも避難民――っていうか、もう属領とか辺境とかの人間全員、犯罪者とか害獣みたいに考える奴《やつ》が多くなってて。いっそ自分たち軍が出動して農奴も異民族も全部辺境に追い返してやりたいなんて、そんなことまで平気で言われるようになってるんだ。正直こわいよ」

連邦が、世界が、なんだか。

取り返しがつかない形で――変質して、いくようで。

住民の無秩序な避難による、軍輸送網の混乱と前線の戦力低下。生産能力の低減。そして避難先の首都領・中央属領の住民たちと避難民との、軋轢《あつれき》の顕在化。

「……これが狙いか」

電磁加速砲型《モルフォ》による砲撃を契機とした数々の懸案に、ヤトライは苦く唸《うな》る。

〈カンプフ・プファオ〉の登場により、電磁加速砲型《モルフォ》はその本来の開発目的だろう要塞・陣地への集中的な打撃が難しくなっていた。いまや無駄に場所を喰《く》う高価な置物と化したはずの列車砲を、ここにきて嫌な攻撃手段に転用してきた。

「また随分と性格の悪い手を打ってきたな。帝国の弱点を、正確に狙い撃ちやがって」

連邦は――その前身であるギアーデ帝国は多民族国家だ。生まれ持つ色彩は無論、文化も言語も集団によってまるで異なる。

そして帝国支配層は民草のその差異の上に、更に無数の断絶を設定していた。

臣民と戦闘属領兵《ヴァルグス》の別に加え、都市民と農奴、中央と辺境、征服民と被征服民。――帝国の民は長きにわたり、無数の小集団に分断されていた。結託して貴族の支配を覆《くつがえ》せぬように。

帝国が連邦に変わってからは市民の名札に隠されていた――隠されていただけのその分断が、再び顔を出しつつある。

首都住民からはまったく時代遅れの、学もない辺境民への嫌悪《けんお》と蔑視。故郷の属領の素朴とはまるで別世界の利便と贅沢《ぜいたく》を独占していた首都領への憤激と不信。偶然だろうが戦線後退による物資欠乏と――超大国ゆえにこれまで維持された首都領の豊かな暮らしが失われたのと、避難民流入のタイミングが合っていたのも良くない。悪い物事には無理にでも原因を求め、そしてわかりやすく単純な因果関係をこそ歓迎する人間が、何をどう結びつけるかは明白だ。

……同じく偶然、タイミングが合ってしまった〈仔鹿《こじか》〉の件については、幸いにも彼女たち全員の死亡という形で決着がつきそうだから、軍上層部も沈静化を待って公表を控えているのだろうが。

苛々《いらいら》とヤトライはため息を吐く。

ゼレーネの、尋問で。

帝室派指導層の誰が〈羊飼い〉と化したかは確認できている。意外なことに宰相や、その直下の将軍たちは〈レギオン〉にはとりこまれなかったそうだ。加えて複数いるという総指揮官機にも帝室派は存在せず、いるのは件《くだん》の司令拠点を含めた戦域クラスの指揮官機だけだ。だからこの砲撃も、少なくとも帝室派の将官どもの仕業ではない。

一方で、このやり方は民間人、特に〈羊飼い〉の多くを占めるエイティシックスの少年兵らしくもない。

一個機甲中隊程度の部隊運用しか知らぬ彼らには、軍団や方面軍規模の兵站《へいたん》の煩雑さなど想像の埒外《らちがい》だろうし、そもそも後方連絡線の概念自体、有しているか怪しいものだ。まして膨大な人口と無数の異質を抱える『社会』の、その弱点など。

それらを知り、あまつさえこうも狙い撃ってきたなら。

「軍人、それも近い国の高級指揮官だと思うんだがな……」

戦争が始まった頃にはまだ子供で、自国ならともかく他国の高級軍人とはさして面識もないヤトライが、よもや知っている相手でもなかろうが。

眇《すが》めた黒瞳が、ホロスクリーンの青い光を反射して獣のように光る。

「……誰だ、こいつ」

〈レギオン〉は明らかに、補充の兵が、かつて帝国に征服された少数民族が、白系種《アルバ》が多い陣地に攻撃を集中している。

それらが突破されるたびに脆《もろ》くも壊走する彼らのかわりに、その奪還を担《にな》わされるのは古参の部隊だ。何度も何度もそれが繰り返され、何度も何度も補充兵や異民族や白系種《アルバ》のために少なくない犠牲を払わされるから、古参兵たちにも次第に、同情よりも不満が募る。

役立たずの補充兵め。被征服民なんて、所詮よそ者だ。共和国のクズどもが、元エイティシックスの〈レギオン〉に復讐《ふくしゅう》されて追われるせいで俺たち連邦まで。

俺たちばかりが。


〈レギオン〉は補充兵が、少数民族が、白系種《アルバ》が多い陣地にばかり攻撃を集中していて、だから補充兵に、少数民族に、白系種《アルバ》には常に多くの犠牲が出る。何度も何度も集中攻撃を受けて夥《おびただ》しい犠牲者を出して、何度も何度もそれが繰り返される。

古参兵の、連邦人の、他の色の民族の陣地には、そんなことはない。自分たちばかりが猛攻に晒《さら》されては死んでいくから、新入りたちは次第に、〈レギオン〉だけでなく同じ連邦軍の古参兵たちにも恨みを募らせていく。

どうやら囮《おとり》にされている、死にやすい場所にばかり回されている。古参兵たちが、死にたくないからその代わりに。征服した挙句に二級民扱いして、惰弱な白系種《アルバ》だと侮《あなど》って。

俺たちばかりを。

叔母はもうずっと、ニーナを一人で外出させない。

一緒の外出でもコートと自分の体でニーナを隠すようにして、そして少しでも大きな声のする方には——昂奮《こうふん》した人間のいるところには近づかない。

理由はもう、叔母は懸命に庇《かば》ってくれているけれど、ニーナにもわかってしまっている。

「……白髪頭《ヴァイスハーリヒ》」

いつもの市場に向かう途中、今日もすれ違いざまに吐き捨てられて、その鋭い敵意の響きにニーナは身をすくめる。白系種《アルバ》の銀髪を揶揄《やゆ》し侮蔑する、帝国時代からの古いスラング。

学校でもときどき、知らない同級生や上級生から同じ言葉を投げられるようになった。いつもは悪い言葉を使うのを止める先生も、それを止めない。それればかりか一度、機嫌の悪い教師からさえそう呼ばれたことがあった。戦下手の臆病者の、白髪頭のお姫様、と。

従軍して戦死した兄は、臆病者なんかじゃないのに。

街路の歩道をほとんど占拠して、属領からの避難民らしい人々が拳を振り回し、何かをまくしたてている。小柄だが頑健そうな体軀《たいく》に、日に焼けつくして皺《しわ》だらけの肌。ニーナの目にはひどく時代がかってみえる質素な、素朴な装《よそお》い。

邪魔そうに、迷惑そうに、一瞥《いちべつ》するだけで通りすぎる市民たちを振り向かせようと声を張り上げる。南部第二戦線の、すぐ後ろに位置する辺境属領の住民らしい。戦線後背に構築中の予備陣地が、彼らの故郷の街と畑を潰して造られていることへの不満と反対。

「軍が再び、下がらなければいいだけじゃないか！　守る度胸が奴《やつ》らにはない、臆病者だ！」

「我々の故郷、我々の畑だ！　許すのか、この非道を！」

果たして人波の中から、応じる声が飛んだ。

揶揄《やゆ》の調子の。

「お前たち人獣《ヴァルグス》が守れなかったせいじゃないか。自業自得《じごうじとく》だろ」

さっと避難民たちは顔色を変えた。

その反応に調子づいて新たな声が飛ぶ。人波に紛れて、群衆の陰に隠れて、けれど群れを代表するかのように昂然《こうぜん》と。

そう、自業自得《じごうじとく》だ。お前たちが国境を守らなかったせいだ。役立たずのくせに被害者面《づら》するな。だいたい首都近くまで砲撃されてる時に何が畑だ。

どうせもう、捨てた土地じゃないか。

避難民たちはかっとなる。

「誰が人獣《ヴァルグス》だ。けだものどもと一緒にするな！」

「それに、捨てた土地とはなんだ。……お前たちこそ侵略しておいて、父祖からの名前も収穫も土地の権利も奪っておいて、捨てた土地とはなんだ！　侵略者め！」

鬱陶しげに誰かが吐き捨てた。いまさら何百年前の話だ。負け犬の蛮族が。

別の誰かがはっきりと嗤《わら》った。そうだな、ほら帝国人様に跪《ひざまず》け。

「……行きましょう、ニーナ」

硬い顔で叔母が促して、踵《きびす》を返《かえ》した直後にとうとう、背後で怒号が轟《とどろ》いた。

首都はもう、いつもどこでも、こんな声ばかりだ。

言い争う声以上にその事実に怯《おび》えて、ニーナは叔母の、家事に荒れた細い手に縋《すが》りつく。


〈仔鹿《こじか》〉に関する聴取は終わったが、プリムヴェールたちはなおもザンクト・イエデルの留置場に留め置かれる。

押収《おうしゅう》された研究資料か、〈仔鹿《こじか》〉の生体そのものの調査が進んでいるのだとプリムヴェールは察する。その調査結果でまた何か、新たな確認事項が出てきた場合の二度手間と逃走の防止。

監禁された一室の中、きつく拳を握り締めた。

この部屋にはテレビもラジオもないが、日々の食事を運ぶ警官の様子や漏れ聞こえる廊下での会話から外の雰囲気は推し量れる。自分たち白系種《アルバ》への悪意だけではない、連邦人同士でも互いへの隔意、憤懣《ふんまん》が高まりつつある。その憤懣《ふんまん》を叩《たた》きつける相手を求めて、誰もが獲物を探しあっている。

こんな。状況で。

「〈仔鹿《こじか》〉までもが共和国のせいだと――名指しされてしまったら」


――気分が悪い。

ザンクト・イェデル中心街の、デパートメントの前の聖誕祭のマーケット。最もにぎわう一角の、飾り立てられた樅《もみ》の大樹を囲む煉瓦《れんが》の壇に腰を掛けて、少女は目の前を行きかう煌《きら》めきと輝きに見入る。昼の今でもまばゆい電飾とその光を弾く星の飾りと、硝子《ガラス》のオーナメントと人々の笑顔と。

新しい家から逃げ出して、以来ずっと潜んでいたザンクト・イェデルは、彼女が一年前に連れてこられた時からすれば、信じられないほどに刺々《とげとげ》しい街になってしまった。

一年前にはまるで楽園のように平和で、優しい街だと見えたザンクト・イェデルも、一皮むけば所詮はあの、八六区の研究所と変わらなかった。

それでもこの、聖誕祭のマーケットはきらきらしていて。人がいっぱいいて幸せそうで。

巻きこんでしまって申し訳ないと、思わないわけではないけれど。

「……もう動けないんだから、仕方ないよね」

気分が悪くて、くらくらとずっと回っているような視界で、頭は霞《かすみ》がかったようでうまくものが考えられなくて、だからもう動けない。

腹の奥に、胸の奥に、仕込まれた〈爆薬生成細胞《ディア》〉が目を醒《さ》まして彼女を爆薬へと作り変えているから、とてもではないがもう動けない。

だから。

だからここで。お祭りで、人がいっぱいいて賑《にぎ》やかで。みんなが、楽しそうにしているところで。きっと親子で、友達同士で、恋人同士で幸福にすごしているところでも。

「仕方ない、よね」

これはきっと、自分がここですることはきっと、とてもとても効果的な共和国への復讐《ふくしゅう》になるはずだ。

買いこんだ大量の螺子釘《ねじくぎ》の袋を、コートも着ない胸元に強く抱きしめて立ちあがって歩き出す。——新しいお姉さんが丸一日かけて彼女を街中ひっぱり回して、一番似合うと選んで買ってくれたコートはさすがに忍びなくて、ここに来る前に脱ぎ捨ててきた。

この寒空にコートも着ない異様に、ふらつく足取りに人々の目が向く。指をさし、後ずさった者がいたのは彼女の顔を、繰り返し報道される重要参考人の写真で見たからか。

いまさら、もう遅いけれど。

「ごめんね、」

最後にせめて、誰もいない場所に行こうと。時間切れになる前に私たちの故郷に帰ろうと、呼びかけた仲間に、彼女は従わなかった。連絡さえも返さなかった。

あんな地獄のような研究所でも、笑顔を絶やさなかったキキ。しっかり者でお姉さんみたいだったカリネ。優しい、まるで童話のお姫様みたいに優しい、綺麗《きれい》なチトリ。

だいきらいだった。

あんな地獄のような研究所で、笑顔で、みんなのお姉さんみたいで、優しかったから大嫌いだった。憎めばいいのに恨めばいいのに、それをしないから大嫌いだった。復讐《ふくしゅう》を、考えもしないその清廉さがだいきらいだった。

だいきらいだった、から。

その清廉ささえ、自分の復讐《ふくしゅう》で台無しにしてしまうのだから。

「ごめんね。みんな」

第三章　いかが答へし

ザンクト・イエデルでの〈仔鹿《こじか》〉の自爆は、それまでで最大の犠牲者を出した。

そして初めての、明確な害意を伴う〈仔鹿《こじか》〉の自爆でもあった。

大勢が集まる聖誕祭のマーケットのど真ん中で、人も避けず一声の警告もなく。加えてその少女は大量の螺子釘《ねじくぎ》を抱えていた。殺傷力を高める金属片を、あえて抱えて人ごみの中、せめてそこだけは幸福な空間だったはずの聖誕祭のマーケットで自爆した。

そしてよりにもよってこの惨劇にわずかに先んじるかたちで、――〈仔鹿《こじか》〉の正体は公表されてしまっていた。

共和国が、またしても共和国が、極秘裏に開発していた自爆兵器だと。

エイティシックスを材料に造り出した自爆兵器だと。

そして再燃した〈仔鹿《こじか》〉に関する報道は今や、彼女たちを狩り出せと言わんばかりだ。速やかに全員捕獲してそして、一刻も早く処分しろと。人の形をした自爆兵器など、本物の人間と見分けがつかなくてそれだけ危険なのだから、その疑いのある者まで速やかに全員。それこそ生み出した元の、非道な裏切り者の共和国人も。

ラジオの報道番組にそれを聞きつつ、ミエルはうすら寒い恐怖と得体のしれない不安に眉を寄せる。来たばかりの頃、連邦のニュースはここまで雰囲気が悪かっただろうか。こんなにどの番組も、まるきり同じような敵意と猜疑《さいぎ》に染めあげられていただろうか。

〈仔鹿《こじか》〉についても、ミエルたち共和国人に対してもそうだ。こんな、まるで共和国人を嫌っているというよりも。疎《うと》んじ憎んでいるというよりも。

「怖がられてる、みたいな……？」

元々、朝は幕僚や大隊長格がニュースを確認するのに食堂のテレビは報道番組に合わせていたのだが、今やシデンたち自身が日々の報道を気にせずにはいられない。〈仔鹿《こじか》〉の件とそれに関する論調と。

「いやぁな感じだな」

誰にともなく、呟《つぶや》いたシデンに近くにいたからライデンが応じる。

「どっかで見たのと同じ雰囲気だ。誰が悪いだの誰のせいだの、誰が裏切り者だの嘘つきだの。

「……裏切り者なんだから、どうしてやるべきだ、だの」

そう、子供の頃に見た、〈レギオン〉戦争当初の共和国のニュースみたいだ。

もちろん帝国が悪い、と、あの時シデンは煽《あお》られるままに単純に考えて、もういない妹も無邪気に追従した。

共和国内に匿《かくま》われていたライデンはあるいは、その後のニュースも見ていたのかもしれない。市民と報道とが互いに、互いを煽《あお》りあったその先を。

ミチヒが呟《つぶや》く。

「まるで敵を探してる、いえ、欲しがってるみたいなのです。……〈レギオン〉じゃなくて、なんというかもっと簡単に、」

一方的に踏みにじれるような――数が少なくて弱い『敵』を。


「……これを、ヴィレム様は懸念なさっていたのか」

ティピーが半端《はんぱ》に閉じてしまったカーテンを、開けようと窓に近づいたヨナスがぽつりと呟《つぶや》いて、その黒瞳は奥まった宿舎からは見えない基地の外を、どうやら気にしている。

「……これ？」

怪訝《けげん》に問うたレーナに、ヨナスもまた訝《いぶか》しげな顔をしてから気づいて頷《うなず》く。

「ああ、そうか、聞こえないのか。……基地の外で、市民たちが騒いでおりまして。国軍本部への要求か、それとも通行人への煽動《アジ》かな。——本当のことを話せ。〈仔鹿《こじか》〉の関係者や共和国人、避難民を隔離しろ。傷痍軍人《しょういぐんじん》や帰還兵の居場所を公表しろ。どうせ〈感染者〉なのだから、いっそ全員駆除したっていいはずだ、と」

ぎょっとアネットが顔を上げた。仮にも人間に対して駆除という語は穏やかでないが、それに加えて。

「ちょっと。……基地の外の声が、そんなにはっきり聞こえるの？　窓も開いてないのに？」

「デーゲンの家は、夜黒種《オニクス》の中でもそういう血統ですから」

戦闘能力に優れるのが、夜黒種《オニクス》の異能。その中でも五感の鋭敏さに特化した一族らしい。

ヴィレム参謀長の——古くからの武門であるという彼の生家に従者として仕えているのも、その異能の血統ゆえか、あるいは従者であるがゆえに保存された血統か。

「〈爆薬生成細胞《ディア》〉はあくまで、ウイルスに類似した振舞をするだけで感染力はない。——ですが、市民たちには〈仔鹿《こじか》〉とはすなわち、自爆ウイルスの感染者だと思われてしまったらしいのです。その上で、その自爆病の〈感染者〉に対し対処をしろと、あるいは対処をさせろと、そういう声が高まっておりまして」

即《すなわ》ち〈感染者〉の速やかな発見と隔離、そして処分。

とはいえ、実在しないウイルスの感染者など、発見も隔離も行いようがない。軍も政府も正しい情報の広報に徹するから、自爆病という明らかな脅威を座視するつもりかと、今更事実を隠蔽するつもりなのかと、市民たちはむしろ不満を募らせていく。その果てに、今や。

「……すでに何件か、自爆事件の被害者やその家族、帰還兵や避難民への〈仔鹿《こじか》〉狩りが発生しています。自爆ウイルスの出所は〈レギオン〉だと……戦場とその周辺はすでに汚染されているのだと、先に流布した風説にも影響を受けて」

元々が生活を侵食する避難民に対し、不満を溜《た》めこんでいた市民たちだ。捌《は》け口を求める不満は都合のいい排除の理屈にとびついて、〈仔鹿《こじか》〉のレッテルは〈爆薬生成細胞《デイア》〉被験者の少女たちを離れ、邪魔な属領民へと拡大する。あるいは敗北の続く役立たずの軍関係者へ。

感染元が戦場なら、その戦場からは遠い首都領周辺は――自分たちは『清潔』だと、排除されることはないと、思えるからこそ受け入れやすいその理屈。

ヨナスが目を眇《すが》める。レーナには聞こえない、先ほどもおそらくは、聞き苦しい言葉は排除して伝えた連邦市民たちの怨嗟《えんさ》を、その鋭敏な聴覚に捕らえたまま。

「たびたび裏切りを働いた共和国とは、真の悪だと。悪は排除して当然だと――市民たちに思わせた。……正当化さえできれば排斥して構わないのだと教えてしまった。これを、ご懸念《けねん》なさっていたのか」

一方、全員が戦場にいて、〈感染者〉というなら全員、自分自身さえ候補となるのが前線の兵士だ。自分こそが排斥の対象とは、誰もが考えたくないから。

「……元人間の自爆兵器なんて、おかしいだろ。人間が爆弾になる病気なんて」

〈仔鹿《こじか》〉というのはだから、そうじゃなくて。自爆ウイルスなんかじゃなくて。

「新型の自走地雷とかじゃないのか。……見分けがつかないから、隠してるんじゃないか」

だって爆弾を内蔵しているなら、手術か何かで取り出せばいいだけじゃないか。病なら治療すればいいいじゃないか。元が人間だというならそう言ってやれば、助けてやると言ってやれば喜んで応じるはずじゃないか。

それをしないのは、やはり新型自走地雷だから。手術なんかしようもなければ人間に従うはずもない敵性兵器が、その正体だという証拠じゃないのか。そう。

「盗聴器の件だって、隠してたよな。共和国は。エイティシックスは。将官どもは」

それなら所詮は大貴族の、安全圏にいる将軍どもが。

「なにか、都合の悪いことを——また、俺たちに隠してるんじゃないか？」

「——私たちの爆弾が、手術とかで取り出せたならよかったんだけど」

餌の虫をつけ直した即席の釣針を清流に投げて、その波紋を見つめながらチトリは言う。

西方方面軍の各部隊の宿営や基地を避けて属領ヴェサを進んで、センティス・ヒストリクス防御陣地帯にもすっかり近づいて。

けれど森の中の深い渓谷だ。それなら声も外には届かないだろうとキキたちはきゃあきゃあ騒ぎながら釣りに勤《いそ》しんでいて、声は届かないが魚は逃げそうだなとユートはぼやいていたが意外とみんな釣れている。というか釣れていないのはユートだけだ。

諦めたのかもう釣竿《つりざお》を持ちもせずに河原に差して、冬の淡い木漏れ陽《び》に煌《きら》めく水面を眺めていたユートが視線だけで見返すのに、そのまま続けた。

釣竿《つりざお》は自分で作ったし餌にする石の下の虫も覚悟を決めて捕まえたし、自分で針に刺すことさえできたのは我ながら誇らしい。

そういうことができる自分なのだから、……この話もしておきたい。

あの研究所でチトリたちが具体的に何をされていたか、ユートはこれまで何も聞かずにいてくれていて、それは話したくもないことだと察してくれたからなのだろうけれど、そんな彼だからこそ話しておきたい。

自分たちの……自分の、弱さとずるさの話を。

「一番初めに話したとおり、〈仔鹿《こじか》〉にはあらかじめ設定した時間がたっても自爆する仕組みがあって、でもその仕組みは完成してない」

地雷には圧力などの作動条件を満たす他に、設定した時間の経過でも自爆する安全装置が備えられているものがあり、それと同じだ。戦場ではなくなった場所にいつまでも地雷を放置してはおけないし、さりとて無数に敷設《ふせつ》する地雷を一つ一つ探して掘り出すのは手間がかかる。時には自国の領土にさえ散布して敷設《ふせつ》する兵器だからこそ、自国民の安全のために自爆による無力化の仕組みは必須だ。

けれど〈爆薬生成細胞《ディア》〉のその安全装置は、動物実験でもエイティシックスを人体実験に使ってからも、最後まで研究者たちの想定どおりに働かなかった。

ユートが清流の煌《きら》めきに視線を戻す。

「……だ、から君たちはこの十二月になる前に全員、家を出て姿を消したんだったか」

「うん。私たちの期限は今年の聖誕祭で、だから十二月になったらもういつ爆発するかわからないから。本当はもっと前から危なかったから、もっと早く出ているべきだったんだけど」

安全装置としての自爆処分用の活性剤生成細胞、〈爆薬生成細胞《ディア》〉と共に体内に導入されて設定した時間の経過で目覚めるはずのそれが、指定とはずれたタイミングで休眠から覚め、予期せず〈仔鹿《こじか》〉を自爆させてしまうのだ。

十日後を設定したなら、その十日に至る数日前に自爆することもあれば十日を数日過ぎて自爆することもある。まして月や年単位の時間経過を指定すれば作動のずれはより大きなものとなる。輸送や待機の間に予測不能の自爆をするような兵器など運用できないし、だからといって自爆処分の仕組みもなしに爆弾と化した人間を戦場には放てない。その人間を、強制的に爆弾化する想定であったのならばなおさらに。

自爆処分用の仕組みだけ、機械化すればあるいは上手《うま》くいったのかもしれないが、敵国内部の疑心暗鬼の誘発のため、捕虜をも導入対象と想定していたのが〈爆薬生成細胞《ディア》〉だ。人体とは明らかに異質な、故に発見されやすい機械を安全装置としては本末転倒だ。

「……そもそも〈爆薬生成細胞《ディア》〉は、共和国がむかし帝国を脅したほど簡単に生き物を爆弾化できるわけじゃないの。作動には活性剤の投与が、導入にも外科手術が必要で、手術の間は眠らされてたから、正確にどこに細胞群があるかは私たちにもわからない。〈爆薬生成細胞《ディア》〉の材料は〈仔鹿《こじか》〉自身の細胞で異物じゃないから、精密スキャンでも見分けられない」

戦場が近いせいか、鳥が鳴かない。今はもうあまりにも寒すぎて虫の声も聞こえない。ただせせらぎと、時折ふる葉擦れと、キキとアシハとイメノとシオヒのはしゃぐ声。

「何か、他に〈爆薬生成細胞《ディア》〉を探し出す方法があったとしても、その検査か手術の間に爆発するかもしれない。助けようとしたらお医者様や看護師さんを犠牲にするかもしれない、そんな私たちを連邦が助けてくれるとは思えなかった。助けようとしてくれるならなおさら、そのお医者様を殺したくなかった。……それ以上に」

わずかにチトリは言いよどんだ。弱さとずるさを、話すと決めた。

それでもこの強いひとに、自分の卑劣の中心をさらけ出すのは——勇気が要った。

「……連邦でもやっぱり、実験動物みたいにされるんじゃないかって怖かった。閉じこめられて解剖されて、殺されるんじゃないかって怖かった」

だから、逃げだした。だから何も話さなかった。

このままではどうせ死ぬのだとわかっていても、それでも、あの八六区の研究所と同じ扱いを再び受けるかもしれないと思えばそれこそが何よりも恐ろしかった。

閉じこめられて殺されて、死ぬんじゃないかと思ったらそれが何より恐ろしかった。

隣のユートにも聞こえないくらいの声で、小さく、そっと呟《つぶや》いた。

「死ぬのは……怖い」

魚がかかる。

吊《つ》り上《あ》げられてぴちぴち跳ねる魚をチトリは摑《つか》んでそして、しっかり腹を括《くく》ってから近くの石に叩《たた》きつけて殺した。

今日の、この後の食事だ。


自由報道を、連邦政府も軍も止めてはいない。保証された自由に乗って、〈仔鹿《こじか》〉狩りを要求する報道は連邦全土に流れる。

首都領近郊出身の兵も辺境属領出身の兵も入り混じる、各戦線にもそのままに。

〈感染者〉だらけの、新型自走地雷だらけの、辺境からの避難者を隔離しろ。役立たずの無駄飯喰《ぐ》らいの農奴どもに、これ以上市民の安全を脅《おびや》かさせるな。

首都領出身の兵士たちは憤《いきどお》る。

自分たちがここで、こんなにも必死に戦って守ってやっているというのに、守られる農奴どもは恩知らずにも、自分たちの大切な家族を危険に晒《さら》すというのか。

辺境出身の兵士たちは憤《いきどお》る。

自分たちが戦って守ってやっているのに、帝都の侵略者どもはこの上さらに、自分たちの大切な家族を排斥するというのか。

それなのに俺たちは。

農奴どもを、侵略者を。――なおも、守ってやらねばならないのだろうか。


マーケットでの惨劇以来、シンの下《もと》にもれ聞こえるありさまはひたすらに悪化するばかりだ。前線の様子も、後方の市民たちのそれも。

だからこそ今や、レーナの解放を強く要求もできない自分にシンは苛立《いらだ》つ。

連邦軍はその内部で、無数に分断が進んでいる。共和国人だけではなくあらゆる方向に、それぞれの敵意が向けられて亀裂を押し広げている。

その敵意が実際の暴力と化してしまったら――たとえばレーナに『流れ弾』でも向けられた

なら、その瞬間に連邦軍全体の箍《たが》が外れてしまう。軍組織としての秩序が失われてしまう。

連邦軍が軍の体裁を、戦力を保つために、だからレーナを前線には戻せない。

彼女と共に、望んだ戦争の終わり。――〈大君主〉作戦を確実に実行するためにも、こんなところで連邦軍を崩壊させるわけにはいかない。

またレーナの安全を考えるなら、共和国人だからと友軍から銃口を向けられかねない今の前線に戻すよりも、今のまま後方に留《とど》める方がはるかに安全だ。

それがわかって、それでもシンとしては収まらない。

だって、レーナの意思は無視されている。

彼女の自由は奪われている。そしてそれを自分は座視している。

レーナはただ守られていることを望みはしないし、自分だってレーナをこんな風に、奪われてなんかいたくない。

総隊長の任がなければ――自分が勝手に抜けたせいで機動打撃群全体の士気と統制に、影響が出るのでなければ今すぐにでも取り戻しに行きたいくらいに……そう、そうやって責任が役目がと考えてしまう自分が何よりも嫌だ。物分かりの良い《い》大人ぶって、レーナを救い出しにも行かない自分自身が嫌だ。

ここでただ、葛藤に耐えているばかりで動かない自分が。

「くそっ……！」

〈仔鹿《こじか》〉に関する報道は今や完全に、共和国でのかつてのそれと同じだ。

エイティシックスを指弾し、排斥し、強制収容に踏み切った時と同じだ。

そのことにダスティンは恐れおののく。

こんなにどの報道番組もが、市民の誰もが敵視しているなら、連邦はチトリたちを保護するのではなく本当に狩り出して殺してしまうのではないか。共和国がそうしたように、罪人か家畜みたいに全員殺してしまうのではないか。

そうなる前に、やはり、どうにか助けにいってやるべきではないのか。

そう思って、戦闘属領ニファ・ノファからノイダフネ、ニアンテミスから共和国領ノイナルキス。そこを進むとユートが言った、戦場一帯の地図を見て。

「……は、」

零《こぼ》れた自嘲の笑みが、傷ついて荒れた唇を薄く裂いた。ユートが伝えてくれた、予定進路。その進路が読み取れない。

属領ヴェサから、戦闘属領ニファ・ノファへ。南進して戦闘属領ノイダフネ、西に折れて戦闘属領ニアンテミス、更に西進して目的地である共和国領ノイナルキスへ。

向かい合う二つの軍勢をすり抜けて敵地に入るのだ。まったく予定どおりには進めないだろうが、それでも経由地点《ウェイポイント》はアマリから聞いている。それなのにその経由地点の間の、進路が読めない。仮に迂回《うかい》した場合に選ぶだろうルートも、すり抜けねばならない〈レギオン〉哨戒《しょうかい》部隊の予測される配置も。

与えられた指示だけでは、ダスティンでは会いに行けない。

ユートが想定していた経路設定《ナビゲーション》の技量すら、ダスティンは持ちあわせていなかった。

「はは、そうか……俺はそもそも、聞いた道さえ進めないのか。助けてくれと言われても、行きつくこともできないのか……！」

いつまで続けるんだ、こんなことを。

そう、叫ぶだけではてんで足りなかったのだ。足りなかったのに、叫ぶだけですませてしまった。自分では何もしていなかった。自分だって他人を責めただけで、口先だけで、何も出来てはいなかった。

たどりつく技能もない、生還できる技量もない、そもそも再会したところで救う術《すべ》がない。〈爆薬生成細胞《ディア》〉を取り除く医療技術も知識も、ダスティンにはないのだから。

いつまで続けるんだ。こんな自分を。

無力な自分を。己の無力にも気づかない自分を。何かをしているつもりで、何一つもしていない愚かな自分を。

握りしめた手の中、潰れた地図が、がさ、と耳障《みみざわ》りに嗤《わら》った。

暗い、無人のはずの会議室の中。まるで無言で慟哭《どうこく》するようなその背を目にして。

アンジュはついに決断する。

「……ダスティン君」

ダスティン一人では、生還できない。

それなら自分が、ダスティンを連れていく。彼の求める場所まで、幼なじみだという少女が待つ場所まで、自分が彼を導いて守る。

プロセッサーでも長い戦歴とそれに見合う技量を持つ、アンジュにならそれができる。

——私のためにずるくいて。死んだりしないで。

ダスティンには毒でしかなかった言葉を。今となっては全くの呪いでしかない言葉を、愛の顔をしてかけてしまった私なのだから、その呪いは私が解かないと。

「ダスティン君、ねえ。……私が一緒に行くわ。私があなたを連れていく」

脱走扱いになるけれども、そんなのは構わない。仲間たちにもさして迷惑にならない。

レーナを想《おも》いつつ、総隊長の責任として懸命に耐えているシンには悪いが、所詮自分は一小隊の隊長だ。シンほどには機動打撃群の戦力にも、統制にも士気にも影響しない。

わかっている。それはずるだ。ダスティンに望んださきやかなずるさ、潔癖すぎなくてもいい、というだけの可愛《かわい》らしい卑怯《ひきょう》ではない。心底からの卑劣だ。とりかえせない裏切りだ。それでもせめて、ダスティンの心を守ってやれるなら。

「きっと間に合うわ。だから一緒に、今からでも。……その子を助けに行きましょう」

ダスティンはしばらく、振り返らなかった。

それからのろのろと、冷えたぎんいろの目が向いた。


一緒に。その子を助けに行きましょう。

――君が。

君が俺に、死ぬなと、帰ってこいと、……ずるをしてでも死なないでくれと願ったくせに。

君こそが俺に、チトリを捨てる呪いをかけたくせに。

「君がそれを言うのか。だいたい君には関係ないだろ。アンジュ」

そう、たしかに、アンジュの力を借りれば、チトリの元へはたどりつけるのだ。

エイティシックスの、号持ちの、その中でも古参のアンジュならば戦場も〈レギオン〉の大軍勢も越えて、チトリの元へ行きつけるのだ。ダスティンとは違って。

弱いダスティンとは違って、――彼女は、強いのだから。

だからアンジュには関係ない。

弱い自分の、無力感も苦しさも、アンジュには無縁なのだから関係ない。だから。せめて。私があなたを連れていく、なんて言葉を。俺の弱さを、怠惰を無力を突きつける、そんな言葉をせめて俺にかけないでくれ。

「魔女の呪いは、もうまっぴらだ。……放っておいてくれ」

吐き捨ててから、ようやく。

鋭く息を呑《の》む音が背後から聞こえてようやく、何を言ったか気がついた。感情に任せて激情に任せて、いったい何を言ってしまったのかをようやくダスティンは自覚した。

慌てて振り返った先、身を翻《ひるがえ》したアンジュが駆け去る。青みがかった銀色の、長い髪の残像だけがダスティンの目に残る。

彼女がその時、どんな顔をしていたか。だからダスティンにはわからなかった。

『見』ていたのかそれとも何か察したか、入れ替わりに飛んできたフレデリカに見たこともない剣幕でおろかものめと罵られるまで、立ち尽くして動けなかったからわからなかった。

「何をしてるんだ、――地雷原だぞそっちは！」

新兵の少年たちを、あろうことか前方の地雷原に追いやろうとしている他中隊の兵士たちに、泡を喰《く》ってヘンリは駆け寄る。今はどうにか戦闘になっていないだけの、最前線の一角。

それなのに兵士たちは、新兵たちを流れ弾や触雷の危険に晒《さら》してニヤニヤと応じるのだ。

「何って。ママのとこに帰らせてやろうってだけじゃねえか」

「新型自走地雷かどうか、まずはちゃんと判別しないと。帰ってきたら自走地雷、来なかったらおめでとう、仲間だった、だ」

「いいじゃない、ちょっとした悪ふざけでしょ。どうせこいつらは色違いなんだから」

色違い。――肌の、あるいは髪と目の色が違う異民族。

新型自走地雷、なんて、自分たちだって本気で信じてはいない。異民族だからと平然と言い放つ愉《たの》しげな笑顔で。

ただ迫害という楽しい娯楽を、苦しい戦場でのささやかな気晴らしを愉《たの》しむ口実を得たから皆で、そのとおりに愉《たの》しんでいるみっともない笑顔で。

「前線でやっていい悪ふざけか？　これがそもそも悪ふざけといえるものか？　――上に報告する。僕は別中隊だ、黙っててやる義理もない。大隊長に、憲兵に、同じことを言ってみろ」

なにしろ呆《あき》れたことに、この中隊の隊長と副長が加わっている始末なのである。

愉《たの》しみにくりかえし水をさされて、兵士たちの顔がはっきり苛立《いらだ》つ。

「ああ、もううるさいな……！」

「すっこんでろ白髪頭《ヴァイスハーリヒ》！　共和国人が言えた義理かよ！」

吐き捨てられて、むしろ肚《はら》が据わった。

「ああそうだ、僕は共和国人だ。――だからこそ言うんだ、後悔するぞやめろって！」

突然、至近距離で腹の底から怒鳴り返されて眼前の中隊長が虚を突かれる。わずかに怯《ひる》んで身を引いたその顔に、真っ向から指を突きつけた。

指をさされると人間は、集団に埋没した顔も責任のない誰かではなく、自分の行動と選択の責任を負わざるを得ない個人になるのだと、どこかで聞いた。

「お前、そう、カレリ中尉。シモニ・カレリ中尉。たしか結婚したばかりなんだよな」

「なにを――……」

「その奥さんに、言えるのか今のこれを。俺は戦場で、他の色の奴《やつ》をみんなで追いだして〈レギオン〉に殺させたんだって自慢するのか。子供が生まれたら？　パパは君くらいの子供を、違う色だから見捨てたんだよかっこいいだろうって言うのか！　――言えるわけないだろう中尉。お前も、お前もお前もお前もお前だって！」

目につくままに、並んだ顔を指さした。見分けがつかないほどに同じ表情《かお》をした、全員がまったく同じ思考と判断に塗り固められた群体としての人間どもの異様な顔を。

名指しされて群れから切り離された兵士は後ろめたく目をそらし、あるいは今度こそ自分自身の感情である怒気に顔を染める。群れの部品から個人へと引き戻された者の、罪咎《ざいきゅう》も責任も自分では負わぬ安寧を奪われた者の、闇雲な怒り。

「だ……黙ってればそんなこと、」

せせら笑ってヘンリは遮る。

「馬鹿かお前。バレないわけないだろう。なにしろ共和国はバレたんだからな。国ぐるみで隠蔽しようとして、それでも世界中にバレたんだ。だから絶対に、お前らがしたことだってバレるぞ。それで悪魔呼ばわりされるんだ。それこそ一生、人でなし呼ばわりされるんだぞ！」

自分でも気づかぬうちに嗤《わら》っていた。顔中を引き裂くようにして、開いた傷のように口《くち》の端《は》を吊《つ》り上《あ》げて歯を剝《む》きだして、ほとんど狂気そのもののぎらつく眼光。

「そうじゃなくたって、なあ、バレないなんて言ってもお前ら自身にはもうとっくにバレてるじゃないか。誰が知らなくてもお前ら自身が知ってるじゃないか。だったら逃げられない。いつか絶対に突きつけられる。自分自身に突きつけられるんだ。俺が、」

そう。

俺が。

エイティシックスを排斥して迫害して虐殺した共和国人の一人で、でもお義母《かあ》さんの、クロードの家族で、そのはずなのに義母とクロードまで排斥して迫害にも虐殺にも目をつぶって、のうのうと生きていた俺が。

「俺がそうだ。家族を見捨てた。それで十年も平気な顔してた。平気だと思ってた。けど違った。弟が生きてた。それを知っちまったらもう駄目だった。俺は弟を見捨てて、そのことに十年も平気な顔してやがったとんでもないクソ野郎だって、俺自身が知っちまったんだ！」

だからヘンリは許せない。

ヘンリ自身が、自分の罪を許せない。排斥して迫害してその事実からも目を背けた罪を、ヘンリ自身が責めたてずにはいられない。

「逃げられないぞ。それこそ十年経《た》って子供が大きくなって、そうじゃなくても街中で同じくらいの子供なんか見かけた時に、突然ぶちのめされる時が来る。逃げられないぞ、自分はずっと自分についてきちまうんだからな。だからやめろ、そうなる前に。俺みたいになる前に！」

「わ――わかったよ。クソッ」

カレリ中尉が言う。癇癪《かんしゃく》を起こした子供みたいに地団太を踏んで、ほとんど泣き叫ばんばかりのヘンリの剣幕にはっきり怯《ひる》んだ、酷《ひど》く脅《おび》えた眼差《まなざ》しで。

「そんなに喚《わめ》かれたんじゃ興醒めだ。もうやめるしこれからもしない。これでいいか？」

だから黙ってくれ、とほとんど、宥《なだ》めすかすみたいに。

それからちらりと少年兵たちを見て、気まずげに小声でぼそりと告げた。

「……悪かったな。悪ふざけがすぎた」

悪ふざけ、で、すむものではないが。

そろそろと戻っていくその背を、少年兵は追う。――所属中隊だ、ついていく以外にない。

去り際にちらりと、視線が向いた。褐色の肌。ごく淡い金色の髪と淡い色の瞳。

「――白髪頭《ヴァイスハーリヒ》」

ヘンリはなんだか立ち尽くす。

そのとおり、なのだけれど。

ヒーロー気取りで、感謝してほしくて、割って入ったわけではないのだけれど。

連絡を受けて駆けつけて、一部始終を見守っていた二ノ中尉が、ぽん、と肩に手を置いた。

クロードからの電話を取りついでくれた、それを機に少し、話をするようになった彼。

「中尉。……俺は、わかってるから」

「……ああ」


「……ノウゼン大尉」

本来は他国の軍人であるオリヴィアが声をかけてきた時点で、自分が相当に煮詰まっていることをシンは自覚する。

実際、どうしていいのかわからなかった。

「オリヴィア大尉。おれは……」

他国の軍人のオリヴィアはシンにとっては部下ではなくて、同じ大尉だが正規士官としてはオリヴィアが先任で、年上の大人だ。それでいて親子ほど離れているわけでもない、……まるで兄か従兄のように気楽に、愚痴や弱音を零《こぼ》せる相手だった。

「おれはどうしたらよかったんですか？　解決したら、帰ってくるはずだと抑えてしまって、けど解決なんかしなくて悪化するばかりで、最初から命令なんか無視して連れ戻せばよかったのか。おれは指揮官だから、軍人だから、こんな命令にもいつまでも、従わなきゃならないのか。連れ戻しにいきたいけど、でも、おれは総隊長だからそんなことをしたら、」

おれは。

戦隊長で、指揮官で、軍人で、機動打撃群のプロセッサーの最先任の総隊長で。

でも、レーナがいなくて。連れ戻しにいきたくて。

「こどもじゃなくなるのは……こんなに、思い通りに動けなくなることなのか」

それこそ子供のように問うたシンに、オリヴィアは言う。短く。

「そうだ」

その硬質な、双眸《そうぼう》のあおいろ。

「大人になるということは、大人に守られる子供ではなくなるということは、自分以外にも守るものができるということだ。責任を負う対象が、増えるということだ。自分一人だけのためには生きられない、自分の選択のために犠牲になるのが自分一人だけではすまない。そういう存在に、なるということだ」

「………………」

連邦のため、任務のため、少年兵《エイティシックス》に人殺しをさせないために死んだ、あの隻眼の少将。

奥方も子供も、残して死ぬことになるというのにそれでもなお将の任に殉じて、おそらくは連邦軍に、シンたち機動打撃群に、奥方と子供が生きる未来を託して死んだひと。

あの人に、おれは、軍人だと応えて。

ただしくいきろと、言われて。

「そして、そう、君がいま動けずにいるのは、その責任を正しく自覚しているからだ。とりうる選択肢それぞれの結果を、きちんと評価できているからだ。ミリーゼ大佐が大切で、戦友も大切で、君には背負うべき責任があって、……その上で、ミリーゼ大佐は危険にさらされているわけではない。彼女の帰る場所を守るためにも今は待つ時間だと、判断できているからだ」

「……でも、」

それは今や堪えがたくて。

レーナのことも、機動打撃群のことも、全部うまくいくやり方が本当はあるんじゃないかと思えてしまって堪えがたくて。

「大尉も、前の作戦で見ただろう。すべてうまくいく選択肢など、常にあるわけではない。ただ最悪ではないというだけの道を、選ぶしかないことも」

喪失を取り返せぬまま、ひたすらに耐えるしかない局面になることさえ。

仲間を、故郷を、おそらくは失い続けてついに、耐えられなくなったのが前の作戦の、あのヘイル・メアリィ連隊だ。彼らを率いた女性指揮官と、名も知らぬ青年たちだ。

耐えきれずに動いた結果が、破滅へと繋《つな》がった彼ら。最悪ではないだけの道を拒んで、最悪の道へと進んでしまった彼ら。

……ひどいことを。

彼らに対して思ってしまっていたのだなと、自分自身が追いつめられてようやく気づいた。失いたくないと。もうこれ以上、何一つも奪われてなるものかと、その衝動に耐えるのはこんなにも辛《つら》い。

大切だからこそ、耐えるのが辛《つら》い。

俯《うつむ》いたシンに、オリヴィアは苦笑する。

「ただ、そうは言ってもガス抜きは必要だろう？　というか次は、そう煮詰まる前に気晴らしをしたまえよ。……とりあえず格闘戦に演習場の使用許可を取った。一手つきあおう」

どうにかシンも、笑みらしきものを作って軽口で応じる。

「なるほど。胸を狩ります、大尉」

オリヴィアは苦笑を深める。

「なんだかニュアンスがおかしいな？　……言っておくが、私は機甲戦闘ほどには対人格闘は得意じゃない。シュガ中尉も連れてくるから、」

「ライデンじゃ足りませんね。もう一人二人いないと」

軽口の続きとして、不在のライデンに対し失礼極まりないことを言っていたら、そのライデンがやってきて淡々と告げた。

「どうせお前はそう言うだろうと思ってな、シン。……お前の大好きな神父さまにも、組み手の相手頼んでやったぜ」

戦慄して向けた、視線の先。

相変わらず人間というよりは冬眠し損ねたグリズリーみたいな老神父が、ただでさえぶっとい腕に、むん、と筋肉を盛り上げてみせた。

シンは気が遠くなった。


〈仔鹿《こじか》〉の一件でレーナを拘束されたままのシンが、このところ憤懣《ふんまん》を溜《た》めこんでいたのはもう周りのリトたちもわかっていて。

そのガス抜きなのだろう、突然シンと、ライデンとオリヴィアと何故《なぜ》か従軍神父殿の組み手が演習場で始まり、そしてさしものエイティシックスたちも戦慄と一抹の呆《あき》れを隠せない。神父が化物なのはいつものことだが、その彼の援護の下《もと》でライデンは健闘しているしシンは訓練の度合いを越えて荒れ狂っているし。

対人格闘は苦手らしく真っ先に脱落したオリヴィアにさえ、ナイスファイトです大尉！　だの、あんなキレてる隊長に挑戦するなんてすごいっす！　だのと、年少の少年たちが集まるくらいの暴れっぷりである。

「……てか、ホントに今日の隊長キレてるよね……。神父様の援護があるとはいえ、シュガ副長よく頑張るなあ」

「へえ、おもしれーことやってんじゃん。ギニヨッテスケダチイタスぜ人狼《じんろう》ちゃんよ！」

遠巻きにしながらリトは呆れ、先日の映画祭で見た、加勢する時に唱えるらしい呪文を叫びつつシデンが飛び入り参加する。合わせて跳ね起きたライデンが突撃し、神父は退いて、そしてシンは表情にもうはっきりと敵意を刷《は》いた。

「あー、これオレらもつきあうとこだよなぁ」

「ほらいくぞマルセル」

「俺も⁉」

とかいいつつトールとクロードとマルセルも参戦して、マルセルは即座に撃破されたがとうとう四人がかりである。

それでもなお最終的に、全員返り討ちにしたのは東部戦線の死神の面目躍如といったところだが、さしものシンも気を抜ける戦闘ではなかったらしい。肩で息をついている。

シデン参加以降は、見守りに徹していた神父が問う。

「落ちついたかね」

「ええ。ひとまずはすっきりしました」

袖で乱雑に、汗を拭って応じる。よーし一杯奢《おご》れよー、とさっそく倒れたままのトールが倒れたまま拳を突き上げて、そうだそうだー！　とかシデンが乗った。

「それはつまり紅茶を淹《い》れてほしいということか？　おれに？　よりにもよって？」

シンはなるほど、少しは落ちついたようだ。久しぶりに軽口など叩《たた》いているのに、後ろからライデンが頭をはたく。

「よし塩と砂糖を間違えるぞ、みたいな宣言すんな」

「コーンスターチだけど」

「だからなんだ、食い物で遊ぶんじゃねえよ。今だと兵站《へいたん》の連中にも殺されるぞ」

その様を、遠巻きにしたままなんとなく最後まで見守ってしまったリトは呟《つぶや》く。

「や、別に悪くないよねソレ。紅茶ゼリー的なものになるんじゃないの」

「ノウゼン大尉の手製じゃなければ、おいしそうかもしれないのです……」

近くに来ていたミチヒが微妙な半笑いで応じて、続くはずのなにか、なんと言ってくれるかは思いつかないけれど平淡な声は、今日は聞こえない。

「……ユートが帰ってきたら、食べさせて感想聞いてみよっか」

〈仔鹿《こじか》〉から提供された情報を連邦軍に残し、その〈仔鹿《こじか》〉たちと共に姿を消したユート。今や連邦軍や警察からも、行方を追われている逃亡者の彼。

そうなってでもと、思ったんだろうから黙って、一人で行った。

責任は全て、自分だけで負うつもりで一人で。それでも。

ミチヒが小さく微笑《ほほえ》んだ。

「そうですね。……帰ってきたら」


宣言通りに時間を費やした、戦闘属領ニファ・ノファの西方方面軍防衛陣地帯、および〈レギオン〉側哨戒《しょうかい》線を擦《す》りぬける短くも長い道程を終え。

今や〈レギオン〉支配域と化した戦闘属領ノイダフネ西部の、北の周縁の名前のない深い森の外れでユートたち一行は立ち止まる。

森と同様、おそらくはかつての地元民がつけた名前しかない大きな湖。その、樹々《きぎ》の影を青く落とす水面にも樹々《きぎ》の並ぶ岸辺にも無数に散らばる、真っ白な長い首の鳥の群れに。

普段は眠たげに半眼にしている垂れ目を、大きく丸く見開いてシオヒが呟《つぶや》く。

「……白鳥？」

「白鳥もいるが。——だいたいガチョウだな」

アヒルかもしれないが、そういえばどっちがどっちかなんてユートは気にしたこともない。

八六区でもたまに見かけた、ニワトリではない家禽《かきん》だ。狩って食べられる。

避難にあたり逃がされた家畜の一部が戦火から逃げ回った挙句、〈レギオン〉支配域に集まってしまったのだろう。人間同様に攻撃対象となる熊や狼《おおかみ》は〈レギオン〉を避ける。前線後背のこの辺りが、小型の家畜には安全地帯となっているのだ。

とはいえ狐《きつね》や猛禽《もうきん》もまた〈レギオン〉の攻撃対象ではないし、所詮は人の保護に慣れた生き物だ。この辺りの狐《きつね》やら山猫やらはしばらく、餌に困らないのだろうなとユートは思う。

と、いう殺伐とした思考を、ユートは口には出していないのでチトリたちは知らない。

それどころかぐわぐわ言いながら寄ってくる、飼われていた中でも特に人懐《ひとなつ》こい性質《たち》らしいガチョウの一群に、すっかり相好を崩している。

「わ、なつっこーい!」「可愛《かわい》い……ふかふか……」

これは。

一羽《わ》捕まえて夕食にするのはやめたほうがいいんだろうな、とユートは察した。


チトリを助けてやれない上に、アンジュまでも傷つけた。大切なはずの彼女にまで、言ってはいけない言葉をぶつけた。

そのことにいよいよ、ダスティンは追いつめられる。

それならもう、たどりつけないことなんか承知で、チトリを追って戦場に飛びこむべきなんじゃないのか。こんな自分などは本当にアンジュも裏切って、帰還も生還も考えずにひたすらに戦場を進んでしまうべきではないのか。

そうだ、と誰かに言って欲しかった。そんな甘えに誰も応じてくれるわけがないから、引き金になりそうな言葉を求めて再びアマリに声をかけた。

ダスティンの顔を見るなりアマリはぎょっと目を見開く。

「……ごめん。いまさら伝えない方が、もしかしてよかったよね」

「他に、何か言ってたのか、チトリは」

言葉を被《かぶ》せてしまったけれど、気にも留めずにそのまま続けた。悪いがどうでもよかった。それよりもチトリの言葉が、自分の無力を糾弾してくれるかもしれないチトリの言葉がほしかった。

何か、いたたまれなさのあまり遮二無二戦場を突き進んで、そのまま力尽きるまで走り続けてしまえそうなそんな言葉が。

「どうして助けてくれなかったのか、とか。人でなし、とか。……俺なんていっそ死んでしまえばいい、とか」

アマリは小さく首を傾《かし》げた。ダスティンは、だって一目でわかるくらい酷《ひど》い顔をしているから、会話が成り立っていないのもなんだか変なことを言っているのも構わないが。

「助けて、じゃなくて」

「見て、ユート!」

と、駆け寄ってくるチトリは、ガチョウだかアヒルだかをしっかり腕に抱えている。構われたいあまりに腕に飛びこんできたらしいガチョウに、相好を崩して子供みたいにはしゃいで。

「この子、すごく人懐《ひとなつ》こいの。それに甘えん坊で。撫《な》でてもらうのが好きみたい。ねえ、ほらユートも撫《な》でてみて!」

淡い紫色の目をきらきらさせて、ほとんど初めて見る屈託のない笑みで。

促されるまま、ほとんど無意識に手を伸ばした。

真っ黒な目をこちらに向けるガチョウに、ではなく、チトリの亜麻色《あまいろ》の長い髪に。

その縁取る、長旅に少し汚れた、けれど白く透き通る頬に。

え、とチトリは目を見開いた。

見開いたけれど、逃げなかった。

次の瞬間、美しい姿からは想像もつかない怪獣みたいな声で、これは本物の白鳥たちが鳴いて湖から飛び立った。

別種の生き物といえ、警戒音だ。つられたガチョウたちがパニックになって逃げまどう。チトリの腕の中の一羽《わ》も、慌てて羽ばたいて飛び出した。

「ひゃっ」「うわ、」

当然二人は避けてのけぞる。触れる寸前だった手もそれで離れる。

周り中にいたガチョウが、ばたばた羽ばたいて駆け回ったり飛び出したりしたものだから、抜けた羽が一面をふわふわ飛び交う。雪のよう――というにはちょっと、薄汚れた綿毛を互いに、髪や頭にくっつけている間の抜けた顔を見合わせて。

チトリは、ユートは、同時に吹き出した。

最前までの奇妙な衝動を、互いに誤魔化したかったその気持ちには、知らないふりをした。


アマリはいっそ怪訝そうな、どうしてそうややこしく考えるのかと言いたげな顔をしている。

「本当にただ会いたいってだけよ。友達だもの、最後に顔が見られたらって……大攻勢とかもあったし、だからあの子も心配してたみたいで。無事ってわかってよかったけど、それなら最後に逢いたいって。一番の友達だったからって。ああそう」

ひそかに息を呑んだダスティンに、思い出した顔でつけ加えた。

「できたら、直接ごめんねって言いたかったんだって。明日も一緒に学校に行こう、一緒に遊ぼうって言ってたのに、約束破って。いなくなってごめんねって」

思いもかけない言葉だった。

そして……考えてみれば、ごく当たり前の願いだった。

そのことにダスティンは愕然《がくぜん》となる。

「……そんなこと、」

そんなことも、覚えていないのに。

友達にもう一度会いたいという、そんなごく当然の願いも想像できなかったのに。

俺はいったい、チトリの何を救うつもりだったんだ？

俺はいつのまにチトリに、救いなんて求められたつもりになっていたんだ？

まるで自分が何かに選ばれた、救いの主でもあるかのように。

おろかな民衆どものかわりに罪を背負った、贖罪《しょくざい》の聖者ででもあるかのように。

チトリを、あの新しい街から連れ去られた友人たちを、まるで自分を彩《いろど》る悲劇のように。悲劇を知るただしい自分の、そのただしさを象徴する御旗のように振りかざして。

──いつまで続けるんだ、こんなことを！

そのくせ彼女たちとの他愛ない、けれど大切だったはずの思い出は、こんなにも平然と忘れ果てて捨て去って。彼女たちがたしかに、共に生きていた一人の人間だということを自分こそが忘れて、正当化と身勝手な贖罪《しょくざい》の材料とだけ扱って。

「……俺は」

テレビから流れる報道もラジオのそれも、エルンストが過ごす官邸の窓の外の首都も、ここからは見えない連邦全土が、今や怨嗟《えんさ》に包まれる。

心なき〈レギオン〉に対してはむしろ薄い、また共和国だけに向くものでもない。同じ連邦市民に向けての怨嗟《えんさ》。

〈仔鹿《こじか》〉を開発した共和国の、隠蔽した政府の、〈感染者〉のエイティシックスや帰還兵のせいで、今や何処《どこ》にも人間爆弾が潜んでしまった。避難民どもなんて物乞いのくせに、こいつらが農場や工場から逃げ出したせいで生活が苦しくなっているのに、身の程知らずの不満や不平を喚《わめ》きたてるから目障《めざわ》りだ。電磁加速砲型《モルフォ》の砲撃も膨大な戦死者も、こうなる前に〈レギオン〉を倒せなかった軍が、政府が、軍を牛耳る貴族どもが、戦闘用の家畜のくせに戦闘属領兵《ヴァルグス》が無能だ。精鋭部隊の英雄なのに機動打撃群が怠惰だ。役立たずのエイティシックスども。

エルンストは嘆息する。焔《ほのお》の息を吐くように。

十字架の救世主に、あれもこれもまだ救済していないのにどうして死ぬのだと叫ぶなら。自分は安全な後方から、戦場に向かって役立たずめと罵声を浴びせるなら。

それなら他人を責めるばかりで何もしていない自分自身こそ、まったく無駄な役立たずじゃないか。

「やった、ユート！　見て見て！」

と、誇らしげにアシハが示したのはぽっきり首が折れた大きなニワトリで、さすがにユートも目を丸くする。

「捕まえたのか」

「狐《きつね》がね！」

ちょうど仕留めたところに行きあったところ、突然現れた大きな生き物に仰天した狐《きつね》が、置き去りに逃げていったのだそうだ。

……まあ。

獣同士なら、獲物の奪い合いはよくある話ではある。

仮に残しておいたとしても、慌てふためいて逃げていったろう件《くだん》の狐《きつね》が、取りに戻ってくるとも限らないのだし。

「……すごいな」

「でしょー！」

アシハはそれはもう得意げに、奪い取ったニワトリを掲げている。

「わ、すごい」

「まさかのニワトリ。どうしたのそれ？」

「すごいすごい！　本格的なお祝いじゃない！」

と、ちょうどチトリとシオヒとキキも戻ってきて、シオヒは薪を抱えているがチトリとキキは大量の林檎《りんご》だ。チトリがうきうきと、小首を傾《かし》げる。

「林檎《りんご》、いくつかはつけあわせにして……残りはケーキね。お砂糖もパンもまだ残ってるし、せっかくなんだからそれらしくしないと」

「スライスして焼いて、パンで挟んで砂糖ふったらケーキっぽい？　ユートはどう思う？」

それにしてもまた随分とってきたな……と思っていたユートは、シオヒに向けられた問いにまばたく。ケーキ？

チトリたちが笑う。

「やだ、忘れてる？」「意外とユート、抜けてるところあるよね！」

「……すまん、なんだ？」

本気で思いつかなくて問うと、少女たちはいたずらっぽく顔を見合わせて、せーのと声を合わせて言った。

「今日、聖誕祭だよ！」


聖誕祭には前線にも可能な限り、特別な食事を用意するのがこの十年の連邦軍だ。成形肉のステーキに伝統の林檎《りんご》のソース、ドライフルーツをちりばめた重いケーキ。

そんなものではもう、ごまかされない。

故郷の村では見たこともない、砂糖も卵もふんだんに使った贅沢《ぜいたく》なケーキをむしろ忌々《いまいま》しく睨《にら》みつけて、装甲歩兵の青年、ヴィョフ・カトーは吐き捨てる。こんな贅沢《ぜいたく》品を昔から、自分たちだけでたらふく食べていたくせに。

「街育ちの奴《やつ》らもお貴族様たちもエイティシックスも、偉ぶってるくせに何にもしてくれなかったんだから。あいつらが悪いんだから、だから最近やたら死んでるのもあいつらのせいだ」

まったくだ、と周囲で仲間たちが頷《うなず》く。このところの〈レギオン〉どもの猛攻で、後ろに控える怠け者の機甲部隊や臆病者の砲兵の援護が足りないせいで大勢死んで、その中でもどうにか生き残った仲間たち。生まれた故郷の村からの友人や親類や顔見知りの。

「こんなの、誰かが悪いに決まってるんだから。――あいつらのせいに決まってるんだ」

「――ほんとうはこの聖誕祭までには、戦争は終わってるはずだった」

願望というには怨嗟《えんさ》が強い響きの、そんな言葉がちらほらと聞こえるようになったと、イシュマエルが気づいてからはあっという間だった。

「核兵器で。〈レギオン〉は全部、倒せるはずだった。終わるはずだったんだ」

「先技研の新兵器だったそうだ。そいつを使って屑鉄《くずてつ》どもぜんぶ焼き払うはずだったって。それなのに邪魔された。原生海獣《クジラ》に」

「原生海獣《クジラ》と協力した船団国人に」

ヘイル・メアリィ連隊の一件で生まれた与太話が、悪意と不信をも巻きこんで再構成される。戦場全体に漂う不穏と猜疑《さいぎ》に乗って瞬《また》く間《ま》に北部戦線全体に燃え広がる。船団国人なんて余所《よそ》者《もの》だから。侵略されたと帝国を恨んでいるから。本当は人間じゃなくて原生海獣《バケモノ》の子孫だから。

聞こえよがしのその厭悪《えんお》は侮蔑よりもむしろ恐れが色濃くて、それが船団国人にも一層不気味だ。知らぬものを闇雲に怖がる、傷ついて怯《おび》えた獣のような。

傷ついて怯《おび》えて、追いつめられているのだからもう次の瞬間には何をするかもわからない、ただ恐慌と自己保存の本能だけに支配された獣のような。


「いいよな、上手くやった傷病兵様は。俺たちと違って戦わなくてすむんだもんな！」

そう、面と向かって言われたのは今回はセオではなく事務処理担当の義足の伍長《ごちょう》で、言ったのは招集された予備役だ。伍長《ごちょう》は睨《にら》み返したが何も言わず、予備役はなにか、得意げですらある顔で仲間の元へと戻っていく。よく言ったとばかりに迎えられている。

その様子ももう、見慣れてしまった。

もうずっと、基地はこんな声ばかりだ。

俺たちとは違って。――俺たちとは違う奴《やつ》らが。

どうせ何かずるをして、不当に特権を享受して。俺たちにばかり犠牲を強いる、そんな不正をお前たちこそが働いて。

だからお前たちは裏切り者だ。お前たちこそ死ぬべきだ。

きつくセオは唇を噛む。

――共和国が。

八六区を、エイティシックスを作り出した共和国だけが、特別におかしいわけじゃなかった。まともだと思っていた連邦でさえ、状況が変われば同じだった。

共和国だけじゃない。人間は、その社会は何かの歯車が狂えば簡単に、まるで同じ蔑視と排斥へと突き進んでしまう。自身や同胞への不利益と死を許容したくないあまりに、他者へと押しつけることを一種の正義としてしまう。

「……そんなのって、」


首都への避難民を、前線に送って補充兵に仕立てるべきだとの議会での提案と、それに賛同する論調の社説にレーナは息を呑《の》む。――市民が徴兵される悲劇を避けるためにも、ぜひ徴用は行われるべきだ。どうせ生産属領での自身の義務を放棄した、無駄飯ぐらいの役立たずなのだからそれくらいは役に立つべきだ。

民主共和制になって日の浅い連邦では、特に属領では学校自体少なく、読み書きのできない者も多い。この新聞は首都領の、それも知識階級向けのもので、だからこの主張も属領人の避難民の目にはとまらないと判断してのものなのだろうが、だからといって。

五色旗の精神など、誰もが認めねば紙きれ。そう言った言葉が浮かぶ。

自由も平等も博愛も高潔も正義も、所詮は空虚な幻想でしかなかったのだと、そう吐き捨てた人の横顔が浮かぶ。

民主主義など、人間には早すぎたのだよ。

それは。

共和国だけではなく、この国でも。あるいはどこでさえも？

知らない低い、冷たい声が割りこんだ。

「その徴用な、議会じゃまだだが、裏側じゃもう決定してる。それと属領の中でも生産性の低いところと、首都領でも食いはぐれた貧乏人から。いずれにせよ『役立たず』だ、議会でも市民連中からも、反対はされねえだろ。……これどう思う、共和国の白銀の女王」

ぎょっと振り返った先、扉の前に音もなく立っていたのは黒髪黒瞳の、二十歳ほどの青年士官だ。鋭利な、酷薄ですらある眼差《まなざ》しに武人の体軀《たいく》、長剣を摑《つか》む骨の手掌の部隊章。

控えていたヨナスが愕然《がくぜん》と息を吞《の》んだ。

「ノウゼン卿《きょう》」

視線すらやらずに青年は一喝した。

「誰か今、口きいていいってお前に言ったか。控えていろ犬」

ぐっとヨナスは言葉に詰まる。

屈辱にではなく顔を歪《ゆが》め、おそらくは主人の立場を慮《おもんぱか》って元のとおりに控えた。

案じる色を滲《にじ》ませてこちらを見つめるその双眸《そうぼう》から、青年へと視線を移して、慎重に、そして低くレーナは応じる。

同じ部屋にいるというのに、レーナのすぐ隣にいるというのに、ノウゼンの一門だということの青年は、入室から一度たりともアネットには視線を向けていない。

レーナが知る二人の『ノウゼン』にはまるで通じるところがない、その酷薄な、戦槍《せんそう》めいた闇色《やみいろ》のまなざし。

「どう、とは」

「この連邦で言ったら終わりのことを、市民どもが自分から喚《わめ》いてる為体《ていたらく》が、共和国人のあんたにはどれだけ馬鹿げた振舞に見えてんのかなって思ってよ」

「皮肉ですか」

青年は嗤笑《ししょう》の形に、わずかに口元を歪《ゆが》めた。

そんな仕草の一つでさえ、シンには欠片《かけら》たりとも似ていなくて本当によかったと、心底からレーナは思った。

「そういやそうも取れるな。失礼。そうじゃなくて、今後の参考のためにあんたの見え方を聞きたいだけだ。大事なお題目が所詮、建前でしかなかったって。自由も平等も所詮、能力のある奴《やつ》がない奴《やつ》を気分よく踏みつけるための方便でしかなかったって、市民ども自身が認めちまってる様をさ」

人権とて結局は、持てる者だけが享受できる特権なのだと、その持たざる者の前で。不運にも才や学や意志を持てなかった『役立たず』の前で、大声で。

役立たずでも、愚かでも怠惰でも惰弱でも、不満くらい抱ける。その程度のことにも思い至れない『賢さ』を以《もっ》て。

「連邦だって結局はろくなもんじゃなかったと。偉ぶって踏みつけて回るのが貴族どもから賢くて有為な市民様に変わっただけだと、頭がいいつもりの馬鹿が馬鹿連中に思わせてるのを、まがりなりにも三百年、五色旗を維持した共和国人のあんたはどう見てるのかなって」

そもそもが民主主義とは至極面倒で億劫《おっくう》なものなのだと、ヤトライはそう思っている。

誰もが己の王であらねばならぬ。誰もが最低限、自分を生きる責任を負わねばならぬ。その重圧に耐えられない者も当然いる。己一つも背負えぬ無力感と何事も成せぬ敗北感を突きつけられる生涯を送る者が、自由と平等の美名の下にはどうしたって生まれてしまう。

それでもなお、その重い自由と平等を維持したいのなら、救済の仕組みは作るべきだった。

何もできない人間が、それでも代替品の充足を得られる仕組み。誰の役にも立てなくとも達成感の錯覚を得られる仕組み。宗教でも愛国心でもそれこそ娯楽《サーカス》でも。正義感と、帰属意識と、熱狂を与える古代の帝国の公開処刑と戦車競技と剣闘競技のような。

空腹だけでなく空虚感をも、最低限でも満たすための。

その程度の保身さえ、考えもしなければそれはいずれ覆《くつがえ》される。才と学と意志を持つ者のためだけの社会は、持たぬ者によって覆《くつがえ》される。

権力を持つ、王は民が吊《つ》るすものだ。

財産を持つ、金持ちは貧者が吊《つ》るすものだ。

持てる者はその分だけ、持たざる者の恨みを買う。

何をどれだけ持っていようと刺されれば死ぬ。どれほど愚かで弱くとも人くらい刺せる。

そんなこともわからないのなら。

建前ではなく人権とやらを維持するつもりも、それどころか自身の保身を考える程度の責任感さえ、市民たちの誰にもないのなら。

「俺としては第二帝制とか、面倒だからやりたかねえんだよ。けど……なあ、共和国の白銀の女王。このギアーデの民草は」

人間という生き物は。

「自由なんてもんを負いきれるほど、……賢いとあんたなら思えるか？」

自由と平等に真に、値するものだと。

しばらく、レーナは考えた。

そして言った。

「まず、……それを愚かと言い放つあなた自身も、同じ愚か者だと思います」

ヤトライはわずかに顎を上げる。

「……へえ？」

「そして私も。ええ、人は愚か者です。私は愚か者です。賢明という名には永久に値しないのかもしれない。自由も平等も、あまりにも無力なその幻想を私たちは最後まで実態あるものにはできないのかもしれない。それでも」

つきつけられたからこそ、わかった気がした。問われたからこそ明確な言葉にできた。

人権だとか、自由だとか平等だとか正義だとか。そういうものは、なるほど幻想だ。実在しない。だからこそ市民それぞれが、その幻想の価値を守らねばならない。本当は無価値な空虚な言葉に、市民それぞれが価値を付与し、そして努力して維持し続けねばならない。

たとえば、自由の名において平等の責務において、自分を生きる努力。その上で博愛だとか高潔だとか正義だとかの元に、ほんの少しでも他人に手を差しのべる努力。

……わかっている。自分だってきっと、これまでにどこかで、同じことをしてきた。どこかで、じゃない。共和国で。あの目を背け耳を塞いで狭い甘い夢に閉じこもった無様な祖国で、その国民を心のどこかで見限っていた自分はきっと、何度もそれを考えてしまっていた。

考えてしまうくらい自分は、自分も、愚か者だけれど。

「必要なのは、かしこさなんかじゃありません。ノウゼン卿《きょう》」

共和国では使わない敬称。今の連邦でもきっと元貴族くらいしか使わない敬称で、あえてレーナは呼びかけた。時代遅れの貴族の論理を、今なお支配者きどりで振りかざす時代遅れの帝国貴族に。

必要なのは、自分を生きる努力。助けられる誰かを助ける努力。

そして――それも出来ない誰かを、出来ないからと蔑まない努力。それが出来る誰かを、出来るのだからとひきずり落とさない努力。

隣に生きる誰かを、排除しない努力を。

「必要なのは、賢さじゃない。優しさです。たとえ嫌っていても疎《うと》んじてしまっても、それでもせめていなくなってしまえとだけは言わない、その程度の優しさだけでも、己に守り抜かせる覚悟です。今の連邦には確かに、それがない。そして……あなたにはきっと今だけでなくこれまでもこれからも、その優しさがありません」

見下ろすヤトライの、帝国貴族の夜色の双眸《そうぼう》をはったと見据えて、レーナは言う。その燃えるような高温の、共和国人の白銀の瞳。

「弁《わきま》えなさい、帝国貴族。お前のその冷酷こそ、……何より不要な愚かしさです」

戦闘属領ノイダフネ西部には、やはり〈レギオン〉は少なかったが皆無というわけではなくて、その輸送路や集積所の合間をかいくぐって達した、西の戦闘属領ニアンテミス。

百年も前に帝国により、共和国から切りとられた元共和国領の。

深い暗い森の中、焚《た》いた火をユートとチトリとキキと囲んでシオヒが笑う。昇る煙は重なる葉叢《はむら》に散らされ、深く掘った土に阻《はば》まれて外に焔《ほのお》の光はもれない。その暗い、闇の森の中。

「やっと、ここまでこれたね、ユート。……ありがとう」

翌日の夜明けには彼女は、森の闇のどこかへ消えていた。

〈盗聴器〉を引き取っていた元貴族の夫妻の、今は引き払って無人の邸が焼かれた。

貴族など連邦市民の敵なのだから、彼らこそ〈レギオン〉に内通していたのかもしれないと。

〈レギオン〉の首狩りに一度連れ去られ、どうにか逃れて連邦軍の防衛陣地帯まで帰りついた兵士が、その連邦軍の防衛陣地のどこからも拒絶されて〈レギオン〉に今度は殺された。

首狩りを逃れたのではなく、裏切って〈レギオン〉に与《くみ》したのかもしれないと。

〈レギオン〉の圧迫に耐えきれず、救援要請を出した陣地を、周囲の友軍の全てが見殺しにした。共和国人の義勇兵が、多く補充に回されていた陣地だった。

共和国人も、共和国人と一緒に戦った兵士も、人間爆弾と化しているかもしれないと。

北部第二戦線のある部隊で、元農奴の兵士たちが殺された。

ロギニア河の復旧作戦で救出された避難民の子供を庇《かば》い、同じ連邦軍人に殺された。

避難民も、それを庇《かば》うこいつらも、〈レギオン〉に何か『汚染』されているかもしれないと。

そして。

劇的なものは何もなかった。

地を覆う大軍勢と空を埋める猛砲撃。天の彼方《かなた》から降り注ぐ無数の雷霆《らいてい》。そんな、破局に相応《ふさわ》しい光景など何一つもなかった。

ただ、昨日と変わらず押し寄せる鉄色の大群と砲弾の豪雨に、一昨日《おととい》からもその前からもまるで変わらない戦闘に。そして明日も明後日《あさって》もその先も、ずっと変わらないのだろうと思い知らせる、地の果てでなおも続々と、集結を続ける無数の、無数の機影に。

激戦が続く、戦線先頭の第一陣地帯第一列に貼りつけられた部隊ではない。増援として後方から通行路を通り、第一列へ向かわんとしていた部隊こそが、むしろ心が折れてしまった。〈レギオン〉の猛攻を食い止め、砲撃の下《もと》に身を晒《さら》し、極度の昂奮《こうふん》と狂奔に衝《つ》き動《うご》かされる戦闘中の部隊と違い、未だ冷静さを保っていたからこそ、心が折れてしまった。

「あんなところに、今から行くのか」

死にに行くようなものだ。実際おおぜい、あの鉄の津波と火の雨の下で死んでいるのだ。

行きたくない。死にたくない。嫌だ。嫌だ。嫌だ。

だって。あいつらは。

「あいつらなんか、貴族の犬なのに」

臣民なのに。戦闘属領兵《ヴァルグス》なのに。余所者《よそもの》なのに。農奴なのに。違う言葉なのに違う色なのに。

愚かで弱くて役立たずなのに。強いくせに何もしてくれない役立たずなのに。

そんな奴《やつ》らのために。

役にもたたない、そのくせ俺たちには犠牲ばかり強いる、弱く無能な奴《やつ》らのために。

救ってもくれない、そのくせ俺たちを見下して使い潰す、強くも怠惰な奴《やつ》らのために。

「あいつらのためになんか、死にたくない」

だから。

だから。

「あいつらのためになんか、戦わなくたっていいはずだ」

それは決して　本心ではない。

ただ、怖気《おじけ》づいただけだ。死にもの狂いで敵を食い止める戦闘中の友軍よりも、後方の無力な市民たちよりも、祖国よりも故郷よりも我が身一つを惜しんだ、ただそれだけのことだ。

それを誰より自分自身が、認めないための正当化だ。

認めがたい己の卑劣を、怯懦《きょうだ》を、欺瞞《ぎまん》するための。他の誰でもない、己自身への言い訳だ。

正当化の材料を彼らに与えたのが、一連の連邦国内での騒動だ。第二次大攻勢の敗北と共和国の数々の失態をきっかけに噴出した——けれどその実、連邦がその成立の最初から内在させていた無数の対立と反目と蔑視と敵意だ。

十年ものあいだ戦争にかまけて正義の国のお題目で目を塞いで、連邦市民それぞれが放置してきた火種だった。

兵士たちの足が止まる。互いに互いの不満と保身を、肯定しあって頷《うなず》きあう。

俺たちが、あいつらのために死ぬなんておかしい。俺たちの大事な仲間を、あいつらなんかのために犠牲にはできない。そうだそのとおりだ。だから見捨てていいはずだ。あいつらなんか俺たちは、助けてやらなくたってよかったんだ。

同じ言葉と感情が小隊や中隊という集団の中、繰り返されて反響し、そして増幅する。俺、ではなく、俺たち、という曖昧な自称が自身と集団の境を溶かし、自分の恐怖と他人の不満とが混じりあって次第に区別もつかなくなっていく。つかないままに、増幅する。

あいつらは、だって俺たちとは違う。あいつらは俺たちの仲間じゃない。

あいつらは俺たちじゃないから、だから——どうなろうが俺たちの知ったことじゃない。

線が引かれる。

『俺たち』という名の群体、全員が同じ憤激に囚《とら》われる一個の生き物と化した彼らの中で、その結論は速やかに群れ全体へと広がり、そして反駁《はんばく》などなく受け入れられる。個人の意思などは所詮、群れの総意の前ではささやかで無力なノイズでしかない。まして正義や矜持《きょうじ》など。

第一列へと向かう増援の一部が、けれど後退する。『俺たち』のために、『あいつら』を見捨てて。ぼろぼろと幾つもの小隊や中隊が戦場から逃亡を始める。

黒い、影そのものを切り抜いたような凍て蝶《ちょう》が一羽《わ》、雪の白い闇の狭間《はざま》に舞った。

†

高度二万メートルに滞空する警戒管制型《ラーベ》の目を通じ、〈レギオン〉の指揮官機たちは連邦の戦線の、今はまださささやかな綻びのさまを見る。

どの戦線、というわけでもない。どの戦線でも、だ。多少の時間の差こそあれ、連邦の十の戦線全てで、第一陣地帯の最後列の陣地や、さらに後方からの増援が崩れる。

横殴りの弾雨に釘付《くぎづ》けにされているわけでも、背を向けた途端に戦車型《レーヴェ》に喰《く》いつかれるわけでもない。後方に別の塹壕《ざんごう》があって簡単に下がれぬわけでもない。逃げようと思えばすぐにでも逃げられるからこそ、陣地帯最後列が、後方からの増援が真っ先に死の恐怖に負ける。

《圧迫の第二段階を完了》

無論、西部戦線だけでも総延長四〇〇キロに及ぶ長大な、連邦の戦線全体の壊走ではまだない。歩兵の小隊や中隊程度がそこここでぱらぱらと零《こぼ》れただけ、戦線全体から見れば雫《しずく》がいくらか零《こぼ》れた程度の、ごくささやかな逃走だ。

この段階で、終わらせることができてさえいれば。

《第三段階——突破口形成に移行。重機甲部隊を投入せよ》

そもそも自己保存は生物の本能だ。〈レギオン〉という鋼鉄の災厄が迫る中、目の前で逃げ出されてはそれは釣られる者も出る。

逃亡する中隊に、別の中隊が追従する。塹壕《ざんごう》から歩兵が逃げ出す様を見て隣接の塹壕《ざんごう》からも兵士が逃げる。背後のトーチカがいつのまにか空になっていることに気づいて、そのトーチカの援護を受けるべき陣地の兵士たちが必死に後を追う。激戦の最中にある第一陣地帯の第一列は置き去りに、その第一列に火力を提供すべき対戦車砲陣地が、火力拠点が放棄される。

長い〈レギオン〉の攻勢で削られていた各戦線の、ほんのわずかな一部が後ろからほどけてさらに痩せ細り。

†

その、ごく小規模な痩せゆく陣地に。投入された〈レギオン〉重機甲部隊は猛然と、そしてあまりにも正確に、その鋒先《ほこさき》を突きこんだ。

元より〈レギオン〉の攻勢で大量の損害を出し、増援を必要としていた一帯だ。その増援が訪れず、その上援護を担当する第二列以降の火点や対戦車砲陣地が放棄されては、取り残された薄っぺらな第一列の塹壕《ざんごう》・陣地だけで重戦車型《ディノザウリア》の津波に抗《あらが》うことになる。

耐えきれるはずがない。

吶喊《とっかん》の衝撃に突き破られ、猛攻の圧力に押し拉《ひし》がれて瞬《また》く間《ま》に幾つもの陣地が突破される。堤防の亀裂から水が浸《し》み、浸《し》みた水が亀裂を広げてやがて堤防を決壊させるそのままに、〈レギオン〉重機甲部隊が陥ちた塹壕《ざんごう》を踏み潰して第一陣地帯に侵入、橋頭保を築くと共に周辺の塹壕《ざんごう》や陣地を側面から次々と飲みこんでいく。

増援はない。

侵入を迎撃し、第一列の友軍を援護するべき第二列以降は逃げ去ってしまった。

第一陣地帯を直接視認できない遥《はる》か後方の砲兵陣地は、観測員が逃げ出した今は誤射を恐れて射撃ができず、〈レギオン〉の侵入に対処するべき機動防御の、機甲部隊さえ訪れない。

「駄目です、隊長。――どの道も友軍で塞がってます！」

「くそっ……」

戻ってきた偵察からの報告に、機甲指揮官は歯噛《はが》みする。機動防御を担当し、後方の第二陣地帯に――歩兵たちの第一陣地帯の後方に、まとめて控置《こうち》されていた機甲部隊。

第一陣地帯やその手前から逃げ出した兵は、当然その機甲部隊の前に現れる。現れて道を塞ぐ。無秩序に逃亡する彼らが機甲部隊の交通路を、戦闘域を無秩序に埋めるせいで機甲部隊はどこも出撃も戦闘も遮られる。足を止めない機動戦闘こそが、機甲部隊の身上。逃げる歩兵の波の中、固定砲台の役に堕しては迎撃の役に立つどころか良《い》い的でしかない。

強大な火力と機動力を誇る機甲部隊を、友軍である逃亡兵こそが無力化する。

増援も、砲支援も、機甲部隊の迎撃もないから、形成された侵入口は開いたままに、ひたすらに〈レギオン〉の侵入を許す。退路を絶たれることを、側面からの迂回《うかい》攻撃を恐れて侵入口周辺の部隊が逃走を始め、置き去りにされると察したその周囲がさらに逃げる。

軍が正常に機能していたなら、まだ修復できたはずのほころびが。繕われぬままひたすらに広がっていく。


「ママ、ママ。まって。まって」

市民の避難はとうの昔に完了した戦場では、在るはずのない幼子の泣き声。

え、と思わず足を止めて振り返ってしまった敗走の歩兵に幼児のシルエットがしがみつく。

直後に自爆。――幼児型の自走地雷。連邦の戦場では負傷兵型に比べて珍しくなりはしたけれど、十年も前から戦場をうろついていた、ごくありふれた〈レギオン〉の自爆兵器。

そのはずが、わ、と過剰なまでの恐怖が、犠牲者の血肉と共に撒《ま》き散《ち》らされる。

「こっ、子供が爆発したぞ！」

「〈感染者〉だ。前線にまで紛れこんでる！」

「新型の自走地雷だ。人間そっくりの新型が、本当にもう送りこまれてたんだ！」

人間を爆弾に変える人造ウイルス、人と同じ姿の新型自走地雷。〈仔鹿《こじか》〉の事件をきっかけに流布《るふ》した無数の風説が、たまたま補充兵たちには見慣れない幼児型と結びついて新たな恐《きょう》慌《こう》と疑惑を生む。おそらくは自走地雷自身にも、突破口形成と共に敗走兵の混乱を狙い、自走地雷を送りこんだ指揮官機たちにも想定外の恐慌。

人の形をした敵が、本物の人間とまるで見分けのつかない敵が、本当に存在していてそしてもう自分たちの周囲に潜んでいる。人間のような顔をして、人間のふりをして、その実自分たちを殺す機会を眈々《たんたん》と狙っている。

そうであるなら。

恐慌《きょうこう》の中、暴走する猜疑《さいぎ》の目はなおも周囲へと向けられる。『俺たち』から成る群の外。『俺たち』ではない奴《やつ》ら、仲間ではなく、それどころか敵ですらあるかもしれないこいつら。

こいつらこそはもしかして、自走地雷か人間爆弾なんじゃないのか。

敵かもしれない、じゃない、本物の——俺たちを今にも害そうとする、本物の敵、なんじゃないか。


第一陣地帯が突破され、その上事実誤認の猜疑《さいぎ》までもが広がる一方で、なおも己の持ち場に踏みとどまる部隊も、戦友を救わんと第一列へと急ぐ増援もまた多い。

後退する逃亡者も敗兵も、機甲部隊を遮ったのと同様、その友軍とも衝突する。

互いに互いの進路を、もしくは射線を塞いで、どちらもがその場に立ち往生する。本来そこにいるべきではない逃亡者たちが、けれど譲らないものだからそのままその場で膠着《こうちゃく》する。邪魔だ退け、と双方から怒声が飛ぶ。不満と恐慌《きょうこう》に、あるいは焦燥と戦意に、どちらも気が立っているから怒声はすぐさま罵声、怒号に変わる。

荒い叫びに煽《あお》られて不満も恐慌《きょうこう》も焦燥も戦意も、いよいよ火勢を強めていく。

ついに誰かが呟《つぶや》いた。

どうせこいつらも、俺たちの仲間じゃない。むしろ敵かもしれないんだ。

どうせこいつらは戦友を見捨てた逃亡兵、恥ずべき裏切り者なのだ。

そんな奴《やつ》らが俺たちの邪魔をするのだから——排除するのはいっそ当然のことじゃないか。

同じ鋼色《はがねいろ》に銃口が向いた。

それが最後の引《ひ》き金《がね》となった。


逃亡する部隊が、味方を撃った。

敗走する部隊が、味方に撃たれた。

その事実は目撃した兵の口から、錯綜《さくそう》する通信越しに状況を漏れ聞いた者たちから、やはり錯綜《さくそう》する通信と壊走の混乱に乗って燎原《りょうげん》の火と燃え広がる。伝わる間に誤解や蔑視や無意識の悪意も巻きこんで、原型も留《とど》めず膨れ上がる。

眼前に敵が迫る戦場で、背中を預ける友軍までもが信頼できなくなるのが味方同士の殺し合いだ。周囲の全てが敵に回り、いつでも自分を殺せる恐怖に、人間は長くは耐えられない。

同期の奴《やつ》らが撃ち殺されたらしい。卑怯《ひきょう》にも逃げ出した、臆病者どもの余所者《よそもの》どもに。

同郷の奴《やつ》らが処刑されたらしい。どうせ仲の悪い、隣の集落の奴《やつ》らの仕業だ。

俺たちの仲間が、お貴族様に。人獣どもに。農奴に、侵略者に、余所者《よそもの》に、逃亡兵に、古参気取りの威張り屋に、役立たずの補充兵に。あいつらに、殺された。あいつらが俺たちの、大事な仲間を殺したんだ。

あいつらは敵だ。

敵と共になんか、戦えるものか。どうせ裏切る。どうせ見捨てる。どうせ――屑鉄《くずてつ》どもと同じく俺たちを殺す。共になんか戦えるものか。近くにいることさえもう無理だ。

信じられるのはもう、俺たちの仲間ただそれだけだ！

連邦軍、という名の巨大な組織、その名前であたかも全員が同胞であるかのように錯覚させていただけの、無数の属性の成員から成る集団が、その時。

その無数の属性ごとに分かたれた、無数の無力な小集団へと分解した。

†

共和国軍人のヴァーツラフ・ミリーゼにとってギアーデ帝国とは国境を接する脅威で、そして大佐である彼にはその構造も弱点も、把握していて当然のものだった。

《対連邦西部戦線、第三段階《ラーベ》を完了。全面攻勢に移行》

連邦軍の自壊を、警戒管制型の観測越しに感慨もなく確認してノゥ・フェイスは命じる。

臣民の結束を防ぐため、あえて民の間には無数の区別を残し反目を誘発し、そのばらばらの民の集団を貴族が隷属させて貴族同士は血縁と利害関係で結びつくことで、一つの国家としてまとまっていたのが帝国の構造だ。

その貴族という紐帯《ちゆうたい》を革命により廃し、けれど市民の間の無数の亀裂は放置したまま名前だけの民主制を敷いた連邦は、そうであるのだからこの崩壊に至るのも必定だった。

膨大な人口と広大な国土の恩恵で十年を凌《しの》ぎ、あげくに第一次大攻勢に『勝利』したこともむしろ連邦には敗因だったろう。内在する軋轢《あつれき》を、戦争を言い訳に直視しないまま年月を重ねた。電磁加速砲型《モルフォ》の撃破という一見輝かしい、その実《じつ》は無意味な戦果を上げてしまった。

解決の必要に迫られることがなかったから瓦解《がかい》に至るまさにその瞬間まで、連邦市民の多くが自国の宿痾《しゅくあ》を意識すらしないままだった。

〈盗聴器〉という共和国の裏切りを、公表して報道させたのが決定打だった。

猜疑《さいぎ》の種を、瓦解《がかい》の種を自ら、自国全体に撒《ま》き散《ち》らしたようなものだ。同じ人間でさえも所詮余所者《よそもの》は――他者は信用できないのだという認識を、同じ連邦市民だと上辺で思いこんでいるだけの無数の集団の間にぶちまけてしまった。

《第一梯団《ていだん》、進出せよ。――敗走する西方方面軍を追撃する》

†

連邦軍人、という名の、錯覚で幻想で、そして紐帯《ちゅうたい》であった名札を、兵士たちがかなぐり捨てる。連邦軍という組織が脆《もろ》くも崩壊する。あるいは同時に、連邦という国家そのものも。

その様を冷厳と映し出す、発令所のホロスクリーンを背後に、ヴィレム参謀長は上官、西方方面軍司令官を振り返った。

これではもはや連邦軍は、軍としては機能しない。〈レギオン〉には、もはや抗しえない。

それでも。

「中将、進言を。――中央予備の投入を要請、戦闘属領民の徴発部隊を予備陣地帯ハルタリに展開。彼らの支援の元、」

それぞれが数十万人からなる方面軍の縦深は、後方支援段列を含めれば百キロにも及ぶ。戦闘属領東端のこのセンティス・ヒストリクス線から後退するなら、その後退先の属領をまるごと全て、そこにある農地も工場もすべて踏み潰して戦場へと変えねばならぬ。食料を含めた生産能力を自ら削《そ》ぐ、緩慢な、そして完全なる自殺行為。

それでも今すぐ、滅亡するよりはまだましだ。

「西方方面軍全軍をハルタリ陣地帯へ撤退させる」


同じ決定が、連邦の全ての戦線で下される。全ての戦線が予備陣地への、再びの後退を決断する。既に戦闘属領の端にまで追いつめられた現在の防御陣地帯を捨て、後方、生産属領への後退命令が発される。

自殺行為だと誰もが、わかっていながら――他になす術もなく。

「ヤトライ様、」

「出るしかねえだろ。くそっ」

さすがに緊迫を隠さない副長を従え、ヤトライは足早に格納庫への通路を歩く。

〈大君主〉作戦の参加兵力に計上されていた——つまりはどの戦線の防衛戦闘にも投入されず、温存されるべきだったのが、彼の率いる狂骨師団《きょうこつしだん》だ。

けれど、各戦線の完全なる崩壊を今、食い止めねば連邦そのものが終わる。狂骨師団《きょうこつしだん》や、他家配下の精鋭部隊を防衛戦闘に投入してでも——最後の希望だった作戦を棒に振ってでも、今は滅亡を先延ばしせねばならない。

「帝都《ていと》の〈鬼火〉師団も動いてるな？　……ああ。そりゃブラントローテの〈火焔の豹《かえんのひょう》〉師団も動くよな」

首都領の治安維持を名目に、互いに牽制《けんせい》するために、各派閥が置いていた首都近郊の駐屯師団。それが名目ではなく本当に、治安維持に動く破目になる。

敵対派閥の牽制《けんせい》のため、かつて各属領を征服し君臨した帝国首都の防衛のため、元より前線に投入などできない部隊だが、これで本当に首都から動かせなくなった。

「まあいいや。治安維持にも頭数がいるし、それに関してはお互い協力もできるだろ」

この状況下で政争を最優先するほどブラントローテ大公が耄碌《もうろく》しているなら、それこそブラントローテ一門の中から粛清の手が伸びる。

おろかものを。役立たずを。生かしておく余裕がこの先にはもうなくなる。

品のない舌打ちはさすがに堪え、けれどヤトライは吐き捨てる。

帝国をうち立て傀儡《かいらい》の皇帝の影に隠れ、民主化を後押しして擁立した大統領の背後に潜んで、煮られる狗《いぬ》の末路を逃れて生きのびてきたノウゼンの一門。

その民主化に、踏み切りながらも〈レギオン〉戦争の対処に追われて民の操縦には失敗し。あるいはその決定と続く激動を知りながら、一人他国に逃げて嫡子の責務を放棄した。

「恨むぞご当主様、レイシャ卿《きょう》。――今回ばかりはノウゼンも焼きが回った」


中央予備の名目で残されていた精鋭部隊さえ投入される以上、機動打撃群が予備戦力でいられる道理はない。本拠が最も近い西方方面軍の戦場へ、出撃命令が機動打撃群全軍に下る。

「……撤退路の確保、ですか」

「シルヴァス四番から七番ルートの防衛。戦闘属領ブラン・ロスからの撤退部隊の回収が当座の私たちの任務よ」

言って、デスクに掛けたグレーテはシンを見上げて冷徹に続ける。

「ミリーゼ大佐は、まだ戻せない。それでも嫌とは言わせないわ」

「……ええ、わかっています」

軍人だ、と今は亡《な》きリヒャルト少将に宣言した、自分の言葉。エイティシックスとして、戦いぬくと決めた誇り。

それでも、裏切ってしまえと感情が叫ぶ。先に裏切ったのは連邦だと。理不尽に対して妥協したなら最後、さらなる譲歩を求められることになると理性が告げる。

裏切りを許すなと。断固として戦えと。

……己一人のその損得に、拘泥《こうでい》できる状況ではないとわかっている。

きつく奥歯を噛《か》みしめた。

「わかっています。俺は軍人で、エイティシックスですから」

その名前を、煩わしいと。――思ってしまったのは初めてだった。

戦線が生産属領にまで後退するなら、その生産属領シルヴァスの西端にある機動打撃群本拠リュストカマー基地は前線となる。

他国の王族と権門の姫を放置できる場所ではない。

おそらくは無理に抽出した小型の航空機でリュストカマー基地に乗りつけ、ヴィーカとザイシャ、二人を避難させにきた連邦の士官にザイシャは対峙《たいじ》する。

一人で。

「殿下は外しています。それに己の連隊を、戦友を見捨てて一人後方に下がったなどという汚名を、一角獣の王家に負わせるわけには参りません」

静かな口調で表情ながら、断固として退かぬ構えだ。王子殿下の居室の扉を背に、言葉のとおり無人だろうその部屋にさえ侵入させないと無言のままに告げる佇《たたず》まい。

士官は苦りきった顔になる。

「姫君。ですが……」

「誰が意見を許しましたか、平民」

鼻白んだ彼を、冷ややかに見据える。連合王国の王侯の、わずかに色の淡い雷火の瞳。

「わたくしで充分でしょうと言っているのです。お前たち連邦が、義務は果たしたと口を拭う材料としては」

小型機の接近を察するなりフレデリカを連れてファイドのコンテナに潜んだ、ヴィーカは外の様子を油断なく窺《うかが》っている。

「俺だけでも充分だろうが、卿《けい》も後退するな。この基地が簡単には見捨てられないだけの手札を、エイティシックスの手元に残してやれ」

連邦を、人類を救う〈レギオン〉停止の鍵。——その最大の要素である女帝の存在を、切り札として戦　友《エイティシックス》たちの手元に。

「……ザイシャは良《い》いのか」

「あれは万一のための保証だ。俺の代理になれる人間だからな。……あれ一人でも生き残っていれば、たとえ俺の連隊や俺自身が失われたとしても連合王国には言い訳がきく」

その程度の面子《メンツ》を立ててやれば連邦も、王族とはいえ他国人の身勝手を正すなどという、余計な手数はもうかけまい。

かける余裕もない。

フレデリカは目を伏せた。……彼自身の手札は一つ切ってまで。蛇の王子はこれまで共に戦ってきた、シンたちのもとに残ってくれたのだ。彼らを見捨てさせないために。

「礼を言うぞ」

ぴ、と同意するようにファイドが電子音を鳴らす。ヴィーカはふんと鼻を鳴らした。

「言われる筋合いはないな。歯車細工、貴様にも。……俺の意思だ」

背後に長身の、少女の影が立って、彼女が何を言うより先にダスティンは言う。

「決めたよ。——君を悲しませない」

そう言いつつ、自分がこんなことを言ったらそれこそ彼女は悲しむだろうとは、心のどこかでわかっていた。でも仕方ないと思った。

無力で怠惰で聖人気取りの卑怯者で、結局部隊そのものが動くまで何一つも決められなかった自分には、たったこれだけしか選べないのもそれで悲しませるのも仕方ないと思った。

「革命祭の式典で、」

あの時にはまだ、己を疑いもしなかった二年前の革命祭で。

「いつまで続けるんだって言ったんだ。共和国は、俺たちは、エイティシックスへの迫害なんてことを一体いつまでって。俺ならあんなことはしないって、その時は心底そう思ってた。けどそんなことはなかった。俺たちはみんな同じだったんだ。大切な何かと、それ以外を天秤《てんびん》にかけた。どちらも選ぶ力はなかったから、大切な何かだけ守ろうとした」

共和国も。ダスティンも。どちらか一方しか選べないくらいに——弱かった。

「選ばれなかったのがエイティシックスで、正義で、チトリだ。それで捨てさせたのが、愛だとか、絆《きずな》だとかそういうものだ。きれいなものだと思ってたそいつらこそが、」

美しいはずの。正しいはずの愛や、絆《きずな》というものこそが。

同じく正しく、美しいはずの。

同じく捨ててはいけないはずの。

「正義を人に——捨てさせるんだ」

背後のアンジュは、応じなかった。

今や隠しもしない軽蔑の気配ばかりが漂っていて——その露骨なまでの軽蔑が、アンジュらしくないと怪訝《けげん》に思って振り返ったらシデンだった。

ダスティンは思わず硬直する。

シデンは濃藍《こあい》の側の目を眇《すが》めて目の下に皺《しわ》を寄せて、ゴミでも見るような目をしている。

「……お前なぁ」

「す……すまない。アンジュと、見間違えて……」

見間違えるような相手ではないのに、間違えたと自覚してダスティンはいよいよ動揺する。

たしかに二人とも長身ではあるけれどシデンの方が背が高いし、体格はなおさら違うし髪の長さに至っては似ても似つかない。肌の色も髪の色も目の色も。

「そのアンジュじゃなくてよかったなクソバカ。クレナでもフレデリカでも、死神ちゃんでもライデンでもなくてあたしで」

あたしからは伝わらねえし、あたしはお前なんかが何ぬかそうが傷つかねえからな、と吐き捨てられる。……傷つけたかったのだと無造作に自覚させられる。

立ち尽くしてしまうダスティンに、ひらりと手を振ってシデンは背中を向けた。

「聞かなかったことにしてやるよ。……帰ってきたらきっちり反省しやがれ」

「……アンジュ」

かけた声に、もうすぐ出撃だというのにロッカールームに立ち尽くしてぼんやりとしていたアンジュがのろりと顔を上げる。

フレデリカに聞いたダスティンとの諍《いさか》いから、アンジュはずっとこんな調子だ。痛々しいほどのその様子に、クレナはそっと唇を噛《か》む。

ダスティンの馬鹿は、この作戦から帰ってきたらもう一回水浴びの刑だ。それこそレーナが配属初日にされかけたみたいに、部隊全員でペンキでもぶっかけてやる。せいぜい落とすのに苦労して風邪でも引けばいい。

帰ってきたら。

アンジュはその空色の双眸《そうぼう》に、クレナを映して力なく笑う。

ダスティンが好きだと言った瞳。アンジュがずっと、心のどこかで嫌っていた色の瞳。

「クレナちゃん。……ごめんね、心配かけて。迷惑かけちゃって」

そんなことないとぶんぶん首を振った。アンジュの笑みは変わらなかった。

「ごめんね。私は……きっとこの作戦でも、クレナちゃんにもみんなにも迷惑かけちゃうわ。足手まといになるかもしれない。だってこんな調子で、隊長なのにこんなに全然、落ちついてもいられなくて……ごめんね。ごめんなさい。私、弱いくせに何もできないくせに、ずっと強いふりして何か出来るふりなんてしてて……ダスティン君だって、私が呪いをかけたせいで」

たまらず遮った。

「あたしは！」

あたしは。

ずっと。

「アンジュは、すごいと思うよ。だって、しあわせになりたいって思えた。誰かと幸せになりたいって思って、それでちゃんとそのことを伝えられた」

必ず五年後には死ぬと定められ、そして明日生き残れるかもわからなかった、死と血に満ち満ちていたあの八六区の戦場でも。

八六区を出て、でもダイヤを失って。自分たちは誇りさえ、守り切れないのかもしれないということを何度も何度もつきつけられて、それでも。

帰ってきてと。帰るからと。誰かに。

「あたしは、ずっとそんなことも怖くて思えなかったから。だから弱くっても、ううん、弱いんだったらなおさら、」

空色の瞳は小動ぎもしない。きっと全然響いていない。

それでもいい。

後で、今じゃなくてもいつになってしまってもいいから後で、何か苦しい時にでも反対に落ちついた時にでも、伝わってくれれば。

あたしが知っているアンジュの本当に、アンジュ自身が気づいてくれれば。

「アンジュは――すごいんだと思うよ」


「フォトラピデ市に残っている民間人は、可能なら後送、不可能なら一時的に基地に収容を。基地の前方、ザシファノクサの森の西側一帯に陣地を構築」

「心得ています。これでも正規士官ですから」

作戦準備に奔走するグレーテからの伝言として、必要な準備を伝えるシンに、ペルシュマン少尉は短く頷《うなず》く。

機動打撃群の戦闘部隊は、西方方面軍の撤退援護に出る。その間、基地周囲に広がる深い森の、西側に陣地帯を構築するのはペルシュマンや整備クルーや基地要員らの役割だ。

ハルタリ予備陣地帯作成のため、来ていた工兵による陣地構築は進捗半ばで、そこから突貫《とっかん》作業でひとまず完成させるかたちになる。……多少雑な造りになってしまうが、未完成よりはまだマシだ。それでも時間は足りないだろうから。

「築城にあたっては戦闘属領民《ヴォルフリン》にも協力を要請しろ。……必要なら誰か、ベルノルトかその部下を一人残すが」

「それこそご心配なく。狼《おおかみ》みたいな悪ガキ五人を十年、一睨《にら》みで御してきた長女の手腕を見せてさしあげますよ」

にこりともせずに冗談を言って。

「大尉こそご武運と、無事のお帰りを」

ペルシュマン少尉は凜然と、シンも初めて見る戦闘服姿で敬礼した。

共和国人の避難先である属領モニトズオートは、西部戦線南部の戦闘属領ブラン・ロスとノイガルデニアに隣接する。即座に戦闘に巻きこまれる位置ではないが、後退にも予備陣地への展開にもはっきり邪魔だ。より内地への避難の指示がモニトズオート全域に出される。

指示だけだ。今度は列車や車両の用意はない。その余裕はもはや連邦にはない。

「だから徒歩で――歩いて避難することになる。安全なところまで私が連れていくから、大きい子は小さい子の手を引いてついてきて。小さいみんなは、しばらく泣くのを我慢して」

他の憲兵は、この都市の全員を誘導するために分散していて誰もいない。施設長の憲兵隊長がたった一人、子供たち全員を集めて言い、年長者の一人としてミエルは真剣に頷《うなず》く。

方面軍規模の——属する兵だけでも数十万人、無数の車輛《しゃりょう》と砲を伴う撤退行だ。まして戦闘中である以上、全部隊が一斉に、進発できるわけもない。最初に後退する最後方の支援段列の通行にそなえ、投入された予備役の部隊が撤退路の確保にあたる。

西部戦線、センティス・ヒストリクス線からの撤退路の防衛のため、戦闘属領ノイガルデニアを目指して属領モニトズオートを通過する予備役の部隊は、そのモニトズオートからさらに内地へと向かう共和国人の避難者集団と何度もすれ違う。

すれ違ううちにふと、考えついた。

どうせこいつらは元々、そのために助け出した奴《やつ》らだ。

前線は崩壊して、死人が大勢出ているのだ。不足する戦力の補充として、——今、自分たちが使い潰してしまっても構わないじゃないか。

思いつきのままに彼らは適当な避難者の集団を押しとどめ、子供も幼児さえそのままに、戦場へ向かえと強要した。現場の判断という名目で法的な根拠もなく、独断で事にあたるのが十年にも亘《わた》り、黙認されてきたことがここに来て裏目に出た。

それでも武装した軍人たちによる、非武装の民間人への強制だ。抗う術《すべ》はない。そのはずだった。

けれど偶然、騒動の近くを共和国義勇兵の一隊が通行していた。

避難民の中に何故か、小火器を有した一団がいた。

そして今、連邦に残る共和国人は、二度の大攻勢をどちらも生きのび、三度目の戦火からもなおも生きのびようと足掻《あが》く集団だった。

反発は激しかった。発砲の心構えもないままに他者に銃を向けた予備部隊が、即座に反撃を受け群衆に飲みこまれて、ろくに応戦もできないまま轢き潰されるほどに。

あとには連邦軍の横暴への怒りと、――予備部隊の火器が残った。

西部戦線ハルタリ予備陣地南部の、属領モニトズオートにて共和国人の一部が蜂起。

前後して洗濯洗剤首魁《しゅかい》イヴォーヌ・プリムヴェールとその同志が相次いでザンクト・イェデルの拘置所を脱出。連邦高官の私邸を襲撃し占拠。

仮にも警察施設が、相応の監視下にあった洗濯洗剤の幹部全員に脱出を許し、厳重に管理しているはずの小火器を奪われる。公開されてはいないはずの高官私邸に、共和国人が何故かまっすぐに向かって占拠する。その不自然はけれど、報道機関には知らされないまま。

連邦大統領エルンストを人質とした集団は、属領モニトズオート、および隣接する戦闘属領ノイガルデニアを領土とした新生サンマグノリア共和国の独立を宣言した。

第四章　恨みつべしや

昨日の朝がたに、キキが姿を消して。

ユートといるのはもう、チトリ一人になった。

そのチトリも、顔色が悪い。苦痛に耐えるように唇を引き結んで、そしてユートを決して近寄らせない。

彼女の変異も、ついに始まったのだろう。

「……チトリ」

声をかけると、大儀そうに視線だけが向く。体温が奪われるのを避けるために針葉樹の枝を敷いた、仮初の常緑《とこみどり》の褥《しとね》の上。

「今日、一日進めばノイナルキスにつく。……歩けるか？」

「……ええ」

大儀そうに、頷《うなず》いて。よろよろとチトリは起き上がった。

「這《は》ってでも行くわ。……帰るんだもの」

戦闘属領ノイガルデニア東端、撤退路上の都市キトルラン。

ここもまた旧帝国の都市特有の、狭い街路をふさぐバリケードと、その向こうの銀髪の集団を見据えてシンは言う。

「――第一大隊各位。これより旧キトルラン地区の奪還を実施する」

共和国人による『独立宣言』と占領行為により、機動打撃群には任務が追加。決して多くはない戦力をさらに二つに割らざるを得なくなった。

すなわち元々の任務であった、戦闘属領ブラン・ロスの撤退路の確保。加えてノイガルデニア北部撤退路上の、占領された各都市の解放。最初に通過予定の第六七機甲師団の到達までに、通行の邪魔となるものを全て排除する。

「最優先目標は全バリケードの撤去。反乱勢力については――所詮、素人《しろうと》だ。脅しつければ瓦《が》解《かい》する。ただし警告に従わないなら、あるいは第六七機甲師団の予定到達時刻に間に合わないなら、射殺もやむなしとする」

秒速一六〇〇メートルの初速を誇る戦車砲弾に、非殺傷用の弾があるはずもない。

投降者の回収にあたる戦闘属領民のアサルトライフルも、装填されているのは実弾だ。暴徒鎮圧用のゴム弾を取り寄せる余裕など、時間的にも輸送能力上ももう存在しない。

後方、四個の機甲グループのそれをまとめて設営した指揮所でグレーテが続ける。

『ぎりぎりまで、そうしなくて済むようにするわ。でも、必要ならそれを命じる』

前線の完全崩壊が刻々と迫る、これほどの逼迫《ひっぱく》した戦況ではもう言っている場合ではないんじゃないかと。心のどこかで考えてしまっているシンたちに、けれどなおも真摯に。

『覚えておきなさい。あなたたちは、私の命令で撃つの。あなたたちは手足で、頭は私。銃爪《ひきがね》の責任は私にあるわ。尉官風情《ふぜい》が負うものじゃない。それを――わきまえていなさい』


メイドは逃がされてしまったが、本命の人質であるエルンストは確保した。これで新生サンマグノリア共和国とその市民に、連邦は手を出せないし守るしかない。

そのはずがあっけなく鎮圧が始まったと、報道で知ってプリムヴェールも今や十人余りの同志たちも愕然《がくぜん》となる。大統領の私邸というにはささやかな邸《やしき》の小さなリビング。

「どうして、」

零《こぼ》れた問いに、答えたのは銃口を向けられたままのエルンストだった。

あろうことか、ちょっと出来の悪い生徒を教え諭す教師みたいな苦笑さえ浮かべて。

「どうして、も何も、僕の代わりなんて副大統領がいるんだから。……僕がこうして動けなくなってるんだから、速やかに権限を継承させた上で僕を馘首《クビ》にすればいいだけだよ」

高官の地位を失うことも、眼前の銃口さえも全く意に介していない、朗らかなまでの声音にプリムヴェールも、洗濯洗剤の残党もぞっとなる。

戦慄に声もない彼らを熾火《おきび》の炭色《すみいろ》の目で見まわして、エルンストは薄く嗤《わら》った。

「むしろ用済みの割に無駄に人気な首のすげ替えに、ちょうどよかったってところじゃないかな。いっそ遅すぎるくらいだよ、僕にとってはね」


民衆の支持と。

夜黒種《オニクス》どもの後援により大統領の座についた、エルンスト・ツィマーマンという男は。

「――十年前には、後援対象としてよかったって話だよな」

前線へと向かう重装輸送車の中、流し聞いたラジオのニュースにヨシュカは一人ごちる。

革命を主導し、体制側に殺された指導者の夫。妻の理想を受け継いだ第二の指導者。愛する妻と子供を非道な帝室に、一度に奪われた悲劇の英雄。いかにも民衆受けする、その属性が。

妻の理想に固執するあまりに、為政者などという重荷を進んで背負わんとしたその狂気が。

けれどもう、エルンストは用済みだ。

第一次大攻勢の発令所で、エルンストの狂気をヨシュカも見た。人命を重視するあまりに人の死を肯定する、論理矛盾の理想主義。あんな狂気をああも露骨にひけらかされては、兵士も配下もついてこられない。

だからもう、切り捨てても構わない。——そう、夜黒種《オニクス》どもは判断したのだ。

帝国開闢《かいびやく》以来の身中の虫、小狡《こずる》く卑劣な醜い泥棒鳥《カササギ》。

富と権力を嗅ぎつけ、群がっては喰《く》い散らし、獲物が弱って死にかけたならばためらいなくうち捨てて、次の獲物を探し当てて喰《く》らいつく、鼻だけは利《き》く恥知らずの黒ネズミども。

「それだけは、感謝してやるぜヤトライ・ノウゼン。——そんなクソ野郎どもの跡継ぎにユウナ姫の子を、しないですんだのはお前のおかげだ」


撤退支援が第一の目標だ。たとえば榴弾《りゆうだん》の使用は、瓦礫《がれき》が迅速な撤退の邪魔になる。

だから。


「——作戦開始」

〈レギンレイヴ〉を突入させ、速やかに各街区を制圧する。

シンの宣言と同時。響き渡ったパワーパックの甲高い、強烈な咆哮《ほうこう》が最初の打撃だ。

一〇トン強の機体を、時速数百キロで駆動させる大出力である。耳を劈《つんざ》き、また腹に響く機甲兵器の排気音の大音響は、それだけで生中な兵士の心などへし折るものだ。

まして、兵士ですらない素人《しろうと》も多く混じる、共和国人の叛徒《はんと》たちにとっては。

ズーム画像の中、バリケードの向こうで後ずさる人影が映る。俊足に任せ、喉笛を狙う獣さながらまっしぐらに迫る〈アンダーテイカー〉とその小隊にいよいよ人波の腰が引ける。――機甲兵器にあるまじき機動だが、確認されている叛徒《はんと》の火器はアサルトライフルか携行式の対戦車無反動砲だ。どちらも〈レギンレイヴ〉を真っ向からは迎え撃てない。

それでもアサルトライフルの銃身が何本も、バリケードから突き出し……銃声はほとんど鳴らなかった。初弾の装塡忘れ。あるいは安全装置を解除していない。銃を、銃爪《ひきがね》を引けば弾が出るものと思っている素人《しろうと》や、自動小銃の扱いに慣れない新兵にはよくある失敗《ミス》。

小隊楔《くさび》隊形の、先頭を走る〈アンダーテイカー〉がバリケードに到達。

念入りに構築したつもりだったろうバリケードが、けれど紙きれのように撥《は》ね飛んだ。

わっ、と後ずさった群衆のただなかに、シンは〈アンダーテイカー〉を踊りこませる。獅子《しし》や虎よりも巨大な〈レギンレイヴ〉の威容に、間近ではいよいよ強烈なパワーパックの咆哮《ほうこう》に、ついに逃げ出した者が周りとぶつかって人垣が派手に崩れた。――群衆雪崩《なだれ》は避けたかったが大勢が一度に動けなくなると考えれば好都合ではある。

後ろの連中が街の奥まで逃げこむと厄介だ。後続する小隊三機がワイヤーアンカーを射出、タチナ機とマトリ機が街路左右の建物を足場に人波の頭上を駆け抜けて退路を塞ぎ、サシバ機が屋上まで駆け上って特に無反動砲の迎撃を警戒。進退窮《きわ》まった叛徒《はんと》どもを上方からサシバが、膝をつけ手を頭の後ろで組めと、外部スピーカーの最大音量で怒鳴りつけて従わせる。

——制圧、というにも、あまりにもあっけないが。

「歩兵隊、降伏者の回収を」

おうよ、と応じて、戦闘属領民から徴用された女性兵士たちが駆け寄る。

そうなるだろうとは予測していたが、反乱者たちはどの都市でも、〈レギンレイヴ〉が突入しただけで脆《もろ》くも崩れた。

あとは万一にも少年兵たちが、手を汚すことのないように制圧を進めるだけだ。待機させていた護送の憲兵に進出を指示してから、グレーテは振り返る。

「——管制官補佐、ここはいいわ。ツィマーマン大統領が心配なんでしょう？」

そわそわと、ここではないどこかを気にしているフレデリカに、向き直って告げた。

その状態の彼女を指揮所にはおけない。それに人質に取られた家族を心配している子供に、その家族のことを気にするなともグレーテには言えないのだ。

「見るべきものじゃないと私は思うけど、見ずにはいられないならそうしなさい。突入部隊に事前に、内部の様子を知らせたいと思うならそれもいいわ」

はっとフレデリカが顔を上げた。

戦闘部隊の機動打撃群と、後方の教育訓練基地とでは所属も指揮系統も違う。だから彼に、直接グレーテが指示をだすことはできないけれど。

「所属基地経由でリッカ少尉に、レイドデバイスをつけるよう伝えるくらいはできるから」


方面軍規模、実に数十万人の撤退行動は続く。最後方の後方支援段列が後退を完了し、ハルタリ予備陣地帯に戦闘属領兵《ヴァルグス》の徴用兵たちが展開。支援段列が空けたスペースを使用して、戦闘部隊が後退を開始する。

軍の前進、後退行動はいずれも相互躍進、複数の部隊が互いに支援しながら交互に移動するのが基本だ。交戦中の第一陣地帯もまた最低限の残置部隊を残し、第二陣地帯以降の援護の元で後退するのがセオリーである。

けれど。


仲間たちと共に持ち場を離れ、装甲歩兵ヴィヨフはからくも死地を脱する。

撤退行の最中、信じられない命令を聞いた。

北方第二方面軍の、全軍撤退命令。

つまり逃げ出すのだ。貴族の将軍どもも戦闘属領兵《ヴァルグス》も、船団国人も街育ちたちも。ヴィヨフの故郷を救いも守りもせず、何もしてくれないまま逃げ出すのだ。

みんな、俺たちの故郷を見捨てたんだ！

逃げこんだネヒクワ丘陵帯の谷間もまた大勢の逃亡兵がひしめいていて、やっぱり、とヴィヨフは唇を噛《か》む。ほら、やっぱりこいつらは裏切り者だ。だから見捨てて逃げたんだ。

その、裏切り者のひしめく谷間に。

警戒管制型《ラーベ》から獲物の群がる位置を指示された、戦車型《レーヴェ》の一群が踊りこむ。

兵装を用いるまでもない。五〇トンの戦闘重量に任せ、装甲歩兵も歩兵も等しく轢《ひ》き潰す。

逃げだそうとしたヴィヨフたちだが、狭い谷間に群がる互いが邪魔で逃げられない。

「きっ、機甲部隊は!?　——戦車型《レーヴェ》は機甲部隊が倒すはずじゃないか！」

戦車型《レーヴェ》の相手は、〈ヴァナルガンド〉のはずなのに。

こんな後方にまで侵入した〈レギオン〉を倒すのは、機動防御の機甲部隊の役目なのに。

「どうして来てくれないんだ……！　や、」

役立たず、と叫び終えることさえ、次の瞬間踏み潰されてヴィヨフは出来なかった。


突破口周辺からの度重なる要請にもかかわらず、進路は今なお逃亡兵どもに全て塞がれて、ギルヴィースたちミルメコレオ連隊もまた控置《こうち》位置から動けない。

時間の経過とともにむしろ恐慌《きょうこう》と憤懣《ふんまん》を深めていく逃亡兵たちが、どけ、と命じられたところで今更従うはずもない。だからといってよもや踏み潰していくわけにもいかないから、動けない苛立《いらだ》ちばかりが辰砂《しんしゃ》の〈ヴァナルガンド〉の中にも降り積もっていく。

出撃準備中の〈火焔《かえん》の虎〉師団、大公家の切り札たる機甲部隊から、知覚同調《パラレイド》が繋《つな》がる。

『犬っころ、死にぞこなっているな？』

呼びかけも言い方も最悪だが、ブラントローテ大公家の中ではミルメコレオ連隊に好意的でいてくれる大佐だ。いつもなら苦笑で応じるところだが、今はその気分にもなれずに素っ気なくギルヴィースは応答する。

「残念ながら全員無事です、大佐殿。逃亡兵どもが邪魔で、出撃もできませんので」

『知っている。――だからもう、援護は不要だ。撤退準備に入れ』

さすがにぎょっとなった。背後、ギルヴィースの口数の少なさにおどおどしていたスヴェンヤが息を呑《の》む気配。

戦線全体に撤退命令が出たのは知っている。だが、第一陣地帯の歩兵の後退も待たずに第二陣地帯の機甲部隊が後退する？　完全な崩壊も近いとはいえ、まだ戦っている者も多い第一陣地帯を見捨て、後退の援護さえも放棄して？

「大佐殿、それは……。それではいよいよ、歩兵どもの士気が落ちます。逃亡がこの上相次ぐことにも」

『だろうな。だが、もう仕方ない。くりかえすぞ、撤退しろ少佐。――雑兵は見捨てる』

機動防御のため、第二陣地帯以降に控置《こうち》されていた機甲部隊の全てに撤退命令が下る。

部隊移動の基本である相互躍進、相互後退の原則を無視し、第一陣地帯の援護をまったく放棄しての撤退だ。もっとも、戦闘域が敗走部隊に埋められて援護自体ができないのだし、その壊乱の群れが第二陣地帯に到達すれば機甲部隊は後退すら妨害されることになる。高価値の機甲部隊を固定砲台にした挙句、むざむざ失うくらいなら優先して撤退させ、予備陣地帯の維持に回した方がまだしもマシだ。

同様に砲兵、戦闘工兵にも撤退命令が下る。歩兵ばかりからなる第一陣地帯が取り残される。突撃破砕射撃が止《や》み、重要施設に加えて戦車型《レーヴェ》が通行可能な橋の全てが落とされる。

その様に歩兵たちは納得できない。

貴重な多脚機甲兵器《フェルドレス》と重砲、技能職である機甲兵や砲兵や工兵の価値は歩兵よりも高く、だから歩兵よりも優先される。それは知識として知ってはいるが、今や憤懣《ふんまん》と不信に満ちる歩兵たちには納得できない。技能職である――より高度な教育と訓練が必要な機甲兵や砲兵、工兵には元貴族やその配下が多い事実が、より憤懣《ふんまん》を助長する。

ろくに助けにも来てくれなかった機甲部隊が、臆病者の砲兵が、所詮戦闘職ではない工兵が。

どうしてこれまで必死に戦ってきた自分たちより先なんだ。

これまで犠牲を払ってきた自分たちこそ、生還する権利があるはずだ。

それまで辛《かろ》うじて、踏みとどまって防戦を続けていた者たちからさえ士気を奪う命令だ。貴族どもの捨て駒にされるくらいなら逃げてしまおうと、決意する者が続出する。

決意したところで今更、逃げることなどできなかったが。

いまだ最前線に残る部隊だ。突破口の拡大を食い止め、侵入する〈レギオン〉を押しとどめる、敵部隊との激烈な戦闘のただ中にある部隊だ。

敵の眼前で後退など、しようものなら反転した瞬間喰《く》いつかれる。できるはずがない。

不満があろうが戦闘意欲を失おうが、迎撃に残ってしまった兵はもはや、死にたくないなら逃げられない。

その、冷徹な計算の下《もと》。見捨てられた最前線の死闘を楯《たて》にして機甲部隊と砲兵と工兵、回収可能な一部の歩兵部隊の後退は進む。


所詮、共和国人はエイティシックスにとって迫害者だ。

わざわざ射《う》ち殺して余計な傷を得たくもないが、容赦してやる義理もない。

バリケードを蹴散らし、照準レーザーを叩《たた》きつけ、逃げこんだ建物には警告の後で機銃掃射を加えて追い出しを図る。一応は頭上を狙わせているから浴びるのは壁の破片だけだ。それでも血みどろでまろび出てきた一団に、跪《ひざまず》き両手を頭の後ろで組むよう命じてシンは次の街区へと向かう。後続する戦闘属領兵《ヴァルグス》たちが、ざっとボディチェックをしてから引き起こして連れていく。

あえて起動したままの高周波ブレードの金切り声に、怯《おび》えた人々がわたわたと逃げだす。逃げた先にはやはり戦闘属領兵《ヴァルグス》が待機していて、助けてくれとむしろ、飛びこむところを捕まえている。――そう、本当に、グレーテたちは撃たせまいと懸命に努力してくれている。

街路の制圧順番と戦闘属領兵《ヴァルグス》の進出先を調整し、エイティシックスがわざわざ誘導しなくても叛徒《はんと》が自ら、待ち構える戦闘属領兵《ヴァルグス》の元に逃げこむように細かく部隊を動かしている。かき集めてきた大出力のスピーカーが繰り返し、投降しろと大音声《だいおんじょう》を都市全体に叩《たた》きつける。恐慌《きょうこう》で思考能力の下がった人間を、反射的に従わせるための威圧的なその語調。

投降者を回収する任を、いかにも軍人然とした憲兵ではなく戦闘属領民から、女性ばかりを選んで任せているのも悪いようには扱われないと思わせるためだ。街の外、相当に乱暴に護送の車列に叛徒《はんと》たちを押しこんでいるだろう憲兵の存在は気取らせることもなく。

街路を曲がる。無反動砲を肩にかけた青年を光学センサが捉える。即座に向き直った〈アンダーテイカー〉に、青年は無反動砲ではなく抱えた幼子を、目につくように掲げた。

そのつもりはないのだろうが、子供を楯《たて》に命乞いをするかのように。

『待って、子供が――小さい子供がいる！』

「武器を捨てて投降を！　抵抗しなければ危害は加えない！」

外部スピーカー越しに怒鳴りつけると、無反動砲を放りだしてあたふたと跪《ひざまず》く。――子供がいる、といまさら言いたてるなら、最初からおとなしく避難していればいいものを。

その子供まで戦場に連れ去られまいと抵抗した果てが、無力な非戦闘員の身で武装した軍人の横暴に抗《あらが》おうとした果てが、この無謀な蜂起だという事実はすでに頭から飛んでいた。

無謀でも、無意味どころか害悪でさえあっても。共和国人たちがようやく今、はっきりと示してみせた戦意であり己を守る意志だということさえも。

まったく、と苛々《いらいら》と、もはやそれでは内圧の下がらない息を吐いた。


そう、戦う意思を、守る意志を、この共和国人たちはついに抱いた。家族を、恋人を、子供を奪わせまいと立ちあがった。

だからこそ、逃げない者もいる。

迫る〈レギンレイヴ〉が、まるで暴虐の魔物でもあるかのように睨《にら》みつけて立ち塞がる。アサルトライフルを、無反動砲を、手製の火焔《かえん》瓶を携えて抵抗する。

――だからなんだ。

その全員に、ダスティンは照準レーザーを最大出力で叩《たた》きつける。高エネルギーの収束体に皮膚を焼かれて怯《ひる》むかうずくまったところに戦闘属領兵が接近して拘束する。火傷《やけど》を負ってなお怯《ひる》まない者には、一〇トン強の〈サギタリウス〉を轢《ひ》き殺《ころ》さんばかりにつっこませる。

どうせ自分はもう、大儀だの人道だのを説《と》けた義理ではないのだ。

チトリを助けられず、祖国の堕落は座視し、何かをしたつもりで何もしていなかった、弱くて愚かで卑怯《ひきょう》な自分には、もうどんな非道も卑劣もいまさらなのだ。

そう思うからこそ、ダスティンの戦闘は誰よりも容赦ない。同じ第六小隊の、エイティシックスの仲間二人がむしろ止めようと必死になるほどに。

『ダスティン、おいダスティン！　やりすぎだ！』

『無理しないでいいから下がれって！　お前には同胞なんだろ！　無理！　する！　な！』

アンジュの声だけ、聞こえない。

彼女のことも傷つけてしまったんだから当然だ。もう何も言ってもらえないはずだ。

「問題ない。——とにかく、排除が最優先なんだから俺のことなんて……っと、」

支援コンピュータが警告。要注意物体のシルエットを光学センサが検知。

視線を向ける。携行式の無反動砲を肩に乗せ、連邦の都市特有の狭い街路に潜んだ一群。

総毛だった。思わず外部スピーカーのスイッチを入れた。

「——撃つな！　それは駄目だ！」

撃発。

斉射された成形炸薬弾の群れを、ダスティンは跳躍で回避。弾速の遅い無誘導弾は虚《むな》しく〈サギタリウス〉の脚下を通過し、一方で無反動砲を撃った一団こそがまとめて火焔《かえん》に薙《な》ぎ倒される。――大口径弾の猛烈な反動を、後方にも爆風を噴出することで相殺《そうさい》する無反動砲はその後方爆風《バックファイア》の反射で自分が焼かれないために、壁に囲まれた狭い場所では使えない。

転げ回る同胞の姿に血の気が引いた。

一方で戦闘中にはあるまじき己の振舞に、強烈な自己嫌悪《けんお》がこみあげた。――どうして今、警告をした。攻撃されたのに反撃もせずに。銃爪《ひきがね》も引かずに。

「っ……。俺は、撃つこともできないのか……！」

どうして俺は　こんなにも弱い。


ダスティンは明らかに、自暴自棄に陥っている。

それはアンジュにもわかっているが、かける言葉が彼女にはない。だって引き留めた側だ。ずるくいて、なんて呪いをかけて、ダスティンの潔癖を彼への刃に変えたのがアンジュだ。

ダスティンの心も、守れないくらい弱いのに彼に、呪いをかけることはできてしまった。

「……まるで魔女ね」

自嘲した。奇《く》しくも彼女の、パーソナルネームと同じだった。それだってダイヤが、つけてくれたものだったのにまるで呪いのように。

多分、弱いことは、それ自体が悪なのだろう。

弱い人間には、良《い》いことはできない。けれど悪いことはできる。アンジュがダスティンに、呪いをかけてしまったように。

強くなければ善良でも、正しくもいられないなら。せめて。

「私は、魔女だから」

悪い魔女だから。強欲な魔女だから。

摑《つか》んだものだけは、せめて──奪われない。

システムが警告。接近する影に重機関銃を向ける。小太りの、人の好《よ》さそうな中年女性が駆け寄ってくるところだった。

『待って、降伏する、だから助けて殺さないで!』

そう、叫んで駆け寄りながら、けれど女性は体の陰に隠した火炎瓶を振りかぶった。ただでさえ荒涼を刷《は》きつつあった、アンジュの青い目がついにすぅと冷えた。

〈レギオン〉戦争では名ばかりとなったとはいえ、戦時国際法は民間人の保護を定めるが。それは民間人が非戦闘員の立場を貫いている──戦闘員への攻撃を行わずにいる場合だ。

──おめでとう、お馬鹿さん。

よくも自分の死刑執行書類に、自らサインをしてくれた。

知らず薄く、笑みが浮かんだ。視線と追従して動くレティクルを振り向けた。

指先一つで切りかえた副兵装の重機関銃の、トリガを。

誰かの言葉が泡のように浮かんで弾《はじ》けた。

あいつらはパパとママを殺した。ゴミみたいに射的の的にした。

……これは。

私がいま、しようとしていることは、人間をゴミみたいに射的の的に、することではない？

本当はその必要もないのに機会を得たからと、気晴らしのために、八つ当たりのために、人を撃とうとしているのではない？

ぞっと、凍りついた。同時に叱責が耳を劈《つんざ》いた。

『銃を下ろせ《シース・ファイア》、エマ少尉！』

訓練で叩《たた》きこまれた命令に、反射的に指がトリガを離れた。がしゃん、と鋭く響いた〈レギンレイヴ〉の重い足音に、それだけで女性が飛びあがって逃げていく。

『その命令は出していないぞ少尉！　勝手なことをするな！』

叫んだのは第一機甲グループの情報参謀だ。レーナが不在の今、分担して第一グループの指揮を執っている、他隊よりも大勢いる幕僚の一人。

命令にも叱責にも慣れた裂帛《れっぱく》を、……けれど、アンジュの様子を察して不意に緩めた。

叱責に反応して硬直した、というだけではない。明らかに身竦《すく》んで、怯《おび》えて震えさえしている彼女の様子に。

『……わかったな、エマ少尉。君は撃てない。撃てないのが正しいんだ』

人殺しは怖い。戦争だろうと敵だろうと共和国人だろうと、人を撃つのは怖い。

そう思ってしまったアンジュの在り方は――それこそが、正しいと。

『君は、やさしさの側の人間だ。他人の痛みに、心を寄せて共に悲しめる人間だ。それは正しい。君のかたちこそがきっと正しい。だから撃てなくていい。それでいいんだ』

でも、それは弱さであるはずで。

守れないくらい弱いのに、悪いことだけは出来るのが自分で。

「っ……!」

違う。

悪いことなら出来るんじゃない。弱いから、より簡単な悪いことに流れてしまっただけだ。

弱いから、と、己の弱さに甘えてふりかざして。良《い》いことなんてできないんだからと、弱さをまるで言い訳にして。

「……私は、」

弱くて。ずるくて。でも。

それでも、まだせめてやさしさの側で。ただしさの側で、あるというなら。私は。

容赦のないその鎮圧の様子が、あえてそのまま報道されているとプリムヴェールは察する。非武装の市民を虐殺するあからさまな非道は避け、一方で反逆者がどのように蹂躙《じゅうりん》されるかを衆目に晒《さら》す。見せしめとして。

あるいは痛快な正義の執行と惨《むご》たらしい刑罰を好む大衆どもを、熱狂させ不満を忘れさせる剣闘競技《サーカス》や猛獣刑として。

「こっ、こんな非道な……私たちを、共和国人をまるで猛獣刑のように……」

無惨《むざん》に狩られる同胞は殉教の罪人、〈レギンレイヴ〉は猛獣や剣闘奴隷《グラディアトル》で、愉《たの》しく報道を見る連邦人が円形闘技場《アンフィテアトルム》の観客だ。はるか古代に消《き》え失《う》せたはずの、残忍きわまる見世物殺人《ローマン・ホリディ》。

エルンストはむしろ眉を顰《ひそ》める。

「それを君たちが言うのかい？　エイティシックスを八六区に放りこんで、今も連邦の兵士たちを前線に閉じこめようとしている君たちが？　ああ、人型の家畜がどうこうとかいうのはもういいよ。そんなこと、君たちだって本気で信じちゃいないんだろ。——そう、そっちこそ、どうしてこんな非道なことを？」

ひくりとプリムヴェールは痙攣《けいれん》する。

それをわかっているなら。どうして、の答えだって、とうにわかっているのだろうに。

「家族を、守るためよ」

エルンストは無言。かっとプリムヴェールは激昂《げっこう》する。

「そうよ家族を守るためよ！　大切な子供を、夫を、両親を、兄弟を戦場でなど死なせない！　そのためのエイティシックスよ！　そのための――人型の豚のレッテルよ！」

だって、人間じゃないものにしなければ。

エイティシックスだって誰かの子供、誰かの夫、両親、兄弟、友人で恋人なのだと思ってしまったら、どうせ彼らを戦わせる以外に家族を守る方法はないのに、自分の卑劣に耐えきれない。卑劣になんか耐えたくないのだから、目を逸らすのは当然だ。

「これだって同じよ、家族を守るため！　それだけだわ！　共和国が邪魔で後退できないなら連邦は今の戦場のまま戦うしかない。私たちの家族を守って戦うしかない！　――エイティシックスなんか、連邦人なんか知らないわ、私たちの家族が無事でさえいるなら！」

喚《わめ》きながら、涙が吹《ふ》き零《こぼ》れた。

家族への、同胞への、祖国への愛。それらは所詮、愛という美名で糊塗《こと》しただけの卑劣だ。大切なものとそれ以外を天秤《てんびん》にかけて、大切でない方を容赦なく切り捨てる、その卑劣さが愛というものの正体だ。誰もが同じく抱えたその卑劣を、どうしてこの男だけは自分だけが素知らぬ顔で、まるきり他人事《ひとごと》のように糾弾するのか。私にその自覚を迫るのか。

「みんなそうじゃない！　連邦だってそうじゃない！　愛する人さえ無事でいてくれるなら、

他なんか何人犠牲にしたって、殺してしまったってかまわない。そういうものじゃない！」

小さく、エルンストは嘆息した。

火竜が細く、焔《ほのお》を吐くような吐息だった。

「──あんまり、苛《いら》つかせないでくれるかな」

転瞬、起きたことをプリムヴェールは無論、洗濯洗剤たちの誰もが認識できなかった。

ごしゃっ、と。鈍い破砕音と共に、半回転したプリムヴェールがそのまま崩れ落ちる。

「……え、」

洗濯洗剤たちは咄嗟《とっさ》に立ち尽くす。

壊れた人形のように倒れたきり、プリムヴェールは動かない。投げ出されて捻《ねじ》れた手足が細かく痙攣《けいれん》する。どろりと、濁ったあかが絨毯《じゅうたん》に広がる。そもそも頭の形が明らかに変わっている──頭蓋骨が大きく、陥没している。

即座には攻撃とも認識できない。それほどの無造作さでプリムヴェールを殴打《おうだ》した椅子を放り捨て、エルンストは取り落とされたアサルトライフルを拾い上げる。薬室内を確認し、苦笑しながら初弾を装填する。

「愛か。まあ、うん、愛はそうだね。人間の大切な根幹だ、それはそのとおりだ。排除や排斥が時にその愛のためにこそ、生まれるものだというのもわかってはいるさ」

洗濯洗剤は誰もが撃たない。

アサルトライフルは、プリムヴェールは装塡し忘れていたがそうでない者は銃爪《ひきがね》を引けば撃てたというのに、誰もが撃たない。

人の血にまみれて平然と嗤う、火竜の双眸《そうぼう》のまっくろい瞋恚《しんい》に、吞《の》まれてしまって動けない。

「けど、……愛だから、構わない。これは愛なのだから仕方がない。言い訳はするけれど正当化はするけれど、それだけで反省も改善もしない。人の醜さを卑劣さを、そうと知りながら改めねばとも思わない」

アサルトライフルの上下が入れ替わる。長い銃身を握り、銃床を前に。

折り畳み式の金属パイプの頑丈な、下手な刀剣類よりも重い重量四キロ超のアサルトライフルの銃床を、まるで殴打《おうだ》武器の先端ででもあるかのように前へ。

「己の卑劣を肯定するだけの、何が愛だ。——そんな愛こそが人間の本質だというのなら、」

そんな生きものは滅びてしまえ。


大半が非戦闘員の烏合《うごう》の衆だ。機甲部隊を相手に持ちこたえられるものではない。第一大隊が担当したキトルラン市の制圧は、全街区でまたたく間に完了する。

かつて、武装した共和国軍人が非武装の市民である数百万のエイティシックスを、ろくな抵抗も許さず拘束して護送した時よりも、あっけなく。

気障《きざわ》りなその連想に、顔をしかめつつシンは制圧完了の報告をグレーテに送る。

前後して他の都市を制圧していた大隊からも完了報告が上がったらしい。最初に通過予定の機甲師団が速度を上げる。到達予定時刻には余裕があるのに速度を上げたものだから、進発させる予定だった叛徒《はんと》の護送車が、通過を待つために待機せざるを得なくなる。

今度は何だ？　とシンは眉を寄せる。撤退の優先順位は叛徒《はんと》たちよりも機甲師団の方が上だ。だから待機自体はいいのだが。

『――機動打撃群の、すまんな。だが急いで抜けないと次が詰まる』

と、思っていたところに無線連絡が入って、師団先頭の斥候部隊だ。互いの司令部を経由するからどうしてもタイムラグが生じる正規の情報共有に先立つ、挨拶がてらの事情の説明。

『続く機甲と砲兵はともかく、最後尾の歩兵は壊走状態だ。部隊も指揮系統もあったものじゃない。後退順も守らんから、巻きこまれんためには急ぐしかない』

シンは思わず顔をしかめた。センティス・ヒストリクス線の第一列、歩兵陣地が崩壊して逃亡者が続出していることは、無論、彼も事前に聞いてはいたが。

『お前たちも、今のうちに街道から距離を置く準備をした方がいい。でないと烏合《うごう》の衆どもにとりまかれて動けなくなるぞ』

†

撤退行のセオリーを無視して連邦軍は機甲戦力と砲兵をまとめてさがらせ、取り残された陣地帯の歩兵たちに、せめてもの砲支援を与えようというのだろう。榴弾砲《りゅうだん》とさえくらぶべくもない大口径の弾体が、けれど弾数としてはあまりにもささやかに、各戦線へと降り注ぐ。

長射程を誇るがゆえに、遥《はる》か後方に留まったままでも最前線まで射撃を送りこめる連邦の連装式電磁加速砲《レールガン》〈カンプフ・プファオ〉。命中精度の悪さを数で補う設計の兵器だが、戦場全体に砲弾を降り注がせるにはその半数必中界の広さがむしろ有効だ。

ただしその、射撃反動に備えるために二対の駐鋤《スペード》を撃ちこむ鈍重な運用と、複々線の軌条の上しか移動できないほどの巨体は、はっきりと命取りだ。

弾道を逆算、敵レールガンの位置を割り出した電磁加速砲型《モルフォ》が、砲撃を開始。

各戦線の後方に展開する〈カンプフ・プファオ〉が、その運用部隊が、八〇〇ミリ砲弾の豪雨をまともに喰《く》らう。電磁加速砲型《モルフォ》への反撃と牽制のため、同等の超長射程を有するのが〈カンプフ・プファオ〉だ。つまり〈カンプフ・プファオ〉の射撃に対し、電磁加速砲型《モルフォ》が反撃することもまた可能だ。

前線の砲支援を行う孔雀《くじゃく》たちが、次々に巨蝶《ちょう》の雷霆《らいてい》に撃ち殺される。ふつりと砲撃が途絶えた前線を、落とされた橋の代わりに浮橋を引いて、重機工兵型《アラネア》がざばざばと戦場の無数の河を渡る。架橋完了を対岸で待つ、黒鉄《くろがね》の軍勢が整然と、地平線の彼方《かなた》まで隊伍《たいご》を組む。

それを遮る、討ち散らす、砲は連邦軍には最早ない。

†

第六九機甲師団の斥候が警告してくれたとおり。

撤退路である街道から離れて防衛線を敷き直したシンたちの眼下を、進む壊走の歩兵の群はなるほど大発生したネズミか蝗《いなご》を思わせる無秩序さだ。

狭いわけでもない街道を真っ黒に埋める。隊伍《たいご》も組まず速度も合わせず、眼前の他人や他集団を我先にと押しのける。どの師団、どの連隊が通行しているのかもわからない。指揮系統さえ全く壊滅した単なる群衆だ。

しばしば集団同士で突き飛ばしあい、揉《も》みあうのは新型自走地雷とやらを疑っているからだろう。いもしない敵に怯《おび》えるせいで、ただでさえ滞りがちな流れが無意味な揉《も》め事《ごと》で遮られる。もとより徒歩の集団などさして早く進めないというのに、その速度を自らの愚行で更に遅らせる。

第一陣地帯は、この壊走の中でなおも踏みとどまった塹壕《ざんごう》や陣地が辛《かろ》うじて支えている状態だ。彼らが〈レギオン〉を拘束している間に、なるべく多くの歩兵を予備陣地に回収しないといけない。それにもかかわらず。

「……思った以上に、遅いな」

舌打ちをしたい気分を、シンは堪える。入るな、と言ってもどうせ聞かないのだろうからと人間の足では進みづらい起伏の激しい原生林、リシキフ森林に展開した防衛ライン。

今、通っていくのは友軍を見捨て、真っ先に逃げだした連中だ。それならそれでせめて迅速に進んでくれれば第一陣地帯で踏みとどまっている部隊も、全滅する前に後退できるかもしれないのに。

……どうして。

その程度の判断すら、冷静すら、良心すら。こいつらは。

第一陣地帯で持ちこたえているのは、そのほとんどが戦闘属領兵《ヴァルグス》の部隊だ。

逃げ出した歩兵にも、撤退していった機甲部隊や砲兵にも置き去りにされ、残る塹壕《ざんごう》や陣地も陥落して次第に孤立していくが、戦闘属領兵《ヴァルグス》にとって戦死は誉れだ。鉄色の波濤《はとう》を目前に笑みさえ浮かべて、銃身が赤熱する重機関銃を、刃の欠けた長大な斧《おの》や剣を振り回す。

隣──というにはもう遠いトーチカの、同じ戦闘属領兵《ヴァルグス》部隊から知覚同調《パラレイド》が繋《つな》がる。

『ゾト集落《むら》の、生きてるな』

「おうギマ・ミマの！　そっちもまだ無事か」

応じる間にも傍《かたわ》らで遠縁の親爺《おやじ》が、隣の家の末息子が斃《たお》れる。前のめりだ。向こう傷だ。ああ見事だ、と呵々《かか》と笑う彼に、集落ギマ・ミマの同胞は言う。

『殿様方から俺たちにも撤退命令だ。屑鉄《くずてつ》どもの本隊がじきに到着する、支えきれないのは明白だから順に後退しろと』

「いよいよか。了解。……ただ」

戦闘属領兵《ヴァルグス》は苦笑する。屑鉄《くずてつ》どもの本隊。

それはたとえば、対戦車障害はすべて吹き飛ばされ、砲火も機甲兵器も迎撃しない河の流れを悠々と渡河する、——川の両岸にびっしりと展開する、眼前の大集団のことだろうか。

「こっちは退《さ》がんのも無理だなあ。もう抜かれちまう」

砲撃が、今度は彼のいた場所ごと、塹壕《ざんごう》全体を吹き飛ばした。

†

そして〈レギオン〉第一梯団《ていだん》本隊が渡河を、地雷原啓開を、対戦車障害除去を完了。侵入口を形成し、維持し、一部部隊をセンティス・ヒストリクス防衛陣地深部にまで進出させて通行路を確保していた先遣隊の、後を追って防御陣地へとどうと雪崩《なだれ》こむ。

防ぐものは死を賭《と》しての最低限の殿軍《しんがり》の他は、残置された地雷や仕掛け罠《わな》しかない。

雪崩《なだれ》か津波の、驀進《ばくしん》する大質量の暴威を以《もっ》て。〈レギオン〉第一梯団《ていだん》は未《いま》だ人の群れで埋まる各撤退路を呑《の》みこみ、一部は余勢を駆ってそのままに、ハルタリ予備陣地帯に突入した。

†

ハルタリ予備陣地前方で撤退支援中の機動打撃群もまた、〈レギオン〉第一梯団《ていだん》の津波の直撃を受ける。

シンの異能で予期こそしていたが、あまりにも数が多い。要害として設計された帝国の廃都市群に拠《よ》り、耐え凌《しの》ぐ一方で後方、ハルタリ陣地帯との連結部をなす別部隊が後退を余儀なくされる。――機動打撃群と撤退中の部隊が、敵中に取り残されたかたちとなる。

ホロスクリーンの輝点《ブリップ》にその様を見すえて、グレーテは問う。友軍は、後退。それでは敵状は。

「大尉、これで終わり？　それとも」

『まだ来ます。〈レギオン〉前線後背で大規模部隊が攻勢を発起。軍団――いえ、軍規模。第二梯団《ていだん》と推定されます』

返った応えの最悪に、グレーテは舌打ちを堪える。第二梯団《ていだん》の存在は、想定のうちだが。

「軍規模とはね……！」

この場合の軍とは、複数個の軍団から成る集団の呼称だ。軍を複数束ねると軍集団、連邦の場合は方面軍となり、西方方面軍は五個軍団のうち二つずつを二個軍にまとめている。即《すなわ》ち西方方面軍の半数にも匹敵する新手が、こののちハルタリ陣地帯に押し寄せるということだ。

決断した。こんな平地で支援もなしに、次は機動打撃群も耐えきれない。

使い物になるかもわからない敗走の歩兵集団と、未だ部隊の体裁も兵数も保つ機動打撃群なら、後者の方が価値は上だ。

「——任務完了と判断。今いる部隊を援護しながら、私たちも後退するわ」

最後まで残った戦闘属領兵《ヴァルグス》主体の殿軍《しんがり》は、生き残った分は分散して撤収を開始している。敵中を隠れ進むための、分散した小部隊。だからこそこんな目立つ道は通らない。——機動打撃群が待つべき歩兵は、もういない。

「他部隊の行動を妨げないため、第二、第三、第四グループはハルタリ線支援部隊展開地域内、ロイトゥヒ市に、第一グループはナーキヴィキ市に集結。西進してリュストカマー基地に帰還」

遅れて師団本部から指示が来る。機動打撃群は現任務を終了。後退し、リュストカマー戦区の防衛に向かえ。

遅いのよ。と小さくぼやいて。

「ハルタリ陣地帯まで〈レギオン〉が進出した以上、リュストカマー基地周辺も近いうちに戦場になる。今度は、わたしたちの家を守るわよ」


前線の兵員さえもが逃げ出す中。他国人である上に足も遅いミエルたち養護施設の子供を、引率して避難しようとした施設長の憲兵は、見上げた善性の持ち主と言えたろう。

憲兵当人には、仇《あだ》となった。

前線の後退が予想よりも早く、射程の長い長距離砲兵型《スコルピオン》の榴弾《りゅうだん》が今や散発的に届くようになった属領モニトズオートの原野で。先導していた憲兵の頭が突然消失した。

「えっ」

ミエルたちには遠く感じられた、榴弾《りゅうだん》の炸裂《さくれつ》の破片だ。一五五ミリ榴弾《りゅうだん》の殺傷範囲は四五メートル、――その範囲内の半分は確実に殺せる、という意味であって、より遠くまで威力を保ったまま届く破片ももちろん存在する。

瞬時に頭を持っていかれた死体が力なく頽《くずお》れる。血肉と骨の霧をまともに浴びた、仲間の少女が立ちすくむ。

先導する大人を失った、ミエルたちもまた。

今や榴弾《りゅうだん》すら散発的に届く、戦場のただ中で。――子供ばかりで足が遅いために他の避難民からも遅れていたミエルたちは、子供だけになって孤立した。

なにしろその邸《やしき》で数か月ほど暮らしていたのだから、エルンスト邸の図面の確認にセオが呼ばれるのは当然ではある。

つまり突入するつもりだと、兵舎モジュール流用の仮設指揮所で苦く、セオは悟る。

人質の――エルンストの安全は考慮せず、ただ速やかに反乱勢力を排除して事態を収拾するための強行突入。そもそも彼を呼んだのも現場を封鎖しているのも、軍用の兵舎モジュールを流用しているとおり警察ではなく軍人だ。全戦線が危機に陥る中での首都の擾乱《じょうらん》とはいえ、その権限は持たない軍がいきなり、ザンクト・イェデルの事件解決に乗り出しているその異常。

指揮所を埋める士官たちも、封鎖する下士官・兵卒も真紅の髪と目の焔紅種《パイロープ》で、腕章の部隊章は燃える豹《ひょう》。ザンクト・イェデル近郊に駐屯していた機甲部隊の一つ、〈火焔《かえん》の豹《ひょう》〉師団だ。ブラントローテ大公家の関係者で構成される、かの一門の配下である精鋭部隊。

さすがに大統領を見捨てた汚名は避けたいようで、人目のない夜になるのを待つという。周辺住民を一時的に立ち退かせて完全に無人の、報道機関さえ近寄らせない高級住宅街。

メイドのテレザは占拠直後に、エルンストに逃がされて無事だ。逆なら楽だったのに、と言い放った指揮官にセオは反発を覚えるが、意見どころか余計な発言さえ許されない。用がすんだら犬の子でも放りだすように指揮所から追い出されて、歯がゆさと焦燥に立ち尽くす。

どうしよう。どうにかしないと。こんなの座視していたくない。自分の知っている相手が死ぬところを、横でぼんやり眺めているなんてできない。

携帯端末が振動して、現在の上官だ。レイドデバイスをつけて待機、とメッセージが表示。

「……了解」

なんだ、と思いつつ、首都の状況を考慮して念のために持ってきていた銀環を嵌《は》めた。

途端に誰かから接続されて、息せききった声が言う。

『セオ！　……おお僥倖《ぎょうこう》じゃ、そなたエルンストめの邸《やしき》近くにおるのじゃな⁉』

見知った者の現在を見る、フレデリカの異能だ。

そして言うとおり、僥倖《ぎょうこう》だ。なんていいタイミングで！

「フレデリカ、ちょうどよかった、手を貸して！」

館の中の状況が——どこにエルンストがいて、どこに洗濯洗剤がいるかがわかれば、エルンストを巻き添えにすることなく制圧することも可能なはずだ。

ブラントローテ大公配下の火焔《かえん》の豹《ひょう》師団にフレデリカの存在を知られるわけにはいかないが、その辺りはシンの異能だとでも王子殿下の異能だとでも言いつくろってやる。

フレデリカは知覚同調《パラレイド》の向こうで何度も、必死に頷《うなず》く。

『そう、それじゃ。手を貸してたもセオ。――中の、』

続いた言葉は悲鳴のようで、あまりにも意外なものだった。

『エルンストめを止めるのじゃ！』


交戦しながらの撤退だ。全機がまっすぐに、集結地点のナーキヴィキ市には向かえない。

防衛線を構築していたリシキフ森林帯から、北東のカシニェ丘陵に順次、部隊を移動。カシニェと麓の廃都市ルヴォキフに次の防衛線を用意したところで、最後までリシキフ森林に残ったシンたち第一大隊がその援護のもと後退を開始。歩兵が進む街道は避けて北回りに、さらに東部の都市ファレキフへと進み――カシニェ丘陵に展開していた第四、第五大隊が、その丘陵ごとごっそり消えた。

咄嗟《とっさ》にシンは上方、光学スクリーン越しの鈍色《にびいろ》の霄《そら》を振り仰ぐ。レーダーの探知範囲内に、出現すると同時の着弾。超高速弾、そしてこの大威力は。

『電磁加速砲型《モルフォ》!?』

「〈カンプフ・プファオ〉は……壊滅したのか」

連邦軍の防衛線後方の〈カンプフ・プファオ〉を迎撃するため、電磁加速砲型《モルフォ》は〈レギオン〉第一梯団《ていだん》のすぐ後ろにまで進出している。優に千を越す〈羊飼い〉と無数の〈牧羊犬《シープドッグ》〉の鬨《とき》の声《こえ》に紛れて、さしものシンも電磁加速砲型《モルフォ》の攻撃の瞬間を聞き分けられなかった。

続けて、第七大隊が到着したばかりのファレキフ市に、ふたたびカシニェ丘陵に、第一大隊が後にしつつあるリシキフ森林に、歩兵たちが進む街道に着弾。八〇〇ミリ砲弾の轟雷《ごうらい》が降り注ぐ中でなお進出してきた〈レギオン〉機甲部隊が、衝撃波と至近弾の破片に浮足立ったルヴォキフ市の防衛線、第三、第六大隊に喰《く》らいつく。

『ちっ。第五大隊、ミツダが応答なし、副長が指揮を執る！』

『第四大隊、生き残りは射撃準備、照準次第撃て！』

カシニェ丘陵の残骸、土煙の中からルヴォキフ市街へと援護射撃が飛ぶ。機動しながらの戦闘が機甲兵器の、特に高機動戦向きの〈レギンレイヴ〉の身上。動き回るためには一か所に固まってはいないから、消し飛んだ一帯からうける印象ほどには、どうやら被害は多くなかった。

『第三、ミチヒ、健在です——第一大隊は後退を継続！　完了まで支えるのです！』

『同じく第七大隊、ファレキフ市街は押さえた。防衛線の構築に——っと！』

なおも砲撃。無誘導で命中精度が悪い超長距離砲撃ゆえの、緊要地形にもそうでない場所にも等しく降り注ぐ大口径砲弾に、〈レギンレイヴ〉は逃げ場もないまま翻弄される。衝撃波と砲弾片に加えて崩された丘陵の大量の土砂が、不運な機体や戦隊を押し流してさらに分断する。

——狙われているのは、この撤退路一帯か。

思ってシンは目を眇める。いまだ無数の歩兵で埋まる、だからこそ目立つ撤退路。

前進観測機を撃破するのは意味がない。別の斥候型《アーマイゼ》なりが代替するか、いまや警戒管制型《ラーベ》が観測している可能性も高い。いずれ第二梯団《ていだん》もこの戦場に押し寄せてくる。その前に。

「各隊。砲撃域からの離脱を優先する。退避先は――」

地図を呼び出して、まず撤退路には選ばない場所に目を向けた。

「北方、トファル山岳帯。待ち伏せの展開はなし、敵機甲部隊への対応も最低限でいい」

眼前の敵機甲部隊は、第一機甲グループを砲撃域へ拘束するための捨て石だ。まったく無視はできないが、ある程度は電磁加速砲型《モルフォ》自身が砲撃の巻き添えで倒してくれる。

第一機甲グループ全体の指揮を執る、作戦参謀が追認。地図データが更新されて複数の合流地点が表示。大隊ごとの、ではないのは、隊の再集結よりも各機の退避を優先してのことか。

カナン・ニュード中尉とロングボウ戦隊の応答が――と、作戦参謀の背後に聞こえた声に一瞬瞑目《めいもく》した。戦闘属領ブラン・ロスの撤退路から後方のロイトゥヒ市へ、後退中の第二から第四グループも、同様に電磁加速砲型《モルフォ》の砲撃に晒《さら》されたか。

おそらくは〈カンプフ・プファオ〉を排除し、進出した電磁加速砲型《モルフォ》の全機によって、ハルタリ予備陣地帯全体が。

「くそっ……」

雪が。

鈍色《にびいろ》の霄《そら》を天霧《あまぎ》らせてちらちらと、舞い始めた。

†

小うるさい孔雀《くじゃく》を全滅させ、悠々と連邦軍予備陣地を、そこに向かう撤退路を打撃していた電磁加速砲型《モルフォ》は、前進観測機からの報告を受けて砲撃を終了、別の目標へと照準を変更する。

砲撃域にはまだ敗残兵もそのお守《も》りの部隊も残っていたが、砲撃でばらばらに分断したなら各個撃破は容易だ。ネズミを巣ごと潰すにはうってつけだが、一匹ずつ追い回して仕留めて回るには大仰な電磁加速砲《じぶん》を、分断後の部隊の追撃に使う必要はない。

〈カンプフ・プファオ〉を全滅させたことで必要なくなった陣地転換は行わず、その場で長大な砲身を巡らせた電磁加速砲型《モルフォ》を。

《――レーダーに感》

……レーダーに感？

直後。電磁加速砲型《モルフォ》への備えとしてどの戦線も残していた、最後の〈カ、ンプフ、・プ、ファ、オ、〉の砲撃がその巨体を貫通した。

「馬鹿じゃないのか、屑鉄《くずてつ》ども。――電磁加速砲型《モルフォ》対策の切り札を全機、砲支援に使い潰すわけがないだろう！」

「先の援護射撃は釣り出しを兼ねてだ、今のうちに電磁加速砲型《モルフォ》は出来るだけ潰す！」

友軍砲兵を囮《おとり》にしての、壮烈な反撃。鬼気迫る面差しで砲撃スケジュールを完了した操作部隊が、即座に駐鋤《スペード》を上げて陣地転換、縦横に張り巡らせた複々線を疾走して姿をくらます。

空の支配を奪われた〈カンプフ・プファオ〉には、敵機撃破の正否を観測する術《すべ》がない。けれど最悪、撃破できずとも牽制《けんせい》さえできれば、それで電磁加速砲型《モルフォ》の傍若無人は止められる。

量産したとはいえ貴重な超長距離砲だ。反撃を警戒した電磁加速砲型《モルフォ》の砲撃が、再び散発的なものへと変わる。反撃されないための陣地転換の手間を、一四〇〇トンの巨体で繰り返す。

雷霆《らいてい》の豪雨を免《まぬが》れた戦場の兵士たちが、再び後退行動を開始する。

†

竜の咆哮《ほうこう》にも似た、誰の目も恐れるつもりのない強烈な排気音が背後から近づく。

回収した砲兵や機甲部隊の再投入は未《いま》だ先、徴用された戦闘属領民の老兵や女性兵、少年兵だけで支えるハルタリ予備陣地帯のその一角。新たに迫る〈レギオン〉機甲部隊を、乏しい残存兵力でそれでも迎え撃たんと塹壕《ざんごう》に伏せた歩兵たちが思わず全員振り返る。それほどの大音響で傲慢だった。

「なんだ……⁉」「クソっ。こいつは……！」

知らない者は、およそ聞いたことのない大音響に。そして知る者は厭悪《えんお》と畏怖に。

軍馬《デストリア》の馬蹄《ばてい》の轟《とどろ》きにも似た、多脚が地を蹴る重い響き。異常な重量を高速で駆動させる、異常な出力のパワーパックの悲鳴。

〈ヴァナルガンド〉ではない。無論〈レギオン〉でもあり得ない。一度聞き、そして目にすれば忘れられない、この傲慢極まりない咆哮《ほうこう》は――……。

「〈アジ・ダハーカ〉――……！」

「ノウゼンの人喰《ひとく》い竜め、とうとう出てきやがった……！」

『――喰《く》らい尽くせ‼』

大出力の心理戦用外部スピーカーによる、部隊の操縦士《オペレーター》全員の唱和。

男声も女声も入り混じった、勇猛というにはあまりに禍々《まがまが》しい雄叫《おたけ》びを上げて鋼色《はがねいろ》の機影が塹壕《ざんごう》を越える。

どこかの女帝気取りのように、乗機を己の色に塗装するなどという無意味な誇示を夜黒種《オニクス》は行わない。そんな上辺を取り繕うまでもなく、積み上げる無数の戦果こそが何よりも彼らの力を証《あか》し立てる。

竜が牙を立てるように、〈レギオン〉機甲部隊の左右側面に同時に先鋒《せんぽう》が斬りこむ。顎が閉じるように容易《たやす》く切り裂き、喰《く》い進む。その異様なまでの速度と、それがもたらす衝撃力。

〈アジ・ダハーカ〉。

一二〇ミリ滑腔砲《かっこうほう》に二挺《にちょう》の機銃、堅牢《けんろう》な装甲は〈ヴァナルガンド〉と変わらない。異なるのは縦列複座ではなく単座、つまり操縦士《オペレータ》一人で操縦と射撃の双方をこなす運用と、そして。

「這《は》いつくばり、馬蹄《ばてい》を待て屑鉄《くずてつ》ども。——狂骨師団《きょうこつしだん》の推参だ」

装甲厚は、〈ヴァナルガンド〉と大差ないにもかかわらず。

戦闘重量、実に七〇トンにもなる超重量の巨竜の脚が——頭上から、叩《たた》きつけられて戦車型《レーヴェ》の巨体を地に押し伏せる。

着地の衝撃とあまりの重量に地響きが一帯をどよもす。比較的薄い上面装甲をへし折られ、雪の地面に叩《たた》きつけられた戦車型《レーヴェ》が、死にかけた虫のように痙攣《けいれん》する。踏み潰したヤトライはそのまま、己の〈アジ・ダハーカ〉を駆って次の獲物へと跳躍し、後続する副長機が残したままの前方砲塔を旋回、至近距離からの砲撃で哀れな戦車型《レーヴェ》にとどめを刺す。

そう、跳躍。

七〇トンの巨体が悍馬《かんば》のように躍《おど》り、騰《おど》り、縦横無尽に跳ね飛んで雪の戦場を蹂躙《じゅうりん》する。

FRIENDLY UNIT

[友軍機紹介]

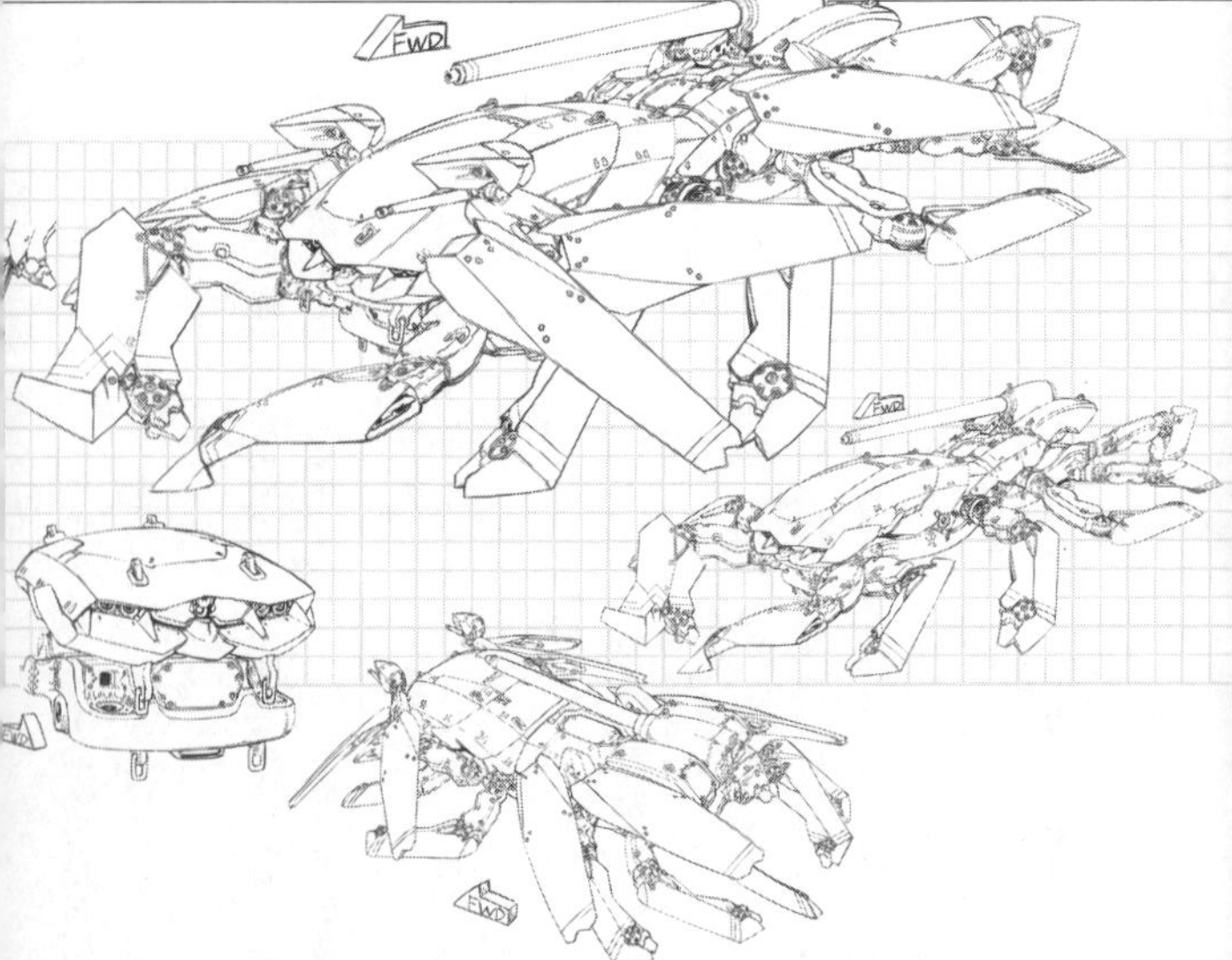

["ノウゼン家専用"強襲型フェルドレス]

〈アジ・ダハーカ〉

[ARMAMENT]

120mm滑腔砲×1
12.7mm重機関銃×2
心理戦用大出力スピーカー
前脚部"ブレード"パイルバンカー
稼働展開装甲×8

[SPEC]

[製造元] フェルスインゼル陸軍工廠→リンシァ社
[全長] 11.9m　[全高] 全高3.1m(脚部含まず)

破壊力・機動力・防御力を突き詰めたいわば「全部乗せ」の異形。

反面、操縦性・整備性・燃費・稼働時間諸々は劣悪を極め、本機の過剰箇所を削る形で〈ヴァナルガンド〉が開発された経緯をもつ。

旧式機ではあるが、莫大な私財を有するノウゼン家による近代化改修と量産が行われ、上記要因により運用範囲はかなり限定されるものの、〈戦車型〉すら駆逐できる人類側の「切り札」として要所に投入される。

〈ヴァナルガンド〉よりも戦車型《レーヴェ》よりも重い、超重量級の機体で時に〈レギオン〉とも紛《まが》う機動を可能とする、超高出力の駆動系。それが〈アジ・ダハーカ〉の最大の特徴だ。

無論、燃費も整備性も破滅的に悪い。

加えて異常に敏感な操作系と、少しでも出力を下げると拗《す》ねて駄々をこねる気難しい動力系。高すぎる運動性能がもたらす強烈な加速度に生身で耐える強靭《きょうじん》を操縦士は要求され、加えてその無茶な慣性。高出力の駆動系とそれを宥《なだ》める冷却系、機体の自壊を防ぐ緩衝系のために七〇トンを超す重量と相反する速度に、常に振り回される機体を操縦士はあろうことか経験と勘だけで制御せねばならない。

大貴族ノウゼン家の富と権力、そして血統でなければとてもではないが、運用できない極めつけの化物だ。

まともに横腹に、喰《く》らいつかれた〈レギオン〉部隊がそのまま真っ二つに食い破られる。食い千切られて竜の喉に落ちた先鋒《せんぽう》は後続の〈アジ・ダハーカ〉に磨《す》り潰《つぶ》され、敵集団を切り裂いた狂骨師団《きょうこつしだん》の前衛二隊は一度敵中を抜けたところで急旋回、屑鉄《くずてつ》どもの側面から再び鮫《さめ》のように喰《く》らいつく。

後方、飛び越えた臣民どもの塹壕《ざんごう》がばたばたと態勢を立て直す様が光学スクリーンの端に映る。――狂骨師団《きょうこつしだん》が降臨した機を、逃さない判断の速さ。臣民ではなく戦闘属領兵《オオカミ》どもか。

眼前に迫る戦車型《レーヴェ》を、砲の付け根の非装甲部位に一撃を叩《たた》きこんで仕留めつつ外部スピーカーのスイッチを押した。

「奮闘大儀。じきに減った分の補充が来る。それまで耐えろ」

『…………、御意』

応じた無線の、わずかに空いた間は畏怖か、それとも戦死者をモノのように扱われた屈辱だったか。……どこの領主の元配下か知らないが、躾《しつけ》がなっていない。

『ですが要求を。――仲間を見捨てた逃亡兵など信用できません。どうか再利用ではなく同胞を、補充には寄越していただきたく』

は、とヤトライは息だけで嗤《わら》う。

「よかろう。かわりに貴様、その陣地は何があろうと死守しろ」

『言われるまでも』

無線が切れる。

通信の間は慎《つつ》ましく沈黙していた副長が、代わりのように口を開く。

『ヤトライ様。各家師団の戦線投入、および回収した砲兵、機甲部隊の投入準備は滞りなく進捗しておりますが。再利用品の投入準備については遅延しております』

前線の後退を受けて最初に撤退した砲兵と機甲部隊は、全部隊がハルタリ予備陣地帯への回収を完了し、現在は隊ごとに態勢を立て直し次第の投入準備が進んでいる。また、正式な撤退決定以前に真っ先に逃げだした歩兵部隊についても、そうであるからハルタリ線にはとうに到着し、回収されて再投入されることになっていたはずだが。

沈黙を以《もっ》て問いに代えたヤトライに、副長は続ける。

『臆病者の、逃亡兵ですもの。いやだいやだと幼子のように泣き喚《わめ》いているそうですわ』

「馬鹿か」

冷然とヤトライは嗤《わら》い飛ばす。本当に、浅はかな馬鹿どもが。

たかが敵前逃亡くらいで、戦場から逃げられるとでも思っているのか。

「かしこまりましたと鳴くまで順に、端から射《う》ち殺せと伝えろ。次からはそんな、間抜けな報告をするなどともな。なんのためにくれてやった〈ヴァナルガンド〉だ。――正しく鳴けない民《ニワ》草《トリ》も兵士《イヌ》も、それを躾《しつ》けられない家畜番も我らには不要だ」

副長が笑う。

ヤトライ本人はわかっていないようだが、彼がノウゼンの次代に選ばれた第一の理由は、家の勢力でもセイエイ侯との血筋の近さでもない。この戦時にあってはなにより重要な資質、

――始祖の再来とも謳《うた》われるこの比類なき傲慢と酷薄、凶暴と残忍によってのものだ。

ただ血が近いだけの混血の孫など、彼に比べれば何ほどの価値もない。

『御意のままに、ヤトライ様。――我が背の君』

戦場ではないがセオは軍人で、首都の状況が状況だ。拳銃くらいは持ち歩いている。スライドを銜《くわ》えて引き、初弾を装塡。連邦の制式拳銃は小型で装弾数が少なく、予備弾倉は持ってきていないから弾数は心もとないが、フレデリカの話どおりなら発砲の機会はない。それでも用心のため、装塡状態にした拳銃を携えて一人、邸《やしき》の窓から中へと滑りこんだ。

「君、何を⁉」「警備、何をしていた！」

火焔《かえん》の豹《ひょう》師団員が慌てる声だけが遠く聞こえる。邸《やしき》の中からの脱出は当然警戒していたろうが、周辺を厳重に封鎖した今、外部からの侵入は彼らも想定していなかった。

割った窓硝子《ガラス》の破片を踏んで、絨毯《じゅうたん》の敷かれた廊下に転がりこむ。直後に窓枠の横に外から着弾。やや遅れて銃声が響くのは、初速の早い銃砲に――たとえばライフルに特有の現象だ。この窓を含めた屋敷《やしき》の北側を、射界に入れていた狙撃手の狙撃。

「……うわ。撃ってきたよ」

姿勢は低くしたまま小さくぼやいた。

セオの侵入自体は、とっくに見ていたろうに今更なのは報告と命令を経たからで、同じ連邦軍人を躊躇《ためら》いもなく独断で射殺できるほどには、貴族部隊とて冷血ではないらしい。着弾位置も命中させるつもりはなく警告、威嚇を目的にしたものだった。

「フレデリカ、エルンストは」

『リビングにおるままじゃ。洗濯洗剤めは――見た限りでは全員そこにおる』

言うとおり、背を預けた壁を伝って届く足音や話し声がまったくない。仮にも大統領の私邸だ、囁《ささや》き声《ごえ》すら筒抜けになるような安普請《やすぶしん》ではないけれど、いくらなんでもライフルの銃声の大音響は届く。だから見張りなり巡回なりが、いるなら反応してもいいはずなのに。

……リビング以外は無人、と、判断してもよさそうか。

それでも周囲の物音に注意を払いつつ、勝手知ったるリビングへ。なるほどここには、人が集まっている。濡《ぬ》れてねばつく足音に加え、おおぜいの人の体温の気配がする。——濡れた足音。室内で。

苦く、内部の状況を思いやった。加えてこの、不本意ながら馴染《なじ》んでしまった腥《なまぐさ》いにおい。

フレデリカは先ほどから、泣き出すのを堪えるように黙りこくっている。

扉の影に一度身を寄せ、中を窺《うかが》った。

そしてセオは凝然と息を呑《の》んだ。

概要はフレデリカから聞いてはいたけれど。——血のにおいからある程度、予測はしていたけれど。

絨毯《じゆうたん》にまるでモノのように転がる洗濯洗剤たちの中、銃床が血みどろになったアサルトライフルをひっさげて。

トレードマークの背広から頭から顔から血痕にまみれた、炭色の火竜が佇《たたず》んでいた。

霏々《ひひ》と雪は、降りしきる。

そして飛び交う砲弾の高熱に、赤熱する銃身に、駆け回る機甲兵器と車輛《しゃりょう》の排熱に、溶けて無様な泥と化す。蹴立てた泥水を頭からかぶって、純白のはずの〈レギンレイヴ〉の装甲は見る陰もなく汚れていく。

電磁加速砲《モルフォ》型の砲撃は〈カンプフ・プファオ〉の牽制《けんせい》により断続的なものに代わり、あえて多脚兵器にも進みづらい峻険《しゅんけん》な山岳を進むシンたち第一機甲グループに、〈レギオン〉地上部隊の追撃も開豁地《かいかつ》ほどには激烈でないが、進む道もまた悪い。

切り立つ崖の狭間《はざま》の峡谷に、密集して絡《から》み合《あ》う木の根と枝に、舗装などされているはずもない獣道に、小型とはいえ〈レギンレイヴ〉も小部隊ごとの進軍を余儀なくされる。行き止まりに迷いこまないよう、地形を確認しながら進むから速度は出せない。麓に下りたくとも平坦《へいたん》な地形はどこも変わらず、〈レギオン〉と敗残兵で埋まっている。上空で監視する警戒管制型《ラーベ》の目を、かわせる深い森林であることだけを幸いに山道を進む。

地上の敗残兵たちは、なおも飢えた蝗《いなご》のように戦場全体に散らばる。

ハルタリ防衛線の陣地の狭間《はざま》に用意された道に、殺到してまたしても渋滞しているらしい。

その上ハルタリ線の守備兵に連絡もせず、塹壕《ざんごう》に押し入ろうとするものだから地雷を踏み、鉄条網に掛かり、射線を塞いでむしろ〈レギオン〉の進出を助ける有様《ありさま》だと。

その様にシンは苛立《いらだ》ちをこらえきれない。

どうして誰も彼も、こんなに馬鹿なことばかり。

状況が悪化するだけだと、わかっているだろうにどうしてそうも我を通す。自分一人の都合を、恐怖を感情を振り回す。

また、新手の追撃部隊が迫る。見繕った要地に臨時の防衛線を構築、敵の先鋒《せんぽう》を受け止めて真横からの別動隊の打撃で食い破る。足を止めての戦闘は〈レギンレイヴ〉は苦手だ。防衛線構築部隊は犠牲を出しがちだが、随伴の戦闘属領兵以外に協同できる歩兵部隊などもうどこにもいない。協同してくれれば歩兵たちも、生還の目が出るはずなのにそんなことにも思い至らない。

その愚劣にシンは苛立《いらだ》ちをこらえきれない。

……どうして。

己の弱さを、愚かさを、まるで何をしてもいい赦《ゆる》しでもあるかのように振りかざすのか。他者さえも巻きこんで厭《いと》わない、自分を損なうことにも気付かない、諸刃《もろは》の利剣のように振り回すのか。

お前たちは。

僚機の電磁加速砲型《モルフォ》が、あの粗悪品の連邦製レールガンにやられたと知って、ニッズヘグは焼けるような屈辱の記憶に流体マイクロマシンの脳髄を焦がす。

あの、連邦製レールガン。命中精度も悪い、口径も初速も電磁加速砲型《このじぶん》には劣る粗悪品の分際で、自分を一度は撃破した超長距離砲。

——今度は、俺が。

†

聞き覚えのある電磁加速砲型《モルフォ》の嘆きが、思いの外に近くから届く。

俺たちの番。俺たちの番。——二月《ふたつき》前の共和国救援作戦で、避難列車に焼夷弾《しょういだん》を撃ちこんだ電磁加速砲型《モルフォ》の声だ。

シンを含めたスピアヘッド戦隊との距離は、あろうことかたった数十キロ、榴弾《りゅうだん》砲の間合いだ。最大有効射程四百キロを誇る超長距離砲が、ハルタリ予備陣地帯からも目前と言える位置にまで進出している。

ハルタリ陣地帯を狙うにはもはや近すぎる。それならこいつは——

「〈カンプフ・プファオ〉を狙ってるのか」

敗残兵とはいえ足元の歩兵も、どこかで息を潜めているかもしれない戦闘属領兵《ヴァルグス》たちも。予備陣地手前に残る機動打撃群も、気にすることなく。

俺たちの番だと歌い上げる、断末魔がなおも轟《とどろ》く。おそらくは元エイティシックスの。

共和国への憎悪《ぞうお》を選んで、そのとおりに焼き滅ぼしたエイティシックスの。

「……あれだけ、殺したのに」

まだ飽き足らない。まだ——殺したりないのか。

まして、今やこいつの対峙する相手は共和国ではない。強制収容とも迫害とも全く無関係の連邦に砲口を向けながら、俺たちの番だと歌い上げる。

そんなものは最早《もはや》、復讐《ふくしゅう》ですらないというのに。

……哀れだ、と。

冷えていく頭のどこかが感じた。

けれどそれはこれまで〈レギオン〉や、その中に囚《とら》われた亡霊たちに感じてきた同情ではなく、ひたすらに強烈な侮蔑だった。

戦いぬく誇りではなく死して後の復讐《ふくしゅう》を最後に選んで、そのくせ自分が誰を憎んだのかも覚えていられない。戦闘機械の本能に染まり、己の憎悪《ぞうお》に振り回されて、ただただ無意味な殺戮《さつりく》に興じるその為体《ていたらく》。

こいつも所詮、あいつらと同じだ。

愚かさを理由に思考を放棄し、弱さを免罪符に身勝手を撒《ま》き散《ち》らすことを己に許した。無様で無力な、――あのヘイル・メアリィ連隊や今のこの戦場の逃亡兵たちと同じ存在だ。

醜悪だ。

いっそ――目障《めざわ》りなほどだ。

鋭く、息を吐いた。

餓《う》えた獣が、獲物を前に吐くような息だった。

「第一大隊、ついてこい。――前線に出てきた馬鹿を叩《たた》く」


そう言われても、第一機甲グループは電磁加速砲型《モルフォ》の砲撃とその後の行軍で小集団に分かれてしまったまま、大隊どころか時に戦隊さえもがばらばらの状態だ。

「ちょっと、シン⁉」

〈アンダーテイカー〉の近くにいた機体、戦隊が所属にかかわらずとにかく後続し、別の集団に入ってしまっていたクレナと第五小隊はそれに応じられない。

シンの指揮下の小隊は、幸い三機ともが近くにいたから後に続く。加えてライデンの第二小隊が追従。

『クレナ、わかってるな残れ』

「ライデン、お願い！」

わかっている。シンも、ライデンも不在ならその次の指揮官は自分かアンジュだ。機動打撃群以前からの最古参の一人として、最低限クレナだけでも第一機甲グループ本隊に残らねばならない。

「こっちは任せて。――ちゃんと帰ってきてね！」


『また無茶を――レルヒェ、援護してやれ』

『言われずとも』

『いや一個大隊じゃ足りないですよ、復路支えます！　第二大隊、対応可能な機は集結、近くにいる他隊の機も合流を！』

『あーもう！　ほらノウゼン、新しい地図よ！』

嘆息と共にヴィーカが命じてレルヒェが応じる。リトが周囲の残存兵力をまとめ、即座に用意した地図データをマルセルが送信。完全な独断専行を、渋々とだがグレーテが追認する。

『排除はたしかに、確実な撤退のためには必要ではあるわ、ノウゼン大尉。――足止めの囮《おとり》は要請する。とっとと仕留めて、戻ってらっしゃい』

『了解』

聞きながらアンジュは考える。ライデンは追従。クレナは残留。それなら私は。

……ダスティンを。

ダスティンだけを選ぶなら、このままシンは見送るべきだ。それで別に、帰ってこないということもない。シンは、だって強いのだから一人でもなんとかできる。アンジュのように、ダスティンのように弱くはないのだからきっと電磁加速砲型《モルフォ》を倒して帰って来られる。

でも、だってシンは。

──一人じゃ戦えない、弱い死神だから。

だからいつか、アンジュが見捨てたように誰も彼もが見捨ててしまったら、シンは一人きりで戦い続けてきっと、どこかで力尽きて死んでしまう。今のシンはあるいはこの戦闘でも、英雄なんかに成り果てて帰って来られないかもしれない。

そんなことにはしたくない。

──さっきのシンお兄ちゃんは、ちょっと情けなかったから。

本当は弱くて、実は結構情けなくて、それでも私たちみんなの死神でいてくれた誰より優しいシンを、誰も彼もの戦帝《えいゆう》なんかにしてたまるものか。誰も彼もに縋《すが》られて耐えられるほどには強くないシンを、自分までもが縋《すが》りついてへし折ってしまってなるものか。

私は。私も、情けなくて弱い。弱くてずるい。それでもせめて、そのくらいは。自分だけでも自分で助ける。そして守りたいと思った人だけでも守る。そんなずるい『優しさ』だけでも、せめて自分に貫かせる。弱くてもずるくても、それくらいは。

屹《きっ》と、眦《まなじり》を決した。

クレナは残留、ライデンの〈ヴェアヴォルフ〉とシンの〈アンダーテイカー〉は、どちらも直接照準の機関砲と戦車砲だ。弾道の異なる間接照準、広範囲を薙《な》ぐ面制圧機も最低限は必要となる。一方で暫定の指揮官となるクレナの護衛もいるから。

「ダスティン君、それにユウ君は残って。イチヒ君は私と！」

『了解、アンジュ』『第五小隊と合流する。クレナの援護がこっちの役目だよな』

ダスティンの返答だけが無い。

聞いていないわけではないと判断して、知覚同調《パラレイド》を彼だけに切りかえて言った。

「ダスティン君、あのね。……ダスティン君は、潔癖だから」

『…………？』

怪訝《けげん》そうな沈黙が返った。

言葉は返らない。今の彼には、きっと受け入れる余裕もない。

それでも後ででも、思い出して気づいてくれたら。

あなたの形を、見失ってしまったあなたの形を、思い出してくれるきっかけになれたなら。

——痛そう、だから。

——忘れられないのは、当たり前だろ。

本当は捨てたい傷に、心を寄せてくれた。忘れられない大切な人の記憶を、それでいいと肯定してくれた。忘れてしまえとは言えないくらいに、あなたはその頃から潔癖だった。

——それじゃあんたが、幸せになれない。

私の幸福を、願ってくれていた。

その言葉を、潔癖さを、守りきれないくらいにあなたは、弱いかもしれないけれど。

「潔癖にしか生きられないくらい、優しいから。だからやっぱり、ずるは許せないんでしょうけど。……それでもきっと、優しいあなたは優しくて、潔癖にしか生きられない。あなたはあなたを、きっと裏切れない」

呪いだ、と思う。でも——だって私は、魔女だから。

強欲でずるい魔女だから。

「それで私はずるい女だから、その優しさにつけこむの。……約束を守って。死なないで待っていてね」

私も必ず、帰ってくるから。

†

車輪に代わり鋼鉄の脚を持つ電磁加速砲型《モルフォ》は、一応はレール上以外も進めなくもない。大抵の地盤では超重量を支え切れずに脚が埋まり、そうでなくとも軌条上と同等の高速走行など望むべくもないから避けるべきではあるが、可能は可能だ。どうにか脚が沈まずにすむ頑丈な軍用舗装路を、探し当ててニッズヘグはそろそろと歩む。

ほとんど虫が這《は》うような鈍くささだったが、それでも歩兵風情《ふぜい》は巨竜たる彼に近寄れもしない。逃げ惑い、必死に遠ざかる歩兵の背に気晴らしに、広域レーダーの強力な電波を向けて体液を沸騰させてやりながら、出来損ないの敵レールガンの射撃を待つ。――さあ。

動けないところまでわざわざ、出てきてやったぞ。

撃ってこい。今度は――当てられる前にこちらが、撃ち返して当ててやる。

その怨念がよもや、届いたわけでもないだろうが。

対空レーダーに感。超高速の弾体を検知。

――来た！

無邪気なまでの歓喜で、ニッズヘグは長大な砲身を巡らせる。弾道を逆算、〈カンプフ・プファオ〉の位置の特定を開始。またしても大外しのコースに乗った弾道は無視して、その排熱の翅《はね》を広げた。憎悪《ぞうお》に染まったまま死んで凝り固まった意識が、殺戮《さつりく》機械の闘争本能を、望んで受け入れた果てのその狂気。

射撃位置の特定が完了。砲身を微動させて照準を調整し、反撃を――……

瞬間。

まったく予期しない方角から、叩《たた》きこまれた戦車砲弾の衝撃が。ニッズヘグのセンサと機械仕《じ》掛《か》けの思考を激しくかき乱した。

†

視線に追従して動くレティクルが、電磁加速砲型《モルフォ》の巨体に重なると同時にトリガ。

高速徹甲弾《APFSDS》の直撃と、反応した自身の爆発反応装甲の炸裂《さくれつ》に黒影が一瞬立ちすくむ。

見据えて短く、シンは吐き捨てた。

「――馬鹿が」

壊乱し敗走する背を追い、追撃を加えるのが敵軍に最も損害を与える手段であるのは、たしかにそのとおりだ。

けれどそのために〈レギオン〉の隊列もまた乱れ、突撃の勢いを殺さず疾走するから周囲への警戒も薄くなる。そもそも全ての歩兵部隊が壊走したわけでもなく、いくらかはまだ抗戦を続けているのだ。そんな敵と味方の入り混じる戦場にあろうことか、鈍重な列車砲が現れる。勝ち戦に乗じたつもりで無警戒に進出し、逃げ足を支える軌条からさえ自ら降りる。

そんな驕《おご》りはエイティシックスには、精強を極めた〈レギオン〉に出来損ないのアルミの棺《かん》桶《おけ》で対峙《たいじ》していたエイティシックスには、何よりの敵だというのに。

それなのに——こいつは。

機械仕掛《じか》けの亡霊の群れに加わり、その強さに酔《よ》い痴《し》れて、戦場では当然の警戒も忘れ果ててしまったか。

そのくせ使い捨ての〈ジャガーノート〉の、使い捨ての処理装置《プロセッサー》の意識のまま。戦略兵器たる電磁加速砲型《モルフォ》の価値も理解しようともせず、ぬくぬくと己の無価値さに安住するか。

それならお前は、もはやエイティシックスの亡霊ですらない。

囚《とら》われた場所で安逸な絶望にひたり、どこに向かおうともせず何一つもできない——無気力で無様なおろかものの一人だ。

「交戦開始《エンゲージ》。グレーテ大佐、〈カンプフ・プファオ〉による誘引と拘束の終了を。……やはり、馬鹿は撃ち返すつもりで射撃を待っていたようです」

知覚同調《パラレイド》の向こう、グレーテは眉をひそめたようだ。

『大尉、まず頭を冷やしなさい。そんな無駄な報告は要らないわ』

「了解」

応じながら、けれどその言葉はすでに上の空だ。

白兵兵装を用いての、機甲兵器にあるまじき近接戦闘。そのために研がれた極度の集中が、

――すでにシンの意識を、眼前の敵機だけに没入させつつあったから。

†

レーダーの電波は基本的には直進するから、地平線に阻《はば》まれる地表近くは探知範囲が狭くなる。まして丘陵や渓谷、家屋や塹壕《ざんごう》の陰を辿《たど》られたなら、その狭い探知範囲さえも潜《くぐ》りぬけられてしまう。

戦車砲弾の直撃を受けてようやく、ニッズヘグが機甲兵器の接近に気づいた時にはすでに敵部隊は相対距離二〇〇〇メートルのごく至近にまで進出している。戦車砲の間合い。一方で四〇〇キロの超長射程を誇る電磁加速砲型《モルフォ》には、あまりにも近すぎて照準しづらい距離。

その二千メートルの距離さえ、みるみるうちに詰めてくる。連邦軍機の特徴の、鋼色《はがねいろ》の機影ではない。骨を磨いたような純白の装甲。蠍《さそり》の尾のように背に負った砲身。己の首を探して這《は》いずる白骨死体にも似た、四脚のその機影。

――〈ジャガーノート〉⁉

違う。データベース該当、〈レギンレイヴ〉。連邦軍の高機動戦用フェルドレス。

それがわかっていて、けれど一度覚えた錯覚は去っていかない。〈ジャガーノート〉。かつて自分が、仲間たちが駆った機体。あの八六区で駆った機体。

砲撃が来る。一機ではない。四機小隊が三個、それぞれに別の方向から急速に近づく。近づきながら三方から、戦車砲を機関砲を撃ちかける。

まるで同じエイティシックスから攻撃されているかのような錯覚に、仲間に責められているかのような錯覚に、ニッズヘグを名乗る少年兵の亡霊は戦《おのの》く。

違う。違うこいつらは仲間じゃない。仲間は、戦隊の仲間たちはみんな一緒に〈レギオン〉になった。みんな気持ちは同じだった。だから――仲間が俺を、責めてるわけじゃない。

俺は。

悪くない。――あいつらが、白ブタが先に奪ったんだからやり返したって悪くない！

叫びは、けれど届かない。首のない骸骨たちはただ無慈悲に、いまや名前の通りの怪物と化した彼に砲火を浴びせる。

誘導飛翔《ひしょう》体の、内蔵する自己鍛造弾の雨が降り注ぐ。横殴りの戦車砲弾が突き刺さる。榴《りゅう》弾《だん》が叩《たた》きつけられ、機関砲弾が薙《な》ぎ払《はら》う。砲身を構成する流体金属が、爆発反応装甲の鱗《うろこ》が、六門の対空機関砲がまたたく間《ま》に削り取られていく。こんな至近の、直接照準の砲戦には向かない重い主砲をそれでも必死に振り向ける。照準するよりも早く、射線から飛びのかれる。あるいは一対のレールの狭間に、榴弾を叩きこまれて砲身の流体金属を吹き散らされる。強力無比の八〇〇ミリレールガンが、けれど一度の射撃さえも許されずに無力に堕する。

ただ一方的に、〈ジャガーノート〉の砲撃だけが降り注ぐ。三方からの戦車砲弾が、ひたすらに彼の罪を責めたてる。——いやだ。もういやだ。

助けて。

その悲鳴はけれど誰にも、紅《あか》い瞳の死神の耳にさえも、届かない。

†

弾速の遅いミサイルを、あえて最初に撃たせたのは囮《おとり》のためだ。

焰《ほのお》の尾を引いて高空から落ちくるミサイルを、迎撃しようと電磁加速砲型《モルフォ》の対空機関砲が動く。機銃の照準と電磁加速砲型《モルフォ》自身の注意を上へと向けさせたところで、〈アンダーテイカー〉を含めた戦車砲装備の〈レギンレイヴ〉が左右から砲撃。六門の対空機関砲を全基、同時に破壊。——〈アンダーテイカー〉一機では沈黙させるにも苦労した対空機関砲だが、複数機で連携する部隊戦闘の今は、その排除はあっけないほどに容易《たやす》い。

次いで今度は上方からミサイルの子弾と、タイミングをずらして撃ちかけられた八八ミリ榴弾《りゅうだん》の雨が降り注ぐ。爆発反応装甲の作動を誘い、炸裂《さくれつ》の閃光《せんこう》と高熱、大音響を以《もっ》て電磁加速砲型《モルフォ》のセンサを塗りつぶす。

その間にシンと、彼の小隊三機とライデン指揮下の第二小隊は、別れて三方から接近する。

「砲兵仕様、半数は弾種そのまま、半数は変更。焼夷弾《しょういだん》」

榴弾《りゅうだん》のままの砲兵仕様機は、レールガンの射撃への対策。もう一方の焼夷弾《しょういだん》は、どうせこのあと起動するだろう近接戦闘用電磁ワイヤーへの対策だ。

照準動作のたびに榴弾に射撃を妨害され、電磁加速砲型《モルフォ》はシンたちの接近を阻止できない。ぶるりと震えたその背部で、予測の通りに放熱翅がばらける。〈アンダーテイカー〉と後続機を狙い、無数のその鋼の鞭《むち》が稲妻のように振りあげられる。

「――焼夷弾《しょういだん》、撃て」

そして叩《たた》きこまれた業火《ごうか》の熱に、無力化されて力なく地に落ちる。――近接格闘ワイヤーが高熱に弱いことは最初の電磁加速砲型《モルフォ》、キリヤ・ノウゼンとの戦闘でとうに確認されている。

敵機の接近を眼前にしながら迎撃の手段を片端から封じられ、どこか怯《おび》えの滲《にじ》む必死の動作で電磁加速砲型《モルフォ》は砲塔を振り回した。地に雪崩《なだ》れて動かないワイヤーを、本体の動作で引きずってどうにか振り回す。迫る〈レギンレイヴ〉めがけて横薙《な》ぎに叩《たた》きつけ、――動作の途中で根元から全てのワイヤーを自切《パージ》した。

振り回された勢いのまま、ワイヤーが無数の矢と放たれる。低伸弾道のその銀の奔流を、〈レギンレイヴ〉は急停止し、その場に伏せて回避する。

『っと！』『うわアブね……！』

シンだけがただ、奔流のわずかな隙間をすり抜けてなおも前進した。

その戦闘の様はシンたちの帰還を待ち、退路を確保する第一機甲グループ本隊にも、その一人として残ったダスティンにも知覚同調《パラレイド》を通じて漏れ聞こえる。

電磁加速砲型《モルフォ》を排除するための挺進《ていしん》に、もちろんダスティンはついていけない。そんな技量は彼にはない。アンジュからさえ、ついてくるなと言われるザマだ。

羨ましい、だなんて。ましてや妬ましいだなんて、考えることさえおこがましい。

交戦開始から間もないというのに、電磁加速砲型《モルフォ》との戦闘はすでに佳境だ。必死の敵の反撃に死告げ姫たちが足を止める中、もはやいつものとおりに〈アンダーテイカー〉ただ一機が飛び出す。首のない死神の単騎駆け。

無力なダスティンは無論のこと、精鋭たるエイティシックスたちでも比肩《ひけん》し得ない、唯一無二のその戦闘能力。

……でも。

と、その時ダスティンは、考えてしまった。

でも、チトリを助けてはくれなかったんだよな。

同じエイティシックスのチトリたちを、救いにいこうだなんて考えもしなかったんだよな。

そんなにも強いのに。俺と違って、本当にシンは強いのに。どうしてお前は。

俺は。

——いつまで続けるんだ、こんなことを！

打開なんか、できもしないくせに無力なくせに自覚もしないで、あんなことを叫んだ俺は。

そう、ダスティンは考えてしまった。

戦闘の最中に戦場のど真ん中で、エイティシックスに比べても連邦軍人に比べても技量に劣る共和国人プロセッサーの分際で、たかが懊悩《おうのう》などに意識を飛ばしてしまった。

懊悩《おうのう》などに気を取られる程度には、——なるほど彼は、弱かった。

『ダスティン！』

警告を、してくれたのは誰だったか。

我に返った瞬間にはもう、頭上に砲弾が迫っていた。

「……あ」

着弾。

『——ダスティン！』

戦車砲ではない。無誘導の榴弾《りゅうだん》だ。

直撃ではなかった。

けれど、至近弾ではあった。

直撃すれば〈ヴァナルガンド〉をも粉砕する一五五ミリ榴弾《りゅうだん》の炸裂《さくれつ》をまともに横腹に喰《く》らって、大破した〈サギタリウス〉がそのまま吹っ飛ぶ。

峻険《しゅんけん》な山岳の、深い森の中での戦闘だ。転げ落ちた〈サギタリウス〉は瞬《また》く間《たま》に緑の闇に呑《の》まれ、雪の紗幕《しゃまく》の向こうへと消える。――知覚同調《パラレイド》途絶。レーダースクリーンからも失探《ロスト》。

フレデリカはまだ戻らない。

警告が間に合わなかった小隊員のユウから、即座に要求が飛ぶ。

『クレナ、救助に！』

指揮下の隊を映すレーダースクリーンを、敵機の分布を、予測される伏兵と敵増援を、数秒のうちに勘案してクレナは判断を下す。

複数の情報をほとんど瞬時に、読み取れるほどに高速で思考を回転させ、そして数秒で判断を下さねばならぬ、前線指揮官の過酷。

「だめ、――戦力を割いたらその一帯が抜かれる！」

シンたちを待つため、彼らの帰還まで持ちこたえるために、より有利な地形へと部隊を移動している最中だ。移動中の隊を守って戦闘の最中にある防衛線の一角から、戦力を抽出して突破されればクレナ指揮下のこの隊そのものが壊滅しかねない。

『俺一人なら……』

「それも駄目。一人で探して、戻ってこられる範囲じゃない。待ってる余裕もない」

状況を察するなり、マルセルが確認してくれた落下地点の地形。――見えているより遥かに深い渓谷だ。どこをどう転げ落ち、引っかかっているものか見当もつかない。

そもそも機体が大破して、こんな渓谷に落下して、生きているとも限らないダスティンのために、ユウ一人といえども危険には晒《さら》せない。フレデリカがいれば少なくとも、生死の確認はできたのだけれどいないのだから頼れない。

作戦参謀から宣告がされる。――ダスティン・イェーガー少尉を作戦中行方不明《MIA》と認定。後退を継続。

『判断は間違っていない、ククミラ少尉。……困らせてやるな、コウゾ少尉』

『……了解』

軋《きし》るようなユウの応答を聞きながら。クレナもまた無念に、一瞬だけ目を閉じた。

ごめん、ダスティン。――アンジュ。


まとめて振り回して同時に切り離したのだから、ワイヤーの軌道はごく単純で一の矢の影に二の矢を仕込む小細工もない。近接猟兵型《グラウヴォルフ》や高機動型《フォニクス》とさえ近接戦で渡り合う、シンの動体視力をもってすれば避けるのは容易だ。

放たれる無数のワイヤーの隙間に取るべき進路を一瞬で見てとり、ごく細いその回廊に〈アンダーテイカー〉を滑りこませる。走行の合間に弾種を切り替《か》えて設定を入力。降り抜かれた八〇〇ミリ砲の、数百トンからなる超重量は即座には切り返せない。遮るものもない最大戦速で、砲の間合いを一息に走破。三〇メートルの砲身が、あとは高価な棍棒《こんぼう》にしかならない巨竜の懐《ふところ》へと突入。

視界の端に銀色の、流体金属の蠢動《しゅんどう》を見てとって視線と共に照準を振り向ける。

「……それも見た」

砲身を構成する流体金属が金属がぎゅると細く巻き絞られ、長く細い無数の銃身を形成、同じ流体金属を槍《やり》状の砲弾として射出。——直後に〈アンダーテイカー〉が連射した成形炸薬弾《HEAT》の、時限信管が炸裂《さくれつ》して所詮は流体の砲弾を銃身ごと吹き散らす。かつて北の戦場で、流体金属の装甲を纏《まと》った高機動型《フォニクス》が見せた流体金属の変形と射出。

あるいは切り札であったのかもしれない二番煎じを容易《たやす》く封じられ、電磁加速砲型《モルフォ》の巨体が無様にも、とうとうはっきりと怯《おび》える。自ら泥に汚した足で、必死に這《は》いずって後退する。その脚で蹴りつけることも、砲身で殴りつけることも、巨体そのものを叩《たた》きつけることさえ、巨竜にはまだ出来るはずなのに。

憎悪《ぞうお》を選び、憎悪《ぞうお》に染まり、けれどその憎悪《ぞうお》にすら、殉じきれないその弱さ。

「――無様だな」

迎え撃つ、というより幼児が闇雲に両手を振り回す動きでいまさら振り上げられた砲身に、ワイヤーアンカーをひっかける。跳躍と共に巻き上げ、振り上げる動作に引きずられて、本来可能な跳躍高度よりもはるかに高いその砲身の上へ。

地の底を這《は》いずり、天を見上げるばかりの毒竜《ニッズヘグ》を、天翔《あまか》ける死の乙女《レギンレイヴ》が傲然と、届かぬ天の高みから見下ろした。


『ああくそっ。ノウゼンのバカ、また単騎駆けかよドちくしょうがっ！』

シンの小隊の、タチナの罵声はライデンからしてもまったくもってそのとおりだ。

「本当にあの馬鹿は、学習しねぇ馬鹿でしかねぇな……！」

気持ちは、わからなくもない。

が、いい加減自制してほしい。己一人の強さを振り回しての一騎打ちに、指揮の代行やら支援やらあとのフォローやらと気を配るこっちの身にもなれ。

生身なら後ろからケツでも蹴飛ばしてやるんだが、と舌打ちを堪えたところで。

不意に、知覚同調《パラレイド》の同調対象が一人増えた。

這《は》いつくばる邪悪なる黒竜、それを天空から見下ろして裁かんとする純白の閃光《せんこう》。まるきり神話の光景だ。戦神か英雄の竜退治だ。

仰ぎ見る敗残兵たちの目には、だから、深い猜疑《さいぎ》と怨嗟《えんさ》とが宿る。

「それが、できるなら」

それほどの英雄だというのに、それほどに強いのに、どうしておまえは。

おまえたちは。


ほとんど垂直の砲身の、槍《やり》の穂先をわずかに越えて着地、駆け下りるというよりは転げ落ちるようにして降下して、〈アンダーテイカー〉は翅《はね》の間の背部へと到達。慣性のまま滑り落ちそうな機体をパイルドライバを叩《たた》きこんで無理矢理に停止、ブレードを振るって邪魔なメンテナンスパネルをはねのける。

取りつかれてなお総身を捩《よじ》らせ、跳ね飛ばそうと足掻《あが》いた最初の電磁加速砲型《モルフォ》、フレデリカの騎士であったキリヤ・ノウゼンほどの戦意を、この亡霊は持ちあわせない。

あの頃には蝶《ちょう》に変じて逃げのびる術もなかったというのに、砲身を直上に向けての射撃で己もろとも〈アンダーテイカー〉を吹き飛ばさんとした、壮烈な覚悟も。

……それほどの戦意と壮烈を発揮したあの青年でさえ、主君の仇《かたき》一つ討てないままに再び死んだのだけれど。

無線が声を拾う。全部隊共通の緊急用周波数で垂れ流された、近くにいた歩兵の声。

『それができるなら。……そんなに簡単に電磁加速砲型《モルフォ》を倒せるんなら』

どうしてとっとと、狩りに行かなかった。どうして連邦を守らなかった。どうして。

俺たちを救ってくれなかったんだ。

思わずシンは嗤笑《ししょう》を零《こぼ》した。何を言うかと思えば。

――お前たちにだって、力はあるだろうに。

この兵士たちにも。ヘイル・メアリィ連隊の最後の生き残りの、憎悪《ぞうお》の咆哮《ほうこう》ばかりを残して銃弾に消えたあの青年たちにも、ただ一つだけでも力はあった。

身を焼く憎悪《ぞうお》を以《もっ》てしても仲間も自分も救えなかった、それほどまでに弱かったあの青年たちでも、――誰かのせいに、することだけはできた。

何もかも全てあいつのせいだと、全員で指さして叫ぶことはできた。誰かを、何かを、悪だと断じて責めたてる力だけは、彼らはたしかに持っていた。

人は。

自分を救う力も持たない者でも、誰かを突き落とす力は持っている。

寄ってたかって誰かを悪に変える力だけは、たしかに誰もが持っている。

覚えている。同じ顔をしていた、思考も感情も全員が共有した果てにまるで見わけのつかない顔をしていた、あの青年たちの顔。個人であることを捨てて集団の部品と化した人間たちの、まったく同じ恐ろしい顔。

あんなにも恐ろしい顔をして、あのとき心底、シンを恐怖させただけの力を以《もっ》て、国全体が叫んだ結果が共和国の八六区だ。数百万のエイティシックスを呑《の》みこんだ絶死の戦場だ。

それほどの力を以《もっ》てすればあるいは〈レギオン〉だって滅ぼせたかもしれないのに、それほどの力をただ、目についた誰か《エイティシックス》を突き落とすことに使った結果が八六区だ。なにもかもあいつが悪いんだと大声で叫び散らして、それで終わらせてしまったのが共和国で、ヘイル・メアリィ連隊の青年たちで、目の前のこの兵士たちだ。

だから勝てない。だから負ける。だから――お前たちはいつまでも何もできない。

視線を振り向け、追従するレティクルを電磁加速砲型《モルフォ》の制御系の真上に合わせる。兵装選択切替《きりかえ》。主砲・八八ミリ戦車砲。逃げ出そうというのだろう、じわりと流体マイクロマシンの銀色を滲《にじ》ませる無様を、見据えて容赦の一切もなくトリガを引く。

撃発。――着弾し炸裂《さくれつ》。

電磁加速砲型《モルフォ》が火を噴く。同時に無数の流体マイクロマシンの蝶《ちょう》が、己の体を捨てて舞い上がる。おそらくは機体のどこか、独立した自爆装置が作動する。

どちらもとうに、確認された事象だ。

だからシンは短く命じた。

また命じられるまでもなく、レールガン狩りの経験を積んだエイティシックスたちは、弾種を切り替えて待ち構えていた。

「撃て」

巨竜の空蟬《ぬけがら》から飛び降りた、〈アンダーテイカー〉の背後で無数の焼夷《しょうい》弾《だん》が炸裂《さくれつ》する。

銀の蝶《ちょう》の群れが業火《ごうか》に巻かれ、一人の少年兵の悲鳴で焼き払われる地獄絵図に続き。焰《ほのお》に包まれる巨竜の屍《しかばね》が、悠々と離れる〈レギンレイヴ〉にまるで献じるかのように、閃光《せんこう》を放って自爆した。


たどりつけたのは、共和国領ノイナルキスの十五キロ手前。戦闘属領ニアンテミス――旧共和国領ニアンテミス西部の、小さな都市の廃墟《はいきょ》だった。

一日、歩けばノイナルキスにまで行きつける――それだけの速度で歩く力が、チトリにはもうなかった。

ニアンテミスが帝国に切りとられたのは百年も昔のことだ。共和国の整備された街並みを帝国特有の入り組んだ軍事要害都市の設計が侵食した迷路のような廃墟《はいきょ》。

柵の向こうで朽ち果てた、西に向かう線路が断たれてどこにも行けない駅の行き先表示だけが、かつての祖国の名残《なごり》だった。

それでもチトリは、辛《かろ》うじて残ったその表示、ノイナルキスの名前を見て微笑《ほほえ》む。

「ユート。……共和国だよ。私の――」

わたしたちの、生まれた国。

第五章　出でしあとの月影

ハルタリ予備陣地は予備陣地で、どうやら相当に混乱している。

電磁加速砲型《モルフォ》を撃破してなおまったく収まらない激情と、その報告にシンはいよいよ苛立《いらだ》ちを深める。

逃亡兵が戦闘復帰を拒否しているのはどうせそうだろうからともかく、復帰した部隊同士でも協同の拒否が頻発しているらしい。最初に予備陣地に投入された戦闘属領民までもが、逃亡兵は信用できないと――家族を裏切って逃げ出した奴《やつ》らを補充に寄越すなと言いたてているそうで、戦況を弁《わきま》えないそれらの主張にはもううんざりだ。

化物、と、緊急用のチャンネルを無意味に占有している兵士が吐き捨てるのが耳に届く。

「……だったら」

だったら、お前たちはなんだ。

弱さを振りかざして、愚かさを振りかざして、ひたすらに状況を悪化させることだけはできるお前たちは、いっそ害毒だ。いないほうがいっそマシだ。

異能の索敵が別の電磁加速砲型《モルフォ》を捉える。こいつも邪魔だ。潰しておいた方がいいだろう。

「各機。次の獲物を狩る、ついてこい」

そして悪しざまに罵るばかりの歩兵たちは、どうせこの征路にはついてこられない。

だから勝手に憎んでいればいい。共和国ほどの数が揃《そろ》うならまだしも、こんな少勢ではどうせ何もできない。こいつらには憎悪《ぞうお》でさえも価値がない。

あまりにも弱い　お前たちには。


『――ったく、』


無警戒の真横から、衝撃が来た。

敵機の不在を、レーダーでも異能でも認識していた場所からの全くの不意打ちだ。さすがのシンもたまらず吹き飛ばされる。

頭を振って見返すと、吠《ほ》え猛《たけ》る狼《おおかみ》男のパーソナルマーク。ライデンの〈ヴェアヴォルフ〉。

蹴り飛ばされたのだと気がついて、かぁっと頭に血が上った。

「何を――……！」

『何してんだはお前だ、いまさらここにきて神様気取りか！』

同調率をあえて上げて大音量の、耳が痛くなるほどの怒声が返ってきた。

つい、気圧《けお》されて口を噤《つぐ》んだところに、さらにライデンは言い募る。

『死神だの王様だの、呼ばれてその気になってんじゃねえぞ。何かっていうとぺなぺなへこんでビビって腰が引けて、考えんのもやめちまう弱虫馬鹿の分際で！』

「よ――……」

自分の声が蘇《よみがえ》った。

――一人じゃ戦えない、弱い死神だから。

『今じゃもう誰も、お前なんざ死神とも戦帝とも思ってねえよ。どっちかっていうと馬鹿犬の類《たぐい》だ。言うこと聞かねえし学ばねえしそのくせパワーだけは有り余ってる類《たぐい》のはた迷惑な！手前《てめ》ェの馬鹿さ加減ふりまわしてんじゃねえぞこの馬鹿！』

――手前の馬鹿さを振りかざしてバカやらかして。

おれは。

……おれも。

凝然と凍りついたシンに、不意にライデンはふっと苦笑した。

『――そんな馬鹿犬は紐《ひも》つけて、一生ご主人様に握っててもらえ。ほら、』

声が届く。

知覚同調《パラレイド》はとうに、繋《つな》がっていたのにあろうことか、苛立《いらだ》ちと憤《いきどお》りに呑《の》まれて今の今まで気づかなかった――その唯一無二の銀鈴の声。

『女王陛下がお待ちだぜ』

彼女が言う。

笑って。

『今度こそ聞こえていますね、〈アンダーテイカー〉。ヴラディレーナ・ミリーゼ大佐、指揮に復帰します。――心配かけました、シン』

レイドデバイスは取り上げられるか、そうでなくても設定を削除されたのだろうと、機動打撃群の指揮官と幕僚と隊長全員の同調設定をおさめたデータタグを、胃の中に隠してきたザイシャの忠誠も相当なものだ。

レイドデバイス自体は、ザイシャが持ちこむ分はヴィーカや彼の連隊と連絡を取るためにも取り上げられない。予備の一つも持たせないのか、と言い放って複数台を持ちこんだ時点で、ヨナスはあるいは察していたかもしれないが各戦線の状況が状況だ。機動打撃群の白銀の女王を、遊ばせてはおけないと判断してくれたのだろう。

そのヨナスは、今は幕僚がわりに西部戦線の情報収集と精査にあたっていて、基地残留組と連絡を取り合うアネットと連合王国の派遣連隊の指揮を補佐するザイシャ。急造の指揮所と化した国軍本部基地の片隅の宿舎の、未《いま》だ出ることは許されない豪奢《ごうしゃ》な一室。

「心配かけました、シン。──というか、むしろあなたが大丈夫ですか？」

くすくすと、あえて軽い調子の笑声で問うたのは、最前までのシンは誰がどう見ても大丈夫ではなかったからだ。

連邦軍が崩壊するほどの狂乱に──彼でさえもが呑《の》まれてしまっていた。

『……レーナ』

応じる、シンの声は今は、まるで叱られる寸前の子供みたいだ。

水を差されて、冷静になって。普段の自分を取り戻したことで直前までの己の思考の異常さに、自分で気がついてしまったから叱られる子供のように怯《おび》えている。

何ということを考えたのだろうと、彼自身が思っているから。そのことをレーナに責められるのではないかと、幻滅されるのではないかと怯《おび》えている。

大丈夫ですよ、シン。

そんなことで幻滅なんてしない。わたしはあなたを責めたりしない。

だって、わたしも間違えた。

これまで何度も間違えてきた。自分だけが現実を知ったつもりで、悲劇を残酷を知っている分だけ他人よりも賢いのだと思いあがって。そうして何度も間違えてきた。何度も何度も、同じ石に躓《つまず》いたしこれからもきっとそうだ。自分は同じ石にさえ、何度も躓《つまず》く程度の愚か者だ。

そんな程度の自分なのだから、今、ちょっと派手に転んだシンを責めるなんてできない。

転んだと自分で、気づいて痛いと感じているのだから責める必要なんかない。

「シン、今、次の電磁加速砲型《モルフォ》に向かおうとしましたね？」

びく、とわずかに、気配が揺れる。

大丈夫、と思いをこめて、レーナは穏やかに言葉を続ける。そう。

排除すべき敵機だという、その判断自体は決して間違ってはいない。

「たしかに、安全な撤退のためには排除しておきたい敵機です。ですが——狩れますか？　ノウゼン大尉。あなたの判断では」

今の兵数で。今の敵数と配置で。残弾数は。地形は。本隊までの帰還の時間は。指揮官として考慮すべき、あらゆることを検討した上であなたの判断はどうか。

シンはしばし、瞑目《めいもく》するような間を置いた。

戦隊長としての判断を求めたレーナの、言外の信頼を正しく彼は受け取ってくれた。

『行けます』

「……グレーテ大佐」

追認を求めたレーナに、グレーテは頷《うなず》く。

『まだ支えてあげるわよ。いってらっしゃい。でも——その前に、大尉』

『認識しています。リュストカマー基地への帰還が最優先です』

答えた、シンの声音は——もう、普段どおりの彼の、静謐《せいひつ》さで鋭利さだった。

『第一機甲グループ《おれたち》が基地へ帰還するのに、重大な妨害となる電磁加速砲型《モルフォ》だから排除します。——大丈夫です。頭は冷えました』


混乱を防ぐため、第一機甲グループの指揮はこれまでどおりに作戦参謀が、スピアヘッド支隊の指揮をレーナが執る。近くにいた者がとにかく追従してくれただけの、所属も指揮系統もぐちゃぐちゃの支隊をまずは手早く編成し直すレーナの声を聞きつつ、シンは小さく息を吐いた。……指揮系統も、めちゃくちゃなままで放置していたことといい。

「……ライデン、悪い。助かった」

知覚同調《パラレイド》はレーナから切り替えられない。無線越しに言うと、ライデンは鼻を鳴らした。

『まったくだ。レーナが直々に、ケツ蹴飛ばそうとしたの止めてやったのも俺だからな。それも合わせて感謝しろ。俺だからよかったが、もしうっかりレーナに怒鳴り返してたらお前、今度は戦場のど真ん中でへこみまくって立ち直れなくなってたろ』

「……ああ、」

思い出せば今でも、自分で自分がおそろしくなる。

おろかものはエイティシックスではない。仲間ではない。愚かで無力なあいつらなど、いない方がいっそマシだ。

その思考こそが、あの時、自分が苛立《いらだ》った断絶の正体だ。愚か者とシンが断じた誰かとまったく同じ、あまりにも狭量《きょうりょう》で卑劣な単純化だ。

保身のために誰かを切り捨て、見捨てて、その上で他人を見捨てる傲慢と卑劣と狭量《きょうりょう》を、己に対して欺瞞《ぎまん》しようとする、無意識のうちの自己正当化。

自分の中にも、その心の動きがある。

あいつら、という曖昧な言葉。

自分とは違うという、あらゆる人間に共通するただ一点を以《もっ》て誰も彼もを放りこんでしまえる便利なカテゴリに、他人をまとめて放りこんだ上で敵や邪悪や、害毒として括《くく》る。シンたちエイティシックスをエイティシックスと名付けた共和国に等しいその行為、他人から顔も名前も奪うに等しいその行為を、自分だって気づかぬままに犯してしまう。

言葉は嘘《うそ》つきだ。――人間は、うそつきだ。

他の誰でもない、自分自身にこそ常に嘘《うそ》をつく。

認めがたい己の弱さ、醜さを、誰よりも己自身に対して糊塗《こと》しようとする。己の愚かさを、残忍を、狭量《きょうりょう》を、卑劣を、正しさや愛ですらあるかのように見せかける。

「そうだな。おれは――弱くて、臆病で、馬鹿だから」

自分でそう、一度は言ったくせに。忘れていた。

忘れるくらい——自分は所詮、おろかものだ。

ふん、とライデンは、どうやら小さく笑ったようだ。

『調子戻ったみてえだな。……次のはお前の獲物じゃねえぞ。一人でかっ喰《く》らわれてタチナが切れてたし俺もむかつく。お前は素敵だけやれよ』

「ああ。……悪い」

十五キロ先は、地上からでは地平線に隠れてしまうが、高所からなら見えるはずだ。せめて遠目にでも共和国領ノイナルキスを望めればと、廃墟《はいきょ》の街の街外れの、教会の尖塔《せんとう》を二人は上る。

古い、急な上にすり減った螺旋《らせん》階段だ。無人の街の尖塔《せんとう》の上に、まさか自走地雷が待ち伏せてもいないだろう。すっかりふらついて、今にも足を滑らせそうなチトリを先に行かせ、いつでも支えられるよう心づもりをしつつユートは続く。

とうとう誰一人、たどりつかせてやれなかった。

帰りたい、と望んでいたのに。帰らせてやれたらと、思ったのに。今度もそれは叶《かな》わなかった。せめてあと、たった一日。それだけの時間を、運命とやらは待ってくれなかった。

もっと時間がかかってしまうなら、あるいは諦めもついたかもしれない。けれどこんな、本当に目の前というところで。

長い、そして急な階段だ。ユートはともかく、壊れゆくチトリの息は瞬《また》く間《ま》にあがる。途中でへたりこみそうになったのを、彼女が望まないのを知りつつもついに手を出して支えた。

「背負うか？」

「ううん。歩かせて――最後まで」

そうは言っても、もう足が上がるまい。それならと肩を貸し、体重を引き受けた。

狭い階段で、並ぶには足場が悪いけれど問題にもならないくらい、軽い体だった。

息を弾ませながら、この気温にもかかわらず長い髪を汗に濡《ぬ》らしながら、チトリは一段一段、苦心して階段を上っていく。

「……ユート、ねえ」

荒い息の合間に、切れ切れに言う。

誰かを巻きこみたくないと、願う彼女が切れ切れに言う。

「引き返してって言ったらすぐ、いそいで下りて。その時にはもう駄目だから、何も言わないですぐにおりて」

まきこませないで。

そう言うくらいに彼女にはもう、本当に時間が残っていない。――せめて、頂上までは保ってくれればと、ユートはひっそりと唇をひき結ぶ。

疲労軽減の処方薬を、最低限水分とカロリーだけでも補給するための異常に甘い液体糧食で飲み下して休息に代える暴挙で、ギルヴィースは用意させておいた予備機に乗り移る。

激戦に酷使した自機を整備し、弾薬と燃料を積み直す時間の余裕は前線にはまだない。形成したてのハルタリ予備陣地はどこも〈レギオン〉の猛攻と、必死の抗戦の中にある。

「次の戦闘からは、姫殿下は来なくていい。負傷者と共に戻れ」

「っ……、はい、お兄さま」

疲労の色濃い顔で、唇を嚙《か》み締《し》めたがスヴェンヤは反駁《はんばく》せず頷《うなず》く。これ以上は足手まといだと、彼女自身がわかっている。それでも、と我儘《わがまま》を言える強さは、彼女にはまだない。

ギルヴィースの〈モックタートル〉を含め、乗り捨てた辰砂《しんしゃ》の〈ヴァナルガンド〉が速やかに整備場へと牽引《けんいん》されていく。次に連隊が戻る時までに整備と補給、関節部に詰まった泥の掃除を終えるために。……真紅の装甲をくすませる汚れは、もう知ったことではない。

立ちあがらせた予備の〈ヴァナルガンド〉の装甲はけれど、これまでの激戦も死闘も知らぬ顔の無傷の真紅だ。敗走の戦場には場違いもいいところの誇らしげな輝きに、敗残兵どもの視線の温度が下がる。

お貴族様が、と零《こぼ》れて聴音センサが拾った罵声は、それどころではないので聞き流した。

一方で知覚同調《パラレイド》からは背後、陣地帯後方の砲陣地の状況が知らされて、こちらは聞くべき内容だ。砲兵部隊が射撃準備を完了。阻止砲撃を開始。

——僥倖《ぎょうこう》だ。合わせて動ける。

「各機、出撃するぞ。——阻止砲撃に足を止めた、屑鉄《くずてつ》どもの横っ腹を叩《たた》く」

厚い石壁を穿《うが》つ狭い窓の、外ではぼさぼさとみぞれが降っている。

こんな時だというのに戦場も死もあらゆるものを白く美しく、覆い隠す雪ではなく、降り積もるなりみっともなく溶けて、泥を生み黒く汚れるみぞれが降っている。

石壁についた手が埃《ほこり》に汚れる。古い蜘蛛《くも》の巣《す》を破る。窓にすみついていた鳥が飛び立って埃と汚れた羽毛が舞う。きいきいと、駆け去ってくのはネズミか何かか。

チトリの血の気の失《う》せた真っ白な、雪明かりになお真っ白な横顔だけが、螺旋《らせん》階段の薄闇の中で美しい。

「……ユート。あのね」

静謐《せいひつ》な、静穏な、その横顔。

どこか遠い神の国を、幻視するような。

「ありがとう、一緒に来てくれて。ここまでずっと、助けてくれて。一緒に行こうって、言ってくれて。本当にうれしかった。あなたに会えて本当によかった。わたし――しあわせだったと思う」

「……チトリ」

短く、ユートは遮った。聞いていられなかった。

自分がここにいるから、――自分がここにいるせいで、チトリはこんな最後の時にまでそんな綺麗《きれい》な言葉ばかりを言わなくてはならなくなったのだから聞いていられなかった。

「本心ならいい。実際、本当にそう思ってくれてるんだろうとは思う。ただ、言いたい言葉は本当にそれか？」

……自分なら、きっとそうじゃない。

八六区の戦場で無数に聞いたプロセッサーの嘆きも、シンの異能を通じて聞こえる〈レギオン〉たちのそれも、ほとんどはこんな、綺麗《きれい》な言葉などではない。

だから、せめてそれだけ。本当の故郷にも、祖国の端さえにも辿《たど》りつかせてやれなかったのだから、せめてそれくらいは。

彼女を本当には助けることも、救うこともできなかったのだからそれくらいは。

「俺は君たちに、何もできなかった。ただ、ここまで共に来ただけだ。だからせめて、」

君がそれを　望むなら。

「言いたいことを、最後に。――聞くぐらいはしてやれる」

その時。

振り返ったチトリの白貌は、泣きだす寸前の幼子のように、くしゃくしゃに歪《ゆが》んでいた。

首のない憲兵の遺体に、このあと一体どっちに向かったらいいのかもわからない事実に、途方に暮れた。もっと小さな子供みたいに泣きだしそうにさえなった。

それでもミエルが堪えたのは、自分は父の、たった一人でも八六区に向かった父の、子供だという矜持《きょうじ》だった。今の自分と同じ年で、戦場に放りこまれたというセオならこんなことくらいで泣いたりはしないという確信だった。

泣いてる場合じゃない。まだ、諦めるには早い。諦めるな。諦めるな。諦めるな。

滲《にじ》んだ涙を乱暴に拭って立ちあがった。半ば無意識に、憲兵の血の浸《し》みた土を一つかみ握りとってポケットに押しこむ。最後まで守ってくれようとした彼を、ミエルは連れていってやれない。だからせめてこれだけ。

「ミエル、憲兵さんが、」

「大丈夫、進もう！　歩けるんだから進める！」

震える仲間に、それでもつないだ年下の子の手は離さない仲間に頷《うなず》いてみせた。必死に見回した。後退してくる部隊があちこちにいる。その後を追えば安全圏まで辿《たど》りつけるはずだ。

目についた部隊の後を、見失ってもわかるようにと進行方向を確認しながら追った。子供ばかりの集団だ、すぐに引き離されるけれど探せば別の部隊が目に留まる。疲れて怯《おび》えて、とうとう泣きじゃくり始めた子を励ましながら追いかける。

その繰り返しの中、連邦軍の中でもその部隊しか保有しない、純白の機影が近づいてくるのを目にしたのは本当に、奇跡みたいな僥倖《ぎょうこう》だった。

かつて八六区で父や、セオが駆った〈ジャガーノート〉に似た、けれど精悍《せいかん》な純白のフェルドレス。〈レギンレイヴ〉。

機動打撃群！

「止まってください！」

脱いだコートを、大きくうち振りながら進路上に飛び出した。つんのめるように急停止した〈レギンレイヴ〉に、パワーパックの唸《うな》りにかき消されまいとミエルは叫ぶ。

「セオト・リッカ少尉を探しています！　エイティシックスの！　ご存じありませんか⁉」

彼が戦場にいないことは、もちろん知っている。けれど関係者だと知らせれば、あるいは見捨てずに連れ帰ってもらえるかもしれない。

派手な舌打ちに続き、露骨に苛立《いらだ》たしげな声が返った。セオが、そうは言わないでくれるから忘れていたがミエルは共和国人で白系種《アルバ》だ。当然の反応だった。

『あァ⁉　知らねえよどこかでおっ死《ち》んだんだろ。それこそ八六区のどっかで――……』

『いや、』

二機目の〈レギンレイヴ〉が遮った。最初の〈レギンレイヴ〉がぴたりと口を噤《つぐ》んだ。

『聞いたことある。たしか第一機甲の、死神総隊長の側近じゃなかったか？』

……なんだかすごいあだ名の人の、部下かなにかだったらしい。

ミエルは内心ぎょっとしたが、もちろんそんなことは知っている、という顔で黙っていた。

『あー、あの首のない死神の。じゃあ……』

二つの紅《あか》い光学センサが、それぞれ隻眼の紅《あか》い目のようにしんとミエルに向けられる。

『連れてってやった方がいいよな。なんかさっき、すげえ切れてたし』

『機嫌を取るのにでも使えるかもしれないからな。……お前ら、』

ミエルを、背後に固まる白系種《アルバ》ばかりの孤児たちを。〈レギンレイヴ〉はぐるりと光学センサで見回した。

『守ってはやらないが、優先で連れて帰る努力はしてやる。ただし泣き言や不満を言ったらその場で放りだす。――いいな？』

背後、こちらは名も知らない輸送機械が、光学センサの無機質な視線を無言で向けた。

わななく唇が、小さく零《こぼ》した。

「……死にたくない」

きんと硬く、その言葉が凍《い》てつく石段に転がると共に涙が零《こぼ》れる。ぼろぼろと、大粒のそれが白い頬を次々と伝う。

「死にたくないよ。わたしずっと、死にたくなかったよ。ミュラーの、お義父《とう》さんとお義母《かあ》さんは優しかった。新しい妹のカニヒは可愛《かわい》かった。一緒に暮らしたかったよ。また、学校に行きたかった。ありがとうってちゃんと、言いたかった」

言えなかった。叶《かな》わなかった。どれもこれも。

カニヒは、ほんの一年暮らした私のことを、覚えていてくれるだろうか。お義父《とう》さんとお義母《かあ》さんは、心配してくれているのだろうか。それとも恨んでいるのだろうか。

もはや人間ではない、爆弾に変えられてしまった生体兵器だということを最後まで黙っていた、優しい二人を騙《だま》し続けたチトリのことを。

「こんな知らない場所じゃなくて、こんな何もない場所じゃなくて故郷の街に帰りたかった。もう一度おとうさんに、おかあさんに、先生に、友達に、ダスティンに会いたかった。大人になりたかった。お父さんとお母さんが生まれた、連合王国に行ってみたかった」

もっと遠くへ、どこか遠くへ、好きなだけどこまでも遠くまで行ってみたかった。

あなたと一緒に　いきたかった。

「死にたくない。死にたくないよぅ……！」

ばたばたと、涙が落ちる。

顔をくしゃくしゃにして、手放しに涙を落としてチトリは泣いている。

……最期《さいご》には一人で、離れていったキキたちは。

まだ時間のある仲間を巻きこまないために、そして最後の瞬間だけでも思うさま、死にたくないと泣き喚《わめ》くために、誰もいない場所へ向かったのだろう。

ずっと、彼女たちは本当は、泣きたかったのだろう。

死にたくないと——叫びたかったのだろう。

叶《かな》うことのない叫びを。

誰にも届かない叫びを。

言葉にもならずに泣いて、泣いて、泣き続けるチトリを、ユートはただ、黙って待った。

聞くくらいはできる、と言った。

聞き届けるくらいはしてやりたかった。

次の瞬間にもチトリは自爆するのかもしれなかったが、それならそれで、構わないと思った。

巻きこみたくはないというのが彼女の願いだとはわかっていたけれど、巻きこまれても構わないと思った。

激情は、やがて去って声もなくしゃくりあげるばかりになって、そうしてチトリは唇をひき結んで、ぐいぐいと乱暴に涙を拭った。

くすんと最後に鼻を鳴らして、枯れた声で囁《ささや》いた。ありがとう。

「もういいよ。……いこう」


血痕の源は倒れ伏す洗濯洗剤の体で、凶器はエルンストの手にある曲がったアサルトライフルの銃床だ。本来の用途である銃弾でもなければ、今は付属していない銃剣でもない。刃《やいば》も切っ先もない鈍器で動けなくなるまで、皮膚が裂けて血が流れるまで人体を殴打《おうだ》する。

その惨状にセオは立ち尽くす。

単純な凄惨さなら、見慣れた戦場でのそれの方がよほど酷《ひど》い。けれどこの、殺戮《さつりく》機械たる〈レギオン〉でさえも行わない、執拗《しつよう》で呵責《かしゃく》ない人体の破壊の痕。

それなのにエルンストは、まるでつまみ食いでもしているところを子供に見つかった父親程度の、ばつが悪そうな笑顔で振り返るのだ。

「ああ、ごめんごめん。いい大人が八つ当たりなんて、よくないところを見せちゃったね」

「っ、」

「もしかしてフレデリカも一緒かな？　これじゃあもう本当に、馬鹿にされてもおかしくないね。……ちょっと待ってよ、片付けるから。暴れるだけ暴れて後始末は他人《ひと》任《まか》せ、じゃあ、いくらなんでも恰好《かっこう》がつかない」

言いながら、無造作にアサルトライフルを本来の向きで足元に向ける。倒れた白系種《アルバ》の女性、たしかプリムヴェールとかいう洗濯洗剤の首魁《しゅかい》の頭に擬《ぎ》す。

頭が陥没して、濁った色の血を流して、――でも微《かす》かに息をしている。まだ生きている。

生きているのになおも頭に、銃口を向けるのだから。

「エルンスト、ねえ、待ってよ。……なにも殺さなくてもいいじゃないか！」

武装した複数人への反撃なのだから、多少の過剰は仕方あるまい。けれど洗濯洗剤の誰もがもう動かない以上、追撃は必要ない。あとは火焔《かえん》の豹《ひょう》師団に任せればいいだけだ。

「そうだけど、生かしておく理由もないよ。言ったじゃないか、八つ当たりだって」

「八つ当たりって……！」

「なにせ、どうでもいいからねぇ僕には。何もかも。どうでもいいんだからまあ、みんな勝手に生きてればいいんじゃないかなとは思うけど、こう虫の居所が悪い時に目の前で、蠅《はえ》みたいにうるさく飛ばれたらそりゃ叩《たた》き潰すよ。目障《めざわ》りだもの」

絶句するセオに、薄く笑った。

「あれ、気づいてなかったかな。シンはわかってたみたいだし、だから嫌われたなぁって思ってたんだけど。反抗期みたいなものだと思えばむしろ嬉《うれ》しいからね、保護者としてはさ」

「っ……」

それは、そんなことはセオも気づいていた。

正直ずっと、どこかでエルンストは怖かった。

——人類なんて滅んでしまえばいいんだよ。

心底からそう言ってしまえる、自分自身さえ含めて本気でそう言い放てる。むしろ己と世界の滅びを望んでさえいるような、……この世の何にも価値を置かない黒瞳の虚無。

けれど、それを何もかもひけらかしてしまっては全てが終わる。これまで戴《いただ》いてきたのが革命の英雄ではなく虚無の怪物だと、誰もが知ってしまえば連邦はいよいよ形を保てなくなる。他人にも自分にも、価値を置かぬ者ほど不気味で恐ろしいものはない。

なによりエルンストが、殺人者として救いがたい怪物として、破滅を迎えることになる。そんなことにセオはなってほしくない。

「駄目だ、エルンスト。ねえ……」

エルンストはもう振り返らない。

言葉は、どこか表面で上滑りして彼の何処《どこ》にも届いていない。それでも。

突入の前。

エルンストの狂乱を、詳《つまび》らかにセオに説明して助力を乞うたフレデリカは、その締めくくりにそれを頼んだ。泣き出しそうな子供みたいな、必死の声で。

『セオ。セオ頼む。あの者に伝えてたも。そなたはそう呼ぶつもりがないのじゃとしても、せめて今この時だけ、わらわの言葉を代わりにあの者に伝えてたも――……！』

フレデリカは。

エルンスト本人にではないけれど祖国も周りの人間たちも奪われたフレデリカは、これまでそうとエルンストを、呼ぶわけにはいかなかったのだろう。

彼女の近衛《このえ》騎士だった青年や、周囲の人間たちの死と無念を、忘れることも許すこともできないから。お飾りだろうと大勢から、忠誠を誓われる女帝であったのだから。家族を殺した男を、臣下を殺した革命の長を、彼女は受け入れるわけにはいかなかったのだろう。

その呼び名ではなく木端《こっぱ》役人と。呼び続けたのはきっと、彼女なりの抵抗で抗議で、……彼女自身への抵抗だった。

呼ぶわけにはいかなくて、けれど一方ではそう呼んでしまいたいと思っている。赤ん坊のころに即位してきっと本当のその人の顔さえも知らない、彼女自身への抵抗だった。

その葛藤をフレデリカが飲みこもうというのだから傍《かたわ》らで僕が、フレデリカよりも年上で、彼女のような葛藤もなかった僕が、怯《ひる》んでなんかいられない。

――戦場に帰ると、望んだ夜。

なかなか帰れないくらい忙しかったのに、今日は聖誕祭だからと帰ってきて。忙しいだろうにきっと時間をかけて検討したセオたち五人の進路の資料を、腕いっぱいに抱えて帰ってきた、あの姿だけはこの大嘘《うそ》つきの虚無の竜の中で一つだけ、嘘《うそ》じゃなかったと思うから。

「もうやめて。──おとうさん」

ぴた、と魔法のように、狂える火竜は動きを止めた。


力が抜けて下ろされた手から、銃床の曲がったアサルトライフルが滑り落ちる。ごと、と鈍く、害意のないそれはプリムヴェールの傍《かたわ》らに落ちて倒れた。

「ず──……」

「ずるいよ、それは……」

泣きだしそうな、顔だった。

セオが知っている大人の中でもとりわけ年長の。セオより大きな子供がいたっておかしくない年齢の、父親くらいの年頃の大の大人が、途方に暮れた迷子のちいさな子供みたいな顔で、セオとその向こうのフレデリカを見返していた。

「そりゃあ僕は、代わりになりたかったよ。本当の親御さんたちから君たちを、お預かりしてる立場だってことは重々承知してたけど、それでも、呼んでくれるならそう呼んでほしかったよ。でも、だからって、今になってこんなところで、それを言うのはずるいよ――……」

のろのろと、顔を覆う。血まみれの手で。それでもまだ、倒れた女性になおもとどめまでは刺さなかった手で。

引き止める子供たちを辛《かろ》うじて、突き放さなかった手で。

「ずるいよ。だって、裏切れないじゃないか。自分の子供が、それも二人がかりで、そんな泣きそうな顔で必死に止めようとしてるのに裏切れる父親がいるわけないじゃないか。僕は、」

慟哭《どうこく》が。

雫《しずく》を伴い、血まみれの指の間からわずかに零《こぼ》れた。

「お父さんなんだから。君たちを悲しませるわけにはいかないじゃないか――……」

尖塔《せんとう》の最上部は、そこにあったろう鐘も今はなく、空虚に広い石床に大きな窓から入るみぞれが薄く溜《た》まる。

四方に空いたその窓の、西を望むそれにチトリは歩み寄る。もう日暮れの時刻のはずだが、厚い黒い雲に遮られて夕映えも見えない。遠く、その辺りが共和国領ノイナルキスだろう何もない平原が、降るみぞれに霞《かす》んでぼうと在る。

泣きすぎて赤い目で、涙で汚れた頰で、チトリは灰色の、彼方《かなた》の祖国を見つめている。

「――月の光で出来た宮殿みたいな、街だと思ったの」

故郷の街は。

〈レギオン〉に吞《の》みこまれて失われてしまった、帰りたかった街は。

「一番好きな童話だったわ。月の、金色の満月の王子様が住む宮殿でね、湖の中の星空の精霊は毎晩、夜の虹の橋を渡って王子様と逢《あ》うの」

振り返って、もはや力ない唇で、血の気のない面《おもて》で微笑《ほほえ》んだ。

「その王子様がほんとにいたなら、ユート。きっとあなたに似てる」

思わずユートは苦笑した。

「……そう言われたのは初めてだな」

〈ジャガーノート〉みたいだ、と言われたことはあった。何度もあった。まるで〈ジャガーノート〉のような、〈レギオン〉のような、感情のない戦闘機械みたいだと。

そのように、何に対しても冷徹なように、在ろうとしてそのとおりになってしまっていた。

独り生き残ることはできても、他人まで守りきることができるほどにはユートは強くなくて、誰も彼もが隣で死んでいって。だから、いずれ死んでしまう誰のことも、心に留《とど》めないようにしながら八六区を生きのびた。

「……はじめて、」

けれどくすくすと、チトリは笑う。

「じゃあ、もっと言うね。あなたの髪は綺麗《きれい》な月の光みたいだし、あなたの目は懐《なつ》かしい火の灯《あかり》みたいよ」

そんなユートの卑劣を知らないチトリは、だから彼には似つかわしくない、無力な彼にはいっそ苦しいばかりの美しい言葉を投げかける。呪いなんか、負おうともしなかったくせに呪いを負った方がマシだったなんて、卑怯《ひきょう》な韜晦《とうかい》を口にした彼に、その言葉の履行を迫る。

それは美しくも残酷な、星の湖の精霊のように。

「初めて——こう言った女の子だって、きっとあなたは私を忘れないね。私が、」


あなたの呪いになるね。


一瞬、ユートは瞑目《めいもく》した。

それからどうにか、笑みらしきものをつくった。

「そうだな。一緒に行こう、チトリ」

チトリはうれしそうに、微笑《ほほえ》んだ。

「ありがとう」

言ったのは果たして、どちらだったか。

髪をまとめるリボンを、織手がするりとほどいてさしだす。受け取り、少しだけ迷ったが取ったその手の甲に口づけた。君という呪いを、たしかに受け取ったというその誓いとして。

笑ったチトリが、笑ったまま、一歩、二歩と後ずさる。これが、もう本当に最後。

「それと、もう一つお願い。――どうかこのあとの、わたしをみないで」

あなたこそは、わたしを。綺麗《きれい》なままで、覚えていて。

「……ああ」

振り切るように踵《きびす》を返《かえ》した。背後、チトリがまるで天に帰るかのように、窓から身を乗り出す気配。

古い、石造りの尖塔《せんとう》を。その螺旋《らせん》階段をユートが下りきる前に、崩してしまうわけにはいかないから。


螺旋《らせん》階段の薄闇の中、石壁を透かして、爆発音が轟《とどろ》いた。

ユートは目も向けなかった。


集結地点、属領モニトズオート東部の都市ナーキヴィキで残存兵力を取りまとめ、北西にや

や折り返すかたちでリュストカマー基地へ。

酷使した〈アンダーテイカー〉を機付のグレン、トウカに預け、そのまま格納庫の隅で立ったまま、給養班の軍属たちが配って回ったマグカップのスープに口をつけるシンにペルシュマン少尉が近づく。

「お疲れさまです、大尉」

「整備が終わり次第すぐ出撃する。陣地構築の状況は？」

「完了しています。地図はこちらに。同一データは全〈レギンレイヴ〉に展開準備中、先に配置を完了している戦闘属領民《ヴォルフリン》にも物理コピーを配布ずみです」

広げられた地図をざっと眺めわたし、手書きで急遽《きゅうきょ》、書き加えられた塹壕《ざんごう》や対戦車壕《ごう》、火力拠点の位置を頭に叩《たた》きこんで問いを重ねる。工兵と重機は後退済み、あとは。

「隣街《フォトラピデ市》の民間人は」

「工兵隊には同行の余地なし、よって基地に収容しています。市街は無人と確認」

「うちっとこのちびどもと一緒に、一か所に固まらせてます。大尉殿」

ペルシュマンに続いてやってきた、戦闘属領民の女性兵士が補足した。

戦闘要員でこそないものの、伝令や工兵として十代初めの少年たちも駆け回っている。それよりも年少の、戦場では本当になんの役にも立たない幼い子供たちは戦闘属領民といえど、さすがに避難の対象であるようだ。

と、シンは思ったのだが、女性兵士は平然と続ける。

「ちびどもったって狼の子《ヴォルフリン》です。至近弾くらいでぴぃぴぃ泣き喚《わめ》くほど柔《やわ》には育ててない。民間人連中がパニクっても、ちびどもがなだめるか無理そうなら押さえこんどきますから安心して任せといてください」

避難対象ではなく、避難所の保安担当だった。

今更だが、戦闘属領という国境防衛の伝統は本当にろくでもないなと思ったシンに、女性兵士は大変にわざとらしいしなを作る。

「ところで大尉殿。守備範囲は何歳年上までですか。このあと一つ、大人の女との危険な火遊びを楽しんでみませんかね」

当たり前だが冗談である。泥沼もいいところの撤退戦を潜《くぐ》り抜《ぬ》け、その疲労とストレスを抱えたまま連続で、いつ終わるとも知れぬ陣地防御戦闘に挑まねばならぬ年若い士官に、ほんの一瞬でも緊張を解かせるための。

その狙いどおり、思わずシンは失笑する。

ほんの小さく、ほとんど息だけでだったけれど。――無理にでもなく、笑うことができた。

「あいにくだが恋人がいる。他をあたってくれ」

「大尉殿ならそりゃ、恋人の一人二人三人四人くらいいるのはわかってますよ。だからこその火遊びってやつで、」

「この基地の指揮官の一人で、そのうえ女王陛下だ」

二人も三人もいてたまるかと思いながらぶった切った。女性兵士がぴっと背筋を伸ばした。

「失礼、黙ります。女王陛下に喧嘩《けんか》売って、首刎《は》ねられでもしちゃたまんないです」

よろしい、と何故《なぜ》か、傍《かたわ》らでペルシュマン少尉が頷《うなず》いた。


本隊に帰還して、ダスティンの戦闘中行方不明《MIA》を聞いた。

戦闘中には余計な悲嘆も懊悩《おうのう》も意識の外に追いやる、長い戦場暮らしでエイティシックスの誰もに染みついてしまった戦闘者としての機能が、辛《かろ》うじてアンジュの正気と冷静を保った。

「――そう。了解、ユウ君。クレナちゃん」

悲嘆は、意外なほどに小さかった。

まして憤《いきどお》りなどは感じなかった。その責任があるわけではないユウにも、クレナにも。

どこまでも皮肉なこの世界にも。

鋭く、息を吐いた。

この世界に、奇跡なんてない。救いなんて、得られない。

誰かから、たとえば神様から与えられる救いは所詮、神様の気分次第でしかない。

当てにはならない。

だから。

だから。

「助けて、なんて言わないわ」

神様だか、運命だか知らないけれど。お前の慈悲など乞う言葉は今も、これからも。

救われることばかり願っていては、助けてもらえなかったと嘆いて生きることになる。

奇跡なんて当てにしていれば、無視されてばかりだと恨んで生きることになる。

そんな生き方をしてたまるか。

私は――恨んで嘆いて、救いを待って立ち尽くすような生き方なんかしない。世界も神も運命も、恨んでなどやるものか。

ああ、でも。

「……ダイヤ君」

私は、あなたと一緒にいきたかった。

「ダスティン君」

私の隣に、帰ってきてほしかった。

どうか。

ねえ。

「帰ってきて、――ダスティン君」

戦闘は続き、敗残兵たちの帰還もまたぱらぱらと続く。助けてくれ、と、泥と倒木の狭間《はざま》から鋼色《はがねいろ》の戦闘服の腕が伸びる。

「――何度目だよ、芸がねえ！」

負傷兵をまねたその自走地雷に、機甲部隊指揮官の青年は愛機の蹴撃を以《もっ》て応じる。金属製の自走地雷は、レーダーへの反応が人間とは異なる。支援コンピュータの照合と警告を受けられる〈ヴァナルガンド〉が見間違うことはそうない。

無論、電波を撒《ま》き散らす分だけ被発見と被弾の危険は跳ね上がるが、ここまで周り中が屑鉄《くずてつ》どもではもう今更だ。歩兵や装甲歩兵と違って厚い装甲に守られる自分たち機甲部隊が、多少の危険を冒して選《え》り分《わ》けてやるくらいは当然だと機甲指揮官は思う。

なにしろ。

『待って、見捨てないで……』

「近寄んな歩兵！　――ここいらのは全部自走地雷だ、気にしないで下がれ！」

つい、速度を緩めた敗残兵の一団が、一喝にびくりと竦《すく》んで振り返る。

戦友の声に聞こえたのだろう。

あるいは見知らぬ誰かをも見捨てられない、善良な人間であるのかもしれない。

実際、振り返った歩兵たちの、泥と変色した血に汚れたその顔は、今にも泣きだしそうに歪《ゆが》んでいた。

「……ほんとうに自走地雷、なんだよな？　また、見捨てちまうことになるんじゃ……」

機甲指揮官は苦く、舌打ちを堪えた。……見捨てざるを得なかった連中か。

負傷して動けない仲間を。まだ戦っている他の部隊を。

だからこそ、助けを求める声を捨て置けなくて、……だからこそ自走地雷に、おびき寄せられそうになった。

「ああ、屑鉄《くずてつ》だ。……だから、見捨てるわけじゃねえ。助けられないわけじゃねえよ」

戦線全体が壊乱し、敗走する戦場だ。捨て置かれた本物の負傷者も数多い。負傷者や友軍を助けにいけず、置き去りに逃げる破目になった者たちも。

その混乱に、罪悪感に、つけこむための兵器だ。

戦友を見捨てられない人の良心を、こんな裏切りと壊走の中でなお他人を助けようとする善良な人間をこそ、狙い撃ちにするのが自走地雷だ。

善意など、良心など、持たぬ方が人間には身のためだったと嘲笑《あざわら》うかのようなその悪意。

……クソが。

「絶対に負けてやらねえからな」

吐き捨て、機甲指揮官はハルタリ予備陣地へと後退する歩兵たちとは逆側、彼らを追って現れた鉄色の群れへと〈ヴァナルガンド〉を回頭させる。

リュストカマー基地周辺、ザシファノクサの森は広葉樹と針葉樹が入り混じる、連邦西部特有の植生だ。かつて一帯を治めた領主の狩場としてほとんど手つかずで残された、整えられていない大地の起伏と絡《から》み合《あ》う根と枝が人の立ち入りを拒む森。

その天然の妨害を生かし、強化し、防御の邪魔になる部分は切り開いて、まるで無数の傷や瘢痕《はんこん》のように走る塹壕《ざんごう》と対戦車壕《ごう》とトーチカと鉄骨製の対戦車妨害。

北の冬の木漏れ陽《び》を、反射する対戦車妨害の鈍い光が光学スクリーン越しに目を射る。訓練や、狩りや釣りで何度も訪れた馴染《なじ》みの森の、その変わり果てた姿に胸の底がざわめくのを乗機の中、ミチヒは感じる。

故郷を、ミチヒもエイティシックスの誰も、覚えていない。けれどきっと、覚えていたとしてその故郷がこんな風に、戦場に作り替えられたなら覚えるだろう不安。

大事な記憶が、その拠《よ》り所《どころ》が、血と死の光景に塗りつぶされる。

それは本当は、こんなにも怖いことで。

この基地は、自分たちにとって、いつのまにか大事なよりどころになっていて。

けれど。

だから。

「人の庭に我が物顔で、何様のつもりなのです。――ここは、私たちの基地で家なのです」

行軍訓練で歩いて、さんざん狩りをして、釣りをして、なんだかんだと遊び回った森だ。私たちの庭だ。

森の中の、河も谷も傾斜も木の生え方も、全部知っている。

この森は半年を暮らした私たち機動打撃群にこそ、きっと味方をしてくれる。

馴《な》染《じ》んだ森の起伏に、まだ馴《な》染《じ》みのない防御施設に身を隠して息を潜める〈レギンレイヴ〉の各戦隊に、協同する〈アルカノスト〉と戦闘属領民たちに知覚同調《パラレイド》が繋《つな》がる。やはりこの森の一角に〈アンダーテイカー〉を伏せ、ひたひたと迫る〈レギオン〉の嘆きに耳を澄ませるシンからの。

『各位。来るぞ。……ポイント九三四、最初に会敵する。一五〇秒後に敵先鋒《せんぽう》が射程に入る。機甲部隊と推定』

言って。ふ、と機動打撃群の死神は冷ややかに嗤《わら》った。

『勝ったつもりで偵察も出さない、傲慢な鼻面《はなづら》を思いきり殴りつけてやれ』

その異能を知らない、戦闘属領民たちの戸惑いの沈黙。

一方でエイティシックスと〈シリン〉、長く彼と戦ってきたベルノルトたちノルトリヒト戦隊は平然と応じた。――了解。

正確に、指示された通りの火点での一斉射が。リュストカマー基地防衛戦の号砲を告げる。

アルミの装甲と内側の防弾繊維は榴弾《りゅうだん》片の大半を受け止めてくれたが、全てではなかった。

「レイドデバイス——は、やっぱり駄目か」

機能の中核である疑似神経結晶が、破片を喰《く》らって真っ二つになっている。

加えて大破して完全に沈黙した乗機、薬室が割れたアサルトライフル、打撲だか捻挫だかであちこちが軋《きし》む体。右耳が聞こえないのは、どうやら鼓膜が破れている。

一方でレイドデバイスが砲弾片を受けとめてくれなかったら、首を裂かれて死んでいたところだ。右足に留《と》めた拳銃はそんな奇跡は起こさなかったから、破片が食いこんだ傷が痛む。

「……拳銃が残っただけマシだ、と思うべきかな」

〈レギオン〉と戦うには役立たないが、自殺には使える。

無線はいつもどおり、阻電攪乱型《アインタークスフリーゲ》の電磁妨害《ジャミング》で使えない。機体から回収した背嚢《はいのう》を担《かつ》いで慣れない連邦の森を歩く。

がさ、と藪《やぶ》が鳴るのに鋭く振り返ると、軍服姿で七歳くらいの女の子だ。

一瞬混乱したがすぐに気づく。マスコットだ。連邦軍特有の、兵に裏切らせないための疑似的な娘としての少女たち。所属部隊《かぞく》とはぐれたのか、それとも見捨てられたのか。

思わず立ちすくんだ彼を見上げて、小さなその唇は開かれない。

見上げる双眸《そうぼう》はもの言いたげに歪《ゆが》んで、けれど助けて、と求めることができない。――見捨てられたのだ。戦場での疑似的な、それでもたしかに家族だったはずの兵士たちに。

でも、きっとそれも仕方ないのだと彼は思う。

だって。

「……俺だって、助けてやれないんだから」

子供なんか抱えていたら、自分一人で手一杯の弱い俺はとてもではないが生き残れない。

だから、仕方ない。見捨てるしかない。

どうせもう、チトリは見捨ててしまったのだ。

一度見捨てたのだから、この先も見捨てればいい。アンジュの願いも裏切ったのだから、自分などは心底からの卑劣漢なのだから、小狡《こずる》く生き汚く立ち回ってそれも叶《かな》わず死ねばいい。

見上げる少女から、拳銃もなければ戦場を歩きとおせる体力もない、彼よりももっとずっと弱い幼い少女から、後ろめたく目を逸《そ》らした。

後ろめたさからも、目を逸《そ》らした。

だって、俺は。俺は。おれは。

――ダスティン君は。

ふと、声が蘇《よみがえ》った。

優しい、穏やかな声。空の一番高いところの、初めて会った時から綺麗《きれい》な色だと思った瞳。

――ダスティン君は、潔癖だから。ずるは嫌いなのはわかってるから。

俺は。

――だから私のためってことにして。帰ってきてね。

俺は、あの言葉さえ、呪いにしてしまうつもりなのか？

自分のためだと、思っていいいと。何か卑怯《ひきょう》や、卑劣をしてもその後ろめたさを自分が少し、肩代わりしてくれると言ってまで、生還を望んでくれた言葉を。優しい魔女のその言葉さえ、呪いに変えてしまうつもりなのか？

君が嫌わない程度に。その言葉さえ、自分で嘘《うそ》にするつもりなのか。

――ずるは許せないんでしょうけど。

君が言うとおり、ずるさは、卑劣は、卑《ひ》怯《きょう》さは嫌いで。そんな俺を俺は許せなくて。

――約束を守って。死なないで。

――帰ってきて。

それでも君は、迎えてくれると言うのだから。

君が迎えてくれる、俺なのだから。

たとえば誰かを救えなくても。たとえば誰かを一度、見捨ててしまった俺だとしても。

せめて君を、悲しませない。自分だけではなく優しい君にも恥じない。――弱くても、それくらいはできるはずだ。

それくらい、したいと望んだっていいはずだ！

「おいで」

手を伸ばした。少女が、戸惑ったようにその手と彼の顔をと見比べた。

「おいで。一緒に帰ろう！」

少女は一瞬、泣きだしそうな顔をした。

ぱたぱたと、駆け寄ってくるのを受け止めて抱きあげる。幼い少女に合わせて進むよりはこの方が早い。どうせ拳銃では〈レギオン〉とは戦えないのだ。隠れて、やりすごしながら撤退していった友軍を追う。

戦えない。立ち塞がる〈レギオン〉を蹴散らせはしない。そんなことが出来るほどには、自分は強くない。

けれど弱いなら、弱いなりに。

「しばらく、おとなしくしててくれよ。……お兄さんが絶対、連れて帰ってやるから」

俺は、せめて。帰らないといけないのだから。

まだ人に飼われていたことを忘れられないのか、不用意に寄ってきたガチョウだかアヒルだかを、棒切れを叩《たた》きつけて仕留めて捌《さば》いた。

今日は血を見たくない、と思えるような繊細さは、とっくの昔にすり減ってしまった。

〈レギオン〉支配域、それも爆発音を聞いて集まってきた警戒の斥候型《アーマイゼ》がうろつく一帯だ。それでも戻って潜んだ森の中、焚火《たきび》の光を隠す穴を掘って、熾《おこ》した火で肉を煮る。

体力を浪費しないための、冬の戦場の当然の心得。

そのつもりだった。

誰の声もしなくなって、それだけではなかったとようやく気付いた。

ばさばさ、と羽音がして、降りてきたのは鴉《からす》だ。

前線が遠ざかり、おこぼれをくれる人間がいなくなってすっかり餓《う》えているらしい。肉の一つを投げてやると、くわえて逃げるどころかその場でいそいそとつつきだした。

死肉をあさる、鴉《からす》。

「――お前、」

呼びかけと、わかったわけでもないだろうが鴉《からす》はこちらを向いて小首を傾《かし》げた。

「明日になったら、彼女も食べてやってくれないか」

それとも今夜のうちに、ネズミなんかが食べつくしてしまうのだろうか。

それでもいい。

心は、一緒に行くと言ったけれど。置き去りにした体はせめて空を行く鳥の、地を行く獣の血肉となって、その繰り返しのどこかでいつか故郷に帰れればいい。見たかったと願った、世界の全てを見られればいい。

墓は、作らなかった。

見ないでくれ、と言われた。それにエイティシックスには墓はないものだから。

最後まで、行きつく果てまで、歩き続けた彼女たちはエイティシックスなのだから。

自分と同じ。


一昼夜が経過してなお、連邦の十ある戦線ではどこも戦闘が続いている。

交代しますので休息を、と遠いリュストカマー基地戦区の人事参謀に言われて、了解を告げてレーナは知覚同調《パラレイド》を切る。第一機甲グループの指揮継承順では彼女を代行するはずの作戦参謀は、しばらく前に負傷してまだ治療中だ。防衛線後方の指揮所にまで流れ弾が飛びこむ戦況が続いて久しい。

休息、と言われても頭が冴《さ》えて眠れるものではない。興奮状態の体は血流を脳に優先していて、後回しにされて働いていない胃は空腹すら感じない。

それでも何か胃に納め、しばらく目を閉じるだけでも少しはましだ。そう割り切って、デスクの隅でおとなしくしていたティピーを抱きあげてベッドのある続き部屋に向かう。第一次大攻勢も経験したティピーはまた緊急事態だと賢く察して、何かあってもはぐれないように常にレーナの傍《かたわ》らでじっとしている。

要求していた、リュストカマー戦区に隣接する戦区一帯の地図が揃《そろ》ったようで、プリントアウトを繋《つな》ぎ合《あ》わせたそれを抱えてヨナスが入室する。連邦軍の通信網は今や、大量のデータのやりとりで完全に塞がっている。レーナの手元では現状をリアルタイムに反映できない以上、自由に書きこめる紙の方が便利で速い。

「各戦区の残存兵力はいずれも不明確です、ミリーゼ大佐。戦闘が続いて、各隊とも混乱したままで確認がとれず──えっ、」

フシャー！　といきなり、すっ飛んできたティピーに威嚇されてヨナスはたじろぐ。

ティピーは背中を丸めてしっぽまで毛を逆立てて、怒り狂った小さな獅子《しし》みたいに牙をむきだしている。もう完全な臨戦態勢だ。そして身に覚えがないヨナスはたじろぎつつ困惑する。

戦闘中の指揮所の緊迫からはあまりに場違いな、間の抜けたその光景に──レーナは一瞬、不覚にも吹き出しそうになった。

どうにか堪えて、つんとそっぽを向いた。

というか、そう、まさかの自覚もないらしいが、はっきり言って当然の反応だし、だからレーナにしてみればざまあみろだ。

「ティピーの大好きなわたしを、これまでいじめてきたんだから嫌われて当たり前です」

「あっ！　……いえでも、ご不満は了解しておりますがこれは決して嫌がらせなどでは……」

よほど心外だったのか、おたおたと弁明するのにザイシャが冷たく言う。

「女性を連れ去り、監禁し、悩ませ悲しませておきながらいまさら何を言っているのですか。嫌がらせどころか明確な悪行です。まるきり女衒《ぜげん》の振舞です、女の敵」

「ぜ……」

決めつけられて絶句しているのに、今度ははっきり笑ってしまいながらレーナはティピーを再び抱きあげた。

笑ったことで、戦闘からほんの一瞬でも意識が離れて気が緩んだことで、睡魔と空腹感が正しく蘇《よみがえ》ってくれたことに内心では感謝を覚えながら。

「ティピー、いこう。いじめっこのお兄ちゃんなんか構わないで、一緒に寝ようねー」

「にゃあん」

「いじめっこではありません……！」

途端にティピーは喉をごろごろ鳴らす。

そして要らないことにやけにこだわる、ヨナスはヨナスで疲弊しきっているようだ。レーナたち三人の指揮官に対し、本来ならそれぞれ複数名の参謀が分担してこなす作業量をたった一人で担っているのだから当然ではあるが。

聞き流して寝室に向かうレーナに代わって、アネットが歩み寄る。

「諦めなさいよ少尉、あんたはいじめっこで女の敵の怖ぁいお兄ちゃんよ。……ほら、紅茶。疲れてるんでしょ、甘くしてあるからとりあえずこれ飲んで」

「ありがとうございます、少佐……苦っ⁉　何が入ってるんですかこれ⁉」

「あーごめん、お砂糖とインスタントコーヒー間違えちゃった」

「砂糖とインスタントコーヒーを⁉　色すら真逆ですよ⁉」

ついにアネットのいたずらにまで無警戒にひっかかったあげく、棒読みの言い訳に真剣につっこんでいる。もうすっかり頭の回っていないらしい彼に苦笑を一つ、残してやって。

「少尉、あなたも一度休みなさい。あなたの主人も、そう命令するだろう頃合いですよ」

レーナは、仮眠のために寝室へと消える。

電磁加速砲型《モルフォ》の砲撃やその後の撤退行で落伍《らくご》していた戦隊や小隊、稀《まれ》に個人が、この三日間でぱらぱらとリュストカマー基地まで帰りついている。

元の大隊や戦隊に戻している余裕がない。多少なりと休息を取らせただけで臨時の戦隊を組ませ、その時に戦力が足りない場所に投入する。指揮所に復帰したフレデリカは、最初こそ顔を知る限りの行方不明者の安否を確認しようとしたようだが、すぐに各防衛線の状況把握に追われることになってしまった。そう、エルンストは無事だったらしい。連邦には大事であるはずの、そんな話もろくに聞こえてこない。

それくらい、誰も彼もが奔走している。

〈レギンレイヴ〉の研究員が、格納庫での整備に加わっている。敗走してこの基地にたどりつき、そのまま防衛戦に加わった他隊の歩兵や装甲歩兵に、さらに施設要員と車輛《しゃりょう》操作員が肩を並べる。軍属の身にもかかわらず給養担当と補助教員が負傷者の運搬にあたる。

現役を引いて長いがとライフルを手に、出撃した神父が弾切れまで戦ったあげく投石で自走地雷を仕留めたらしいと、こんな時まで与太話が回ってくるのは戦慣れたエイティシックスらしいところだ。

「……つーか、全員の話を総合すると神父さんどう考えても五人はいるっすよ、隊長」

大いに戦慄した顔を作ってベルノルトが言うものだから、その場の全員がつい吹き出す。全員の〈レギンレイヴ〉が弾切れか燃料切れで、アサルトライフルを抱いて潜んだ天然の窪地《くぼち》。

頭上をひっきりなしに砲弾片と銃弾が吹《ふ》き荒《すさ》んでいて立ちあがることもできない。弾薬と燃料を満載して戻ってきたファイドに、温めてから詰め直した戦闘糧食のパックも積まれていて、それは給養班長の中尉の気遣いだ。まともな食事の時間もない戦闘中に、冷めてしまったとしてもまったく冷たいよりはマシだろうとの。

さっそくその一つを開けて流しこむ、プロセッサーの少年は別の機甲グループ所属でシンも名前を覚えていない。整備や補給の合間の切れ切れの睡眠と、今のような食事とも言えない栄養補給でどうにか継戦能力を維持している、憔悴《しょうすい》しきった顔がそれでも笑う。

「五人いるならいいじゃねえか。そのまま分裂とかして増えてくれたらもっといいよな」

「増えない、増えない」

「それ、むしろ〈レギオン〉よりヤバい脅威じゃねえか?」

首を振ったミカもつっこんだライデンも、疲労のあまりの妙な半笑いが顔にはりついてしまっている。

それでも、笑っていられる。冗談を言って、それに笑う余力がある。

まだ、自分たちは戦える。

シンたちが一応の食事を終えたところで、ちょうどファイドたちも〈レギンレイヴ〉の補給作業を完了させるからアサルトライフルを担《かつ》ぎ直す。相変わらず立ちあがれもしない戦況だがコクピットに滑りこむならどうにかなるだろう。

レーナからの新しい指示はない。それなら。

「とりあえず、神父様が本当に五人いるかもっと増えてるか、見物にいくか」

各陣地の戦局を確認して、必要なところを支える。言外にそう告げたシンに、けたけたと誰か、やはり知らない誰かが笑う。

「了解すけど、そこは分裂増殖神父さんを助けにいくって言うとこっすよ死神隊長」

「助けるも何も、神父さまが〈レギオン〉程度で死ぬわけないからな。投石云々《うんぬん》も、与太じゃなくて本当だと思う」

まさか原始的にも石で撃破されるとは、自走地雷も思っていなかったことだろう。気の毒にな、と真顔で続けると、全員がしめやかに十字を切ったり祈りの形に手を組んだりした。

そして、再び知覚同調《パラレイド》が繋《つな》がる。

彼らの女王の凜冽《りんれつ》の声が、今日もこの戦場にたしかに届く。

『ハンドラー・ワンより、スピアヘッド支隊各位！』

銃弾の横殴りの嵐の中、視線を交わしてシンたちは笑った。戦局確認は中止。──さあ。

女王陛下の号令の下、戦う栄誉の再開だ。


これ以上は処方箋を書かない、と軍医が頑として拒否し、結託した部下と整備クルーによって強制的に機体から降ろされたので、仕方なくギルヴィースは仮眠を取る。

連隊長の彼が少しの間でも、副長と指揮を交代して仮眠をとれる戦況になりつつある。

壊乱していた歩兵たちをハルタリ予備陣地帯で回収、各陣地に再投入して釘付《くぎづ》けにしたことで機甲部隊の行動の余地、戦闘工兵隊や輸送部隊の移動の道が確保され、正しく支援と補給、反撃が行われるようになったためだ。いるべきではない場所を混乱した兵がうろつく、敗走状態とはそれほどに自軍の戦闘能力を低減させる。

解消《かい》できたならば、自分たち機甲部隊は——誇り高き我ら鎧《よろい》騎士の末裔《まつえい》は。屑鉄風情《くずてつふぜい》には遅れは取らない。

戦局は次第に好転を始めている。一眠りした次は、押し返すために出撃できることだろう。

見ていろ、と強く思い、それを最後にギルヴィースは、疲労のあまりの泥の眠りに沈む。


「——すっこんでろ、デカブツ！　図体《ずうたい》だけの鈍竜風情《ふぜい》が、ノウゼン侯家の真夜中の狩り《ワイルドハント》に立ち塞がってんじゃねえよ！」

〈レギオン〉の切り札たる重戦車型《ディノザウリア》を、図体《ずうたい》だけ呼ばわりするヤトライの暴言ほどには、いかなノウゼンの狂骨師団《きょうこつしだん》とて快勝ではなかったが。

おそらくは満を持して、投入された〈レギオン〉重機甲師団をついに狂骨師団《きょうこつしだん》は食い破る。血戯《ちそば》えの哄笑《こうしょう》と咆哮《ほうこう》がそれでも深追いはしない冷徹を保って、退却する屑鉄《くずてつ》どもを追撃する。

突撃陣形を保ち、驀進《ばくしん》してきた敵部隊を同じく楔《くさび》隊形の吶喊《とっかん》で真っ向から切り裂いた、彼らのその機動の自由を保証するのは背後に広がるハルタリ陣地帯だ。

敵陣深く斬りこむ突破機動は、その間に友軍が崩れれば敵中に孤立することになる。特に燃費が極端に悪く継戦能力の低い〈アジ・ダハーカ〉には、敵中孤立は命取りだ。友軍防衛線が堅固でなければ、いかな人喰《ひとく》いの黒竜どもとて自在に戦場を飛翔《ひしょう》できはしない。

そう、脆《もろ》くも崩れたセンティス・ヒストリクス線と違い、今のハルタリ予備陣地はそれなりに堅固だ。

何故《なぜ》なら陣地に放りこまれた逃亡兵たちは、ここでは真後ろの家畜番からも銃口を向けられるからその陣地で戦うしかない。己の戦いぶりにかかっているのが誰でもない、大事な自分自身の命となればいかな臆病者とて必死になる。

鋼鉄の激流を窮鼠《きゅうそ》の狂奔で受け止め、老狼と雌狼の経験と蛮勇で支えるそれは本質的には酷《ひど》く脆弱《ぜいじゃく》だが、とりあえずはこの戦闘の間は有効だ。

……それでこの先はどうなるかなど、正直なところヤトライはもう考えたくもないが今この瞬間には知ったことではない。

『ヤトライ様、地金が出ておいでです』

「聞いてんのはお前だけだろ副長。――わかってる。ただ、さすがに疲れた」

常人には及びもつかない頑健を誇るノウゼンの血統ではあるが、ろくな休息もなしに無茶な運動性の〈アジ・ダハーカ〉を駆って、この長い防衛戦闘を戦い続けているのだ。コクピットに籠もった熱とアドレナリンの過剰分泌で下がらない体温に、てんで引かない汗を拭ったヤトライに副長は少し微笑《ほほえ》んだようだった。

『仕方のない背の君ですこと。全て終われば熱いシャワーとよく冷えたエールが待っておりますれば、もうすこし辛抱《おとなに》をしてくださいませ。それともお気を鎮《しず》めるのに、まずはわたくしをお求めになりまして？』

「おいやめろ」

げんなりと返した。同じ時間を、ヤトライにぴったり随伴して戦い続けているのだからどれだけ疲労しているかはわかっているだろうに。ヤトライも副長自身も。

それにしてもまったくもって芸のない返答をしたヤトライに。けれど戦場でばかり美しく笑う、伝説上の傾国よりもなお性質《たち》の悪い美姫《びき》はそれはもう上機嫌にころころと笑う。

戦闘が続くまま、年は明けて星暦《せいれき》二一五一年一月二日。

北部第三戦線の戦闘が収束したとついに、その一報が各戦線を巡る。報道に載る。こちらもあと少しだと、残る九個の戦線で指揮官たちが兵を鼓舞し、仲間同士で励まし合い、それならもういいだろうと逃げようとする懲りない逃亡兵を元の塹壕《ざんごう》に蹴り返す。

明けて、一月三日。正午に少し足りない時分に、リュストカマー基地戦区の戦闘は収束を迎えた。——エイティシックスは自分たちの、新たな故郷を守り切った。

周辺の戦区でも同様に〈レギオン〉が撤退を開始したと、聞き取ってシンは長く息をつく。

西部戦線全体では、まだ戦闘は続いているところも多いけれど。

「レーナ、グレーテ大佐。リュストカマー戦区の敵集団は後退、再攻撃の予兆なし。また敵戦線後背でも、全戦区で部隊の後退が始まっています。——西部戦線の戦闘も、じきに終結するかと」

『了解、上に伝えるわ大尉。……まだ、体力に余裕はある？　つまり西部戦線全体の索敵を、しばらく担当してもらうことは可能かしら』

数日にわたる戦闘の直後である。再攻撃への確実な備えとして必要な要求とはいえ、グレーテも気遣う色を声に滲《にじ》ませている。無理ならそうと、答えていいと。

一瞬、シンは瞑目《めいもく》した。それは、正直今すぐにでも休息を取りたいというか、今目を閉じただけでもちょっと意識が遠のく程度の疲労具合ではあるけれど。

「可能です。……何かこう、ちょっとした特典でもいただければやる気も出ます」

キャンディとか、と、適当に叩《たた》いた軽口にグレーテが笑う。

『結構。……だそうよ、ミリーゼ大佐。ご褒美《ほうび》は？』

不意打ちにレーナが慌てた。

『えっ、あっその、……帰ったらキスしてあげますねシン！』

……知覚同調《パラレイド》で、プロセッサーの発言でもないから今回こそは、ミッションレコーダには記録されないけれど。

声を殺して笑っているグレーテと参謀たちに、シンはちょっと、頭を抱えた。


目の前の戦闘は終わって、〈レギオン〉はどうやら撤退していって。

その様を、アンジュはどこか信じられない気分で茫洋《ぼうよう》と見つめる。……終わった？

生き残ってしまった。

その事実になんだか、くらくらと現実が遠ざかるような心地がした。

だって、ダスティン君はいないのに。

だって、ダスティン君は結局帰ってはこられなかったのに。

どうして私は。生き残って。

戦闘者としての彼女の意識は、それでも戦闘終了が伝えられていない今、一抹の冷静さをなおもアンジュから奪わない。せめて今すぐ感じたい悲嘆も後悔も、穴の開いたような胸にはこみあげてこない。

〈スノウウィッチ〉のキャノピを開けて、ふらふらと機体の外に出た。危険ばかりを伴う無意味な行動だったが、誰も彼女を止められなかった。

そして結局、そのまま戦区全体で戦闘は終わってしまった。

アンジュを撃ち抜く流れ弾も、砲弾片の一つもないままに。

「アンジュ！　──アンジュ！」

気がつくとクレナが駆け寄ってくるところだった。

倒木とコンクリート片の間を兎《うさぎ》のように跳ね飛び、いっさんに駆け寄る。〈レギンレイヴ〉でもない生身で、不発弾でもあったら危ないじゃない、とぼんやり思う。

遠慮ない力で手を摑《つか》まれて、そのままぎゅうぎゅうひっぱられた。今にも泣きだしそうな、小さな子供みたいな顔で。

「来て！　早く！」

「クレナちゃん、どうしたの」

奇妙に平坦《へいたん》な、どこか調子の外れたその声に、いよいよ泣きだしそうになりながらクレナは手を引く。

「いいから来て。早く」

否、その前から──駆け寄ってくる時から、泣きそうだった顔で。

「ダスティン、帰ってきたから！」

「──‼」

瞬間、衝撃のあまりに凍りつかせて、これまで封じこめてきた感情の全てが蘇《よみがえ》った。

手を引くクレナを、ほとんど振りほどくようにして。クレナがかけてきた道を反対に辿《たど》り、いっさんにアンジュは走り出す。

ぐいぐいひっぱっていたのがいきなり振りほどかれて、戦闘の疲労もあってクレナは後ろにすっこける。

「あ痛っ」

言いながら口元はほっと緩んだ。よかった。

本当に――よかった。

たまたま近くにいたトールが、苦笑気味によってきて片手をさしだすからありがたく手を取った。

「だいじょぶか?」

「うん。大丈夫だよ」

あたしも、――アンジュも。

狙撃手として目のいいクレナが、見つけた時にはダスティンはまだずいぶん遠くにいたようで、アンジュが駆けつけた時には彼はちょうど、リュストカマー基地のゲート前に差し掛かったところだった。

アンジュを認めて、汚れた顔がほっと緩む。けれどここにきてアンジュは立ちすくむ。

「――ダスティン君、」

何をどう、言っていいのかわからない。

自分はあの時、ダスティンの傍《そば》にもいなかったし探しにも行ってやれなかった。機動打撃群の隊長格としての責務を、ダスティンより優先した。

その自分が、独力で帰還したダスティンに、何を言っていいのかわからない。

けれどダスティンは、立ち尽くすアンジュに笑いかける。

屈託なく。

「アンジュ。……無事でよかった。君のおかげで助かったんだ」

「……え、」

それは、どういう。

だって私は、傍《そば》にいなくて探せなくて。何も、してやれなかったはずで。

「君の声が聞こえたんだ。帰ってきて、って。……願ってくれたんだろ？」

「っ」

「届いたよ、ちゃんと。帰らなきゃって、だから思えた。だから死なないでここまで、帰ってこられたんだ。ずるをした俺だけど、ずるをするくらい弱い俺だけど、それでも君が待っていてくれるんだから帰らなきゃって……君のおかげだ。君が、言ってくれた言葉のおかげだ」

――わたしのためってことにして、少しくらいはずるくいて。

潔癖のあまりに死なないで、どうか必ず帰ってきて。

「ただいま、アンジュ。……言ったろ。俺は君を、置いてはいかない」

悲しませない。

「――――っ！」

こみあげた感情で、胸が詰まった。熱い何かが頬を伝った。

言葉にもできず、ただ衝《つ》き動《うご》かされるままにアンジュは、生還してくれた恋人の胸に飛びこんできつくしがみついた。


しがみつく背に手を回して、声もない涙の気配を感じながらダスティンは思う。

ずるくいて、と、あの時アンジュが言ったのは。

誰をも見捨てて生きろと、正義を捨てろと、言おうとしたわけじゃない。

ただ、生きて帰ってきてくれと。

正義に、使命に、誰も彼もを救おうなんて誰にとっても身の程知らずの大望にまで、殉じよ

うとしないでくれと、願ってくれただけだった。

たとえ力及ばず、誰かを助けられなくても。

無力に無様に、泣いて帰ってきても。

彼女はそれでも、きっと受け入れてくれると。――言おうとしただけだった。


ところでダスティンの脚にはその間ずっと、七歳くらいの小さな少女がしがみついていて、落ちついたところで当然アンジュは目を向ける。

「ダスティン君、この子は？」

「ああ……」

少し考えて、冗談めかしてダスティンはその子を抱きあげる。

「君と俺の子」

「何言ってるの……！」

軽く小突いたつもりだったが、疲労困憊《ひろうこんぱい》のダスティンはへろへろとよろめいて座りこむ。

冗談を言う余力があるなら大丈夫だろうと、そんな彼は捨てておいてアンジュは少女と目線を合わせる。遠巻きに様子を見ていたツイリが、もういいかしらと近づいてダスティンを回収、荷物みたいに肩に担《かつ》いで去っていった。

「あなた、マスコットね？」

おずおずと、少女は頷《うなず》いた。……お兄ちゃんに助けてもらったの、と知らない相手を前に様子を窺《うかが》う、か細い声が言う。

「そう。お兄ちゃんは優しいけど、戦場は怖かったわよね。よく我慢したわ。……おいで。私たちの基地で、まずはあったかいご飯でも食べましょう」

「……いいの？」

「もちろん」

ぱっと顔を上げた少女に、微笑《ほほえ》んで頷《うなず》く。こんな小さな、マスコットの少女が戦場に一人きり。きっと元の部隊に捨てられてしまったのだろうけれど。

「ダスティン君が……私たちの大切な仲間が、連れてきた子だもの。だから、一緒に帰りましょう」

私たちの家に。


「いや、ひどい戦いだったね……」

「我ながらよく生き残ったもんだ……」

なにしろ撤退とは名ばかりの壊乱行に何日もの防衛戦闘の狂奔で、戦隊も大隊も機甲グループさえもぐちゃぐちゃに入り乱れてしまったのである。

よって、第四機甲グループのスイウの隣で相槌《あいづち》を打ったのはクロードで、その横でくたびれ果てた顔をしているのはサキだ。なんで所属大隊の違う自分たちが一緒にいて、そして第四機甲グループ主体の混成群の中にいるのかは二人にもよくわからない。

ぼろぼろになった森の中の、ぼろぼろになったトーチカを見回して、それから嫌々その隅っこを見やった。

「……まだいるな、共和国人ども」

「なんで何日も戦闘してたってのに、まだ逃げてねえんすかあいつら……」

身を寄せ合って縮こまって、一応は邪魔にならないように振舞っていた共和国人の避難民たちである。

前線が崩壊して避難の途中で戦闘に巻きこまれて。リュストカマー基地の防衛線までどうにか辿《たど》りついて、うろつかれると邪魔なので手近の塹壕《ざんごう》やトーチカが回収して。絶え間なく飛び交う銃弾やら砲弾片やらで、多くはより後方への移動もままならなくて。とりあえずの戦闘が収束した今日この時まで、邪魔するなよと言い含めて隅っこにいさせた次第である。

とはいえ、こんな一時的にならともかく、前線の基地や塹壕《ざんごう》に非戦闘員をいつまでも置いてはおけないから。

「そのうち輸送の連中が、補給に来るだろうから連れ帰ってもらうか」

「すげー嫌がられそうっすけど、まあこっちも知ったこっちゃないっすしね」

新型自走地雷がどうの自爆ウイルスがどうの。共和国人がどうの裏切り者がどうの。

ああいうのにこれから、一体どう対処すんのかなと思うクロードの横で、すらりとスイウが立ちあがる。

「回収させるなら、まずはまとめないとね。他の塹壕《ざんごう》からも集めてくるよ」

「やろうか？　あんた総隊長だし、これから他にやることあんだろ」

「いいよ、ええと、クロードだっけ。疲れてるのに余計なこと、いわれたくないだろ」

戦闘の途中で疲労のあまりに癇癪《かんしゃく》気味に、伊達《だて》眼鏡を投げ捨ててしまって今は隠されていない銀色の双眸《そうぼう》をちらりと見やって言う。仕方ない、と言いたげに肩をすくめた。

「僕は総隊長だからね。任せて」

そう言うけれど、彼女だってエイティシックスなのに。

戦場暮らしで鍛えられているといったって、少年のクロードやサキと比べればやはり華奢《きゃしゃ》な、細い肩をしているのに。

クロードとサキは顔を見合わせる。

「……だから、総隊長ならこのあとやるべきことが他にあんだろ」

「だいたい、ここではいそうですかって任せたら、なんつーか立場がないっす」

「というわけで、……面倒な雑用は俺たちに任せてくれ、レディ」

思いきりふざけた大仰さで、クロードは手を差しのべる。思わずといった様子で、派手にスイウが吹き出した。

久しぶりな気がする、軽口の応酬だった。

——笑えなくなったら　負けだから。

いつだったか、たしかクレナが言っていた。

そしてそのとおりだとクロードは思う。

笑ってやる。嘘《うそ》でも、空元気でも強がりでも。

いまさら絶望して、泣き叫んで嘆いてなどやるものか。

よほど面白かったのか、スイウは腹を抱えて笑っている。

笑いすぎて滲《にじ》んだ涙を、指先で拭って頷《うなず》いた。

「まったく、カッコよすぎて惚《ほ》れちゃいそうだなあ。……それじゃあ頼むよ、ナイトたち」

「——あ、そこは王子様のがいいっす」

真剣な顔でサキが言った。図々《ずうずう》しいなあ、とスイウがまた笑った。


え、とリトは振り返る。視界の端を、よぎった長い、黒い髪。

〈ミラン〉の光学センサが追った先、こちらに半ば背を向けて歩いていくのはやはり、長い黒い髪の少女だ。巻き毛の落ちかかる華奢《きやしや》な背中に、細い足首にはてんで不釣り合いな頑丈なブーツ。長い髪を雪混じりの風にわずか、翻《ひるがえ》して、共和国人の集団に近づいていく。

少女とはいえ戦場に暮らして長い、プロセッサーならあんなに華奢《きやしや》じゃない。

代々の戦争屋で骨格から頑健な、戦闘属領民の少女たちならまして違う。隣街の人たちはとうに避難しているし、黒髪である以上は銀色《エイティシックス》以外を排斥した、共和国人であるはずもない。

そうであるなら、彼女は。

外部スピーカーのスイッチを押しこんだ。急《せ》きこむように呼びかけた。

「……きみ、」

視線だけで少女が振り返る。気だるげに向く青い瞳。

「君、〈仔鹿《こじか》〉だよね」

共和国人に一応は、危険を知らせてやるならスピーカーの音量を上げるべきだった。けれどまるで知られることを恐れるような潜めた声で音量だった。

ああ、と気づいて少女が笑う。

『あなた、エイティシックスね。機動打撃群の』

私と同じ、エイティシックスの。

私とは違う、機動打撃群の。

『よかった。あなたたちは、あなたたちが生きててくれて』

これから死んでしまう、どうしたって死んでしまう、私たちとは違って。

「っ、」

『よかった。だから、……どうか、私のことを見逃して』

笑う。

青い瞳を疲労と諦観と、一抹の哀切に染めて。迫害と逃亡に疲れて憎悪《ぞうお》さえも削れ果てた魔女のような乾いた瞳で、笑わない瞳で懇願する。

『見なかったことにして。気づかなかったことにして。私に、せめて——復讐《ふくしゅう》をさせて』

私を〈仔鹿《こじか》〉なんかに変えた、共和国人たちへの。

リトは歯を食いしばった。


「——駄目だ」


キャノピを開けた。

スピーカー越しに、キャノピ越しに、顔も見せずに言っていい言葉だとは思えなかった。

「駄目だよ。だって、俺は君を人殺しにしたくない。それが復讐《ふくしゅう》でも君がそれを望んでるんだとしても、俺は君に人を殺してほしくない」

アルドレヒト中尉みたいには。

共和国に復讐《ふくしゅう》したくて〈羊飼い〉になって、その望みどおりに共和国人を殺して回ったアルドレヒト中尉の亡霊みたいには。

奥さんと娘さんの仇《かたき》を討とうとして殺戮《さつりく》機械になって、それなのに最後の最後で、娘さんの面影を忘れられなくて立ち尽くしたアルドレヒト中尉みたいには。

彼が最後に、何を思ったかなんて知る由《よし》もない。

悲嘆か、後悔か、それとも虚《むな》しさか。少なくとも満足ではなかった。

人の身を捨てて。安寧の眠りも捨てて。奥さんと娘さんに会いにいく希望さえ投げ捨てて――その果てに得たのは、でも、決して満ち足りた思いなどではなかった。

そんなことになってほしくない。

最後の瞬間に脳裏を満たすのが後悔や虚《むな》しさや哀《かな》しさだなんて、そんな死に方をしてほしくない。

「同じエイティシックスの君に、俺は。……哀《かな》しい思いをしてほしくない」

少女はわずかに口を開いたまま、一つ、二つとまばたいた。

それから仕方ないなというみたいに微笑《ほほえ》んだ。

初めて会った相手なのに、まるで昔からの戦友を止めるかのように必死な顔で言い募る、自分よりもちいさな少年の姿に、いたずらの言い訳をする弟を見る姉のような顔で微笑《ほほえ》んだ。

「だったら私を、共和国人に殺させないで。もう、じかんがないから」


あなたがころして。


不思議と、葛藤はなかった。

「――いいよ」

ずっと、ノウゼン隊長がしてきたことだ。

死にゆく戦友のためにずっと、隊長がしてきたのと同じことだ。

自衛のためのアサルトライフルを、引き出して流れるように銃床《ストック》を伸ばして構えた。初速が速く弾頭も重いライフルの方が、拳銃よりも確実だ。照星と照門の重なる先に少女を捉える。

微笑《ほほえ》んで少女が目を閉じる。

「ありがとう」

「うん」

銃爪《ひきがね》を引いた。

至近距離から胸を撃ち抜かれた〈仔鹿《こじか》〉の少女が、微笑《ほほえ》んだまま倒れた。

転瞬。

頭の中を通過した灼熱《しゃくねつ》が、思考も理解も判断も、あらゆるものを吹き飛ばした。

……え。

目に映る色がめまぐるしく、でたらめに変わる。白と黒のまだらが片側はんぶんを埋めて、それでもう色は変わらない。ああ違う。斑《まだら》のじめんに赤が広がる。ばらばらと、雪のしろ色とこまかいあかが降ってくる。知っている、けれどあたまの中のくうはくのせいで思いだせない尖《とが》ったおとがなりひびく。

撃たれて機体から転げ落ち、受け身も取れずに横ざまに、雪混じりの泥濘《でいねい》に叩《たた》きつけられたのだとは、最早《もはや》リトにはわからなかった。

衝撃でてんでに別の方を向いたままの視界に、軍靴《ぐんか》が近づく。目の前で止まる。

見上げることは、眼球を動かす機能すら破壊されてしまったから最早《もはや》リトには出来ない。

見えない上から、声だけが降る。

最早《もはや》リトにはそこに宿る感情も、言葉の意味も理解できない声。

「人殺し」

「…………？」

おれはリトで、えいてぃしっくすだよ。

だから、ひとごろし、は、おれのことじゃないよ。

へし折れた樹々《きぎ》の狭間《はざま》から足音が近づいて、振り返るより先にセンサの焦点をそちらに向けたレルヒェとリュドミラの背に声がかかる。

足音からは百キロ前後と推定される体重の、妙に乱れた重い歩調の、女性の声。

「あ――あなたたち。エイティシックス、じゃなくてええと、なんて呼んだらいいのかしら。その、この子の仲間の人たち……？」

「ああ、いえ。それがしどもはエイティシックスではあり申さぬ」

応じながらレルヒェが振り返る。

エイティシックスをエイティシックスと呼ぶべきではないと、それは蔑称だと認識しているなら共和国人か。判断しつつリュドミラもまた、顔と光学センサをそちらに向け――……。

「それからエイティシックスの方々は、誇りを以《もっ》てその名を称しておいでなれば。その呼びかけも非礼では――……」

レルヒェの声が、中途で途切れる。振り向けた視界に女性が入る。

瞬間、リュドミラはありもしない心臓が凍りつく衝撃に立ちすくんだ。

さして背も高くない、細い若い女性だ。その割に体重が重く推測されたのは、もう一人をその腕に抱えていたためだ。

細い腕も胸元も頰も、月白色《げつぱく》の髪も真っ赤に汚して、女性はぐしゃぐしゃに泣いている。

「ごめんなさい。私、私この子に助けてもらったのに。声で彼だってわかって、だからもっと早く近づいていればよかったのに。助けられなくて、間に合わなくて、こんな小さい子だったのに私は庇《かば》ってあげられなくて。ごめんなさい。ごめんなさい。ごめんなさい」

傍《かたわ》ら、レルヒェもまたあまりの衝撃に、エメラルドの双眸《そうぼう》をこれ以上なく見開いている。

戦慄《わなな》く機能もない癖に震える声が、凍りついて動けないリュドミラには口に出すこともできない、彼の名前を呼ぼうとする。

「り――」

やめて。

レルヒエ、やめて。

その名前を、その事実を、どうか私に思い知らせないで。

いつか、いつだったかそう、一つ前の私の時だ。私を見て、怯《おび》えてくれていた。死にたくないと、死とは恐ろしいものだと、この人は私たちを見てちゃんとわかってくれたのだと。だからきっとこの人は、私のようには死なないのだと安心させてくれた人が。

そのはずの人が。


「リト、どの……」


自分たち死の鳥が、呼ぶのは不吉で非礼だからと。誰のことも名前では呼ばないよう心掛けているはずのレルヒェが、呆然《ぼうぜん》と、愕然《がくぜん》と、彼の名前をそのまま口走った。

生者の名は決して呼ばない死の鳥が思わず名を呼んでしまうほどに、疑いようもなくはっきりと、その少年は死んでいた。

女性が抱いているのは、銃弾に割られた頭蓋から中身と共に生命も人格も取りこぼしてしまった、リト・オリヤの遺骸だった。

†

吹き飛んだ雪混じりの冷たい泥で、半端《はんぱ》に生き埋めにされたのがむしろ幸いしたようだ。

同じ塹壕《ざんごう》――だったはずの場所――に籠もっていた部下たちの、わずかな生き残りと共にヘンリは半日ぶりの外へと這《は》い出《だ》す。

「…………何人残った」

問いに元塹壕《ざんごう》の傍《かたわ》ら、腰を下ろした中隊長のニノ中尉は汚れて憔悴《しょうすい》した顔で嘆息する。

「俺とお前。それとこっちの坊主《ぼうず》たちと、兵隊が十人ちょっと」

「一応俺もだ。部下は七人」

続けてカレリ中尉とその部下がふらふら歩み寄ってきて、つまりこのたった二十人余りが散り散りになりながら壊走した二個中隊、四百余名の生き残りだ。

それから〈レギオン〉も友軍の姿もない、死体と残骸ばかりの抉《えぐ》れた戦場を見回した。

「西部戦線――は、どうにかハルタリ予備陣地で凌《しの》ぎきったか。今のうちに、とりあえず一番近くの陣地に合流すればいいのかな……」

ニノ中尉が苦い顔をして、少年兵たちがそっと身を強《こわ》ばらせた。それでヘンリは察する。

「……そうか。共和国人の俺がいるんじゃ、入れてくれる陣地はないよな」

あえて言わなかったが、連邦では少数民族である少年兵たちも、また。

ニノ中尉はけれど、首を横に振る。

「お前がってわけじゃない。多分、どこも余所《よそ》の部隊なんか、もう誰だって入れなくなっちまってる。仲間以外はみんな敵だって……そう思ってる奴《やつ》ばっかりだ」

「どこも救助も、援護の一つもしてくれなかったからな……俺たちの隊がここに、残ってるってわかってたろうに」

続けてカレリ中尉が吐き捨てた。

とはいえ、じきに死肉漁《あさ》りの回収輸送型《タウゼントフュスラー》どもがやってくる。

そうでなくてもいずれまた、〈レギオン〉の攻勢が始まるはずだ。生き残るためには今のうちに、自軍の領域に向かわなければならないが。

思いついて、ヘンリは立ちあがった。一抹の逡巡《しゅんじゅん》と、こみあげる罪悪感は押し殺して腹を括《くく》る。かかるのは自分一人の命ではないし、これ以上クロードを怒らせたくもない。

「リュストカマー基地に——機動打撃群の本拠地に向かう」

部下たちが怪訝《けげん》に見返した。ニノ中尉が片眉を上げ、カレリ中尉がぎょっとなった。

構わずヘンリは続けた。それだけは、こんな状況でも信じられる。

こんな状況でも何年も戦いぬいてきたクロードと、彼と同じエイティシックスたちなら。

「弟がいる。そこならきっと、俺たちを入れてくれるはずだ」

エルンスト・ツィマーマン大統領は療養のため私邸に戻り、副大統領が職務を代行して、そしてついに強制的な徴兵が決定される。

属領を捨てた避難民から。少数民族や未だ自分の名前も書けない元農奴、とりわけ貧しい属領の住民から。首都近郊の貧困層から。――そして次に、自分たちはどうやら対象外だと胸をなでおろし、徴兵を座視した市民や知識階級や豊かな属領の民から。

最初の集団が徴兵された時には、後から徴兵された層は動いてやらず、それどころか自分たちは有為で、役立たずどもとは違うのだからと諸手《もろて》を挙げて賛成さえした。

後に回された層が徴兵される時には、だから、先に徴兵されて今や軍人となった者たちは容赦なく、復讐《ふくしゅう》心に燃えさえして彼らを狩り集めた。

見下されて、手荒に扱われて。先に徴兵された者も後からの者も、互いをこそ深く憎む。

徴兵を定めた議会でも、その背後の軍上層部の、かつての大貴族たちでもなく。

帝国貴族がかつて、民を支配したそのままのやり口だ。

そしてそれらの企《たくら》みを全て、エルンストはとめられない。

大統領の地位はそのままだが、それもこれまでと今後に生じる、様々なことの責任を被《かぶ》せるためだ。権限は全て副大統領に移管され、彼の下《もと》には残されていない。

「……それ自体は別に、僕自身のこれまでの振舞のせいだから仕方ないんだけどさ」

療養の名目で軟禁された私邸の、血の痕も残らないリビングでエルンストは苦笑する。

軟禁される、というのに戻ってきたメイドのテレザが、言葉を聞く唯一の相手だ。唇をひき結んで佇《たたず》む、亡《な》き妻とは瓜二《うりふた》つの双子の姉妹から目を逸《そ》らして、安楽椅子に深く寄りかかって嘆息した。

世を倦《う》む火竜のようでもなく、ただの無力な父親の顔で。

「今更だけど、あんな真似《まね》しなきゃよかったなぁ。徴兵も共和国人の隔離も、もうどうしようもないんだし正直どうでもいいし、だから全然かまわないんだけど。――僕の子供たちだけはせめて守ってやりたかった」

何も載っていないから釣り合っていたその天秤《てんびん》は、今や。親子の情という名の錘《おもり》を片方に載せて、もう動きようもないほどに傾いている。


第一機甲グループは、七個あった大隊を四個に編成し直す損害を受けた。

大隊長としては、砲兵仕様の第五大隊を率いるミツダが戦死し、そして。

「リトを撃った奴《やつ》は、後送先で捜査が始まったそうだ」

意識して淡々とした声を出したライデンに、無言のままでシンは頷《うなず》く。平静なようで、その実きつく唇をひき結んでいる彼に、ライデンもまた無念と憤《いきどお》りをかみ殺す。

彼が死ぬだなんて、思ってもみなかった弟のような少年の横死。

横死だ。リトは、戦死ですらなかった。

あろうことか人間に、連邦軍人に殺された。

戦闘中に逃げこんできた他部隊の、生き残りの一人だった。取り押さえたのも同じ隊の兵士たちで、救命を試みようともしていたけれども一目で手遅れとわかってしまったから立ち尽くしていたと、リトの遺骸を抱いてきた女性が言っていた。

罰は当然、受けてもらうとグレーテは言った。おそらくは死刑、——銃殺になると。

殺したのは連邦軍人でも、連邦軍そのものがリトの死を容認したりはしなかった。

それだけがライデンにとって、おそらくはシンにとっても、ささやかな救いだった。

「所属元の部隊長からは謝罪が届いてる。無理に読まなくてもいい、とはグレーテ大佐が言ってるが……」

「謝罪、なんだろ。それなら目は通す」

先に目を通したろうグレーテがそう言っているのだから、言い訳などではなく真摯な謝罪なのだろう。それを無下《むげ》にしたくない。

リトの死を理由にして連邦軍人全員が、無情な悪鬼であるかのようには振舞いたくない。

そう、言外に言うシンに、ライデンも瞑目《めいもく》する。

「……そうだな。俺にも、後で回してくれ」

正直今は、憎んでしまいそうだからこそ。

嘆息して、蘇《よみがえ》りかけた憤《いきどお》りを吐き出して、状況確認の続きに戻る。

「——第二、第四グループも大隊の編成をし直してる。第三グループは、廃止して残存兵力を他の三グループに編入」

電磁加速砲型《モルフォ》の初撃をまともに喰《く》らい、それにより総隊長であるカナンとロングボウ戦隊が戦闘中行方不明《MIA》となった第三機甲グループは、機動打撃群の四個の機甲群《グループ》で最も大きな損害を出した。一個機甲群としての運用はもはや不可能な人数しか残っていないため、残存兵力は他グループの損害の補充に回されることとなる。

ただし。

「で、その第三機甲だが。……行方不明になってたカナン指揮下の大隊の、生き残りが今さっき帰ってきた」

「——今度こそ死んだかと、思ったんですがね」

直属の大隊——の、一個戦隊にも満たない残存兵力と共に帰還したカナンは疲れ果てた顔でそう言って、ぽつぽつと戻ってきていた生き残りたちの、どうやら彼らが最後の一団のようだった。

よくこれで帰還できたものだと、シンでさえもが言葉を失うほどにぼろぼろになった彼の〈レギンレイヴ〉の傍《かたわ》らで、へたりこんだまま立てた親指だけでそちらを示した。

「それと……彼たしか、あなたのところの後送された大隊長でしたよね。それがどうしてこんな前線近くに、一人でいたのかは知りませんが」


「――イェーガー」

振り返ると金色の髪の、朱《あか》い瞳の、チトリと共に消えたはずの彼がそこにいて、ああ、とダスティンは淡く笑う。

〈レギオン〉支配域からの脱出行を一人、拳銃もなしに歩ききったのだ。それも北の雪の戦場を、脱走兵の扱いになるから友軍さえも警戒して、さしものユートも疲弊と憔悴《しょうすい》が色濃い。

ユート自身は、きっと自覚してもいない。明確な感情にもなりきらないほどの激情に、きつく歪《ゆが》んだ目元。

涙にさえも、なりきらないほどの。

「すまない。伝言は聞いたのに、行ってやれなかった」

「それはいい。無理なことを言っているとは、彼女もわかっていた」

小さくかぶりを振られる。そうか、とダスティンは静かに頷《うなず》く。

無力を、指摘されたわけでも責められたわけでもないとは今ではわかった。

無理だとわかっていても、それでも会えたなら、と。もう一度だけ会いたいと、思ってくれただけだった。

優しいチトリは、死の間際《まぎわ》にも。

「どう、と。……聞いてもいいものかな」

「笑って逝《い》った。途中で泣いてもいたし恐れてもいたろうが、それでも最後には」

「そうか。それなら……よかった、のかな」

最後に笑って、自分の生を締めくくろうと思えたのなら。

ダスティンにはまだ、それはわからない。あるいは生涯答えなんか出ないのかもしれない。

曖昧に頷《うなず》いた彼を、思慮深い鴉《からす》のように見つめて。ふとユートは口を開く。

「形見も、預かってはいるが」

言葉とは裏腹、収めた胸ポケットから取り出さなかった。

淡い藤色《ふじいろ》の、彼女の瞳と同じ色のリボン。

長い亜麻色《あまいろ》の髪が一筋、絡《から》まっていることに気がついて、――落ちてしまわないように丁寧に、束ね直してまとめてある。

ダスティンが見返す。最後に彼女に触れた右手を、無意識に握りしめて。ユートは少し、挑発めいた笑みを浮かべた。

「わたさない。彼女は、俺が連れていく」


あなたの呪いになるね。


呪いの一つでもかけられた方がマシだった、と思っていた。

間違っていたかもしれないし、正しかったかもしれない。よくわからない。かけられてみたらそれは、とてつもなく苦しい。

ただ、解こうとは思わない。

助けられなかった彼女を。それなのに最後に、笑いかけた彼女を。——きっと生涯、自分は忘れることはないのだろう。


宣言に、ダスティンは苦笑する。そんなこと、だって言われるまでもなく。

「そうだな。俺には資格がない」

彼女を選んでやれなかった、選ばなかった俺には。

彼女ではないひとを、もう選んでしまった俺には。

「俺には、もう雪の魔女の呪いがかかってるから。雪の魔女を狙って射落として、その呪いをもらったんだからもうチトリの手を取る資格はない」

優しい呪いを。

優しい魔女の、生きぬくための呪いを。

それからダスティンは、いっそ小馬鹿にするみたいに息で笑う。そう、言われるまでもない──わざわざ宣言するまでもない。それなのにまた、ずいぶんと物分かりの悪いことを。

「だいたい、……それは君にこそ遺《のこ》したはずだ。彼女と最後にいてくれたのは、他の誰でもない、君だったんだから。彼女は君のための呪いに、なろうとしたんだろうから」

そうだろう？

言うと、ユートは小さく笑った。

苦笑みたいに。まだ流し方を思い出せない、涙のかわりのように。

「……そうだな」

言葉も、願いも、祈りも、感情も、およそ人が人に向けるものはどれもが呪いだ。進む足を縛る。先行きを捻《ね》じ曲《ま》げる。選ぶ道を誤らせ、その者の魂の形さえも時に、決定的に変えてしまう。

それでもなお受けいれられた呪いを、せめて、愛と呼ぶのだろう。

ザンクト・イェデルは連邦の首都だ。住民と避難民との軋轢《あつれき》による、治安の悪化はこれ以上許容できない。不穏分子にあろうことか、大統領を人質に取られた首都警察では力不足だ。

その名目で、複数の師団がザンクト・イェデルとその周辺に展開する。ブラントローテ大公家の火焰《かえん》の豹《ひょう》師団。ノウゼン侯家の鬼火師団。

合わせて報道が押さえられる。デモも集会も抗議活動も禁じられる。灯火管制と治安維持を口実に、夜間の外出が取り締まりの対象となる。

一夜にして変貌した生活に、街を支配下に置く物々しい真紅と鋼色《はがねいろ》に、市民たちは息詰まるように感じるが今更どうにもならない。相手は警察ではなく軍、それも機甲部隊だ。丸腰の市民がどれだけ集まろうと、抵抗できる相手ではない。

出口のない不満だけが募っていく。

一方で、ザンクト・イェデルを睥睨《へいげい》する機甲兵器の威容に。いかにも英雄めいた特別な、真紅の〈ヴァナルガンド〉の雄姿に、心底からの安堵《あんど》を覚えた者たちもいる。

支配に慣れ、当然のこととして人を従わせる元貴族たちの、堂々たるその支配に。

だってこれでもう、何もしなくていい。

何も決めなくていい。なんの責任も負わなくていい。自分の意思と責任において自分の人生を生きるだなんて、そんな面倒極まりないことなんか、もうしなくていい。

同じ市民なのに、どうしてお前たちは俺たちのようにはできないのだと。同じ市民なのだからできないのはつまりお前たちが怠惰だからなのだと。同じ市民らしく幸福になれないのは全てお前たち自身のせいなのだと、もう言われなくていい。見捨てられる無力感をつきつけられなくていい。

気楽だ。安心だ。

連邦になんて、市民になんて、――ならない方がよかったのだ。

書類と名称の上ではあくまで避難地区で、こんな後方地域に憲兵をはりつけておく余裕も連邦には最早《もはや》ないから銃口に囲まれてもいない。

それでも、共和国人を待っていたのは事実上の収容所だ。

エイティシックスへの迫害、弱兵の共和国義勇兵。〈盗聴器〉に〈仔鹿《こじか》〉。〈レギオン〉の攻勢とまるで示し合わせたかのような独立宣言。

積み重なった不信と猜疑《さいぎ》が、周辺住民たちに避難地区を囲う壁を築かせる。家畜を囲うようなフェンスを組み、自警団を結成して共和国人の外出を取り締まる。

共和国人さえ隔離して閉じこめておけば連邦を、自分たちを襲う災厄はそれで祓《はら》われるのだと、〈レギオン〉どもさえいつか消えてなくなるのだというかのように。

転嫁《てんか》のように。逃避のように。

「……どうして、こんなことに」

急造の、けれどあまりにも高いフェンスを内側から見上げて、共和国人は呆然《ぼうぜん》となる。

壁の高さはそのまま、連邦人の敵意の強さだ。目に見える形でこうまでも露骨に、剝《む》きだされた他人の悪意が恐ろしくて。およそまともな人間なら愧《は》じて隠すはずの悪意が、あまりにも平然と剝《む》き出《だ》しにされているそのことが恐ろしくて、共和国人たちは呆然《ぼうぜん》となる。

自分たちの周りにいるのは今や、人の形をしているだけの獣か悪魔だ。

人間じゃない。

人間なんてもう、……あるいはこの世界のどこにもいない。

「俺たちはただ、平和に暮らしたかった。……平和に暮らしていただけだったのに」

「〈仔鹿《こじか》〉は全員が死亡したものと推定され、洗濯洗剤《憂国騎士団》の残党の摘発も完了しましたが。――

戦況と後方の状況を鑑《かんが》みて、お三方にはこのまま、国軍本部基地に残留していただきます」

要するにヨナス・デーゲン少尉が冷徹の表情を繕っている時は、内心の申し訳なさやら良心の呵責《かしゃく》やらを押し殺しているのだ。

と、最早《もはや》見抜いているレーナとザイシャとアネットに、なおもその冷徹の表情でヨナスは対峙《たいじ》する。

「機動打撃群の指揮は、執っていただいて構いません。レイドデバイスはこのまま、お預けしますので日々の連絡もご自由に。リュストカマー戦区の戦況を含め、指揮に必要な情報は可能な限り提供させますし、今後は私に加えて幕僚も増員します」

無言のレーナから、ヨナスは目をそらさない。内心でどう、感じていようと。連邦軍人であるヨナスは、それをレーナには譲れない。

「ただし――リュストカマー基地への帰還だけは、許可できません。……ミリーゼ大佐、ペンローズ少佐はとりわけ、ご存じでしょう。全軍の敗退、それに伴う生活の悪化、なにより殺戮《さつりく》機械に蹂躙《じゅうりん》されるかもしれないという恐怖。――その捌《は》け口《ぐち》を市民も、軍人たちも探し求めている現状、安全のためにもあなた方を、前線へ戻すことはできないのです」

市民が不満と恐怖の捌《は》け口《ぐち》を求めた先に何が起きたかを、共和国人であるレーナとアネットならとりわけ、よく知っているとおりに。

「――エーレンフリート准将」

連邦軍という組織、連邦という国家は三度目のこの大攻勢で、まったく失われてしまったとヴィレムは苦く理解している。

連邦も、連邦軍も、成員同士で恐怖しあった果てに、分裂して崩壊してしまった。独占した武力を以《もっ》て民を支配し、互いには血縁と利害によって結びついた貴族という紐帯《ちゅうたい》を革命により廃した以上、なんとしても維持しなければならなかった同じ市民、同じ連邦の同胞だという認識を――その市民たち自身がうち砕いてしまった。

今の連邦は、その名で呼ばれているだけの残骸だ。巨大なだけで国家の体もなさない人の群れだ。互いに互いの違いをあげつらい、侮蔑と敵意と猜疑《さいぎ》を向け合うばかりでまともな協力一つできない、無様で無力な小集団の集合体。

それは義勇兵と連邦人、戦闘属領兵《ヴァルグス》と市民、元貴族と元臣民、属領民と首都民、古参兵と補充兵で分裂し侮蔑しあい敵視しあう、連邦軍という名の残骸もまた、同様に。

「准将。これは私個人の判断だ。私の命令、私の責任、私の罪だ」

その事実を踏まえて、西方方面軍総司令官の中将はその命を下す。

命令を下すに先立って参謀長の任を解かれたヴィレムに対しては、今や下せないはずの軍令を下す。

協力一つ、協同一つ、それこそ同じ塹壕《ざんごう》で共に戦う程度の協力さえ望むべくもない連邦軍人にそれでも国防の任を果たさせるための。〈レギオン〉の侵攻をこの先も、辛《かろ》うじてでも防がせるための命令を。

「わかっているな。貴様はこの決定には何一つ関与していない。貴様は非情な上官に異議を唱え、それ故に解任された。苦境を前にして判断を誤ったのは司令官ただ一人、西方方面軍には何一つの瑕疵《かし》もない」

……けれどそれは。

自己犠牲を装《よそお》った逃避、冷徹に見せかけた怠惰だと、ヴィレムは思う。

安易に非道に走るのは怠慢だ。貴族の、指揮官の自分たちには許されない思考停止だ。

「逃避だと思ったな、准将」

だから鋭く続いた、精確に言い当てる言葉にヴィレムは思わず上官を見返す。

まっすぐに中将は見据えている。燃える、その真紅の瞳。

「そのとおりだ。これは逃避だ。許されざる怠慢だ。だから——貴様は戦え」

その焰紅種《パイロープ》の、ヴィレムたち夜黒種《オニクス》とは対立する焰紅種《パイロープ》の、燃えたつような真紅の瞳。

「私を怠惰と軽蔑し、重責から逃げだした無様な年寄り犬だとせせら笑え。それができるだけの戦果を上げろ。……私の時間は足りなかった。貴様にはまだある。逃避と、怠惰と、これからこの国を支配する不寛容と、戦うだけの時間が」

愚かな逃避だと、気づくことのできる貴様が。

ヴィレムは静かに瞑目《めいもく》した。了解の意と、そして老将軍への敬意を示して。

「了解」


「いいえ」

レーナは応じる。低く。

「それだけではないですよね。少尉。むしろ——これこそが本命でしょう」


あろうことか民間人を、それも年端《としは》もいかない少女を、エイティシックスが撃った。

その様を見たから即座に、装甲歩兵はそのエイティシックスを射殺した。か弱き市民を守る誇り高き軍人の、当然の振舞だ。愛用の重突撃銃は長い戦闘で壊れてしまって、予備のアサルトライフルだったのが惜しいとさえ思った。一二・七ミリ弾なら消し飛ばしてやれたのに。

けれど直後に少女の遺体が爆発して、装甲歩兵は己の過《あやま》ちを悟る。

過《あやま》ちを悟ったが、もう取り返しがつかない。エイティシックスが撃ったのは〈仔鹿《こじか》〉で、つまり彼は民間人を自爆兵器から守ろうとしただけで。……自分はその彼を、殺してしまって。

殺してしまったのだから、もう取り返しがつかない。自分は人殺しだ。軍では何より忌《い》まれる仲間殺しだ。

そんなのは認められない。

取り押さえられて責められて、そんな自分は認められない。自分は人殺しじゃない、仲間殺しじゃない。だってあのエイティシックスは無抵抗の少女を殺したんだから。たまたま撃ったのが〈仔鹿《こじか》〉だっただけで、本当は戦闘に乗じて虐殺でもしていたのかもしれないんだから。

だからそれを殺した自分は、仲間殺しでもないし人殺しでもない。

だから憲兵に引き渡される前に、こんな前線にまで潜りこんでいた無謀な戦場カメラマンに、隙をついてそれを渡した。自分が間違っていないことを誰かに、世間に知ってほしくて。

こんな光景を目撃したのだから、だから自分が撃ったのも当然なのだと知ってほしくて。

強制的な徴兵で家族が連れ去られ、軍刀と軍靴《ぐんか》の支配下に再びおかれて、そもそもの原因となった短い間の二度の敗戦。この連邦を殺戮《さつりく》機械どもは今や完全に包囲し、喰《く》い進んで刻々と迫って、それは誰にも防ぎえない。その恐怖。

だから〈仔鹿《こじか》〉狩りは収まらない。

本物の〈仔鹿《こじか》〉の少女たちは全員死んでしまったというのに、あいつも〈感染者《こじか》〉だと誰かを指さし、排斥する動きが止まらない。新型自走地雷でも自爆ウイルスでもないことを、繰り返し政府は発表するけれど避難民や異民族や軍人家族、傷痍軍人《しょういぐんじん》への攻撃は収まらない。

流布《るふ》した風説の除去は難しい、という以上に、新型自走地雷や自爆ウイルスであってくれれば排斥も正当なものとなるからだ。鬱憤晴らしの正義にはその方が、都合が、いい、からだ。

従軍して戦死した兄を持つ、白銀種《セレナ》の少女が学校を追われる。〈仔鹿《こじか》〉や〈盗聴器〉を引き取った家族が雑言に耐えかねて街から逃げ出す。少数民族の集まる街区が放火で失われ、避難民に部屋を提供するホテルが連日の嫌がらせに音を上げてついに避難所経営を取りやめる。結果として治安までもが悪化するから、市民たちの不安と不満はいよいよ高まる。〈仔鹿《こじか》〉だけでは足りなくなる。

もっと明確な罪を、悪を。もはや救えもしない許されざる大罪人だと、声高に鳴らして心置きなく糾弾できる誰か他者を。たとえば共和国人。たとえば。

連邦に救われながら。精鋭部隊、英雄として編成されながら、この敗戦を防げず。〈盗聴器〉として、〈仔鹿《こじか》〉として、――〈レギオン〉として人を害した。

共和国生まれの、八六区生まれの戦闘狂の。

衝撃の映像です、との前置きで報道されたのは、リトが〈仔鹿《こじか》〉の少女を射殺する、その瞬間だけの映像だった。

装甲歩兵の光学センサの映像だ。軍の一体どこから、こんなものが流出したのかと愕然《がくぜん》と立ちあがるライデンを余所《よそ》に、的外れの義憤に高揚した報道は続く。機動打撃群による、エイティシックスによる虐殺の証拠映像。

奴《やつ》らもまた敵だったという、決定的な証拠。そう。

エイティシックスこそが、人類への敵対者《アークエネミー》だ。

奴《やつ》らは自ら〈レギオン〉と化し、望んで殺戮《さつりく》機械の隊列に加わった。

〈盗聴器〉となって〈レギオン〉に内通した。

〈仔鹿《こじか》〉として連邦各地で、無辜《むこ》の市民を爆殺した。

そして戦闘に紛れて市民を殺した。おそらくはこれまでにも、多くの連邦軍人を喰《く》い殺してきた。だから奴《やつ》らが現れると同時に、連邦はこんなにも敗北を重ねる破目になった。

奴らのせいで、負けたのだ。

奴《やつ》らは裏切り者だ。人類を裏切り、我らを狩り屠《ほふ》る獣どもだ。これ以上ない大罪人だ。

……リトを。

殺したのこそ連邦軍人で、連邦人であったのに。その事実には触れずにまるで被害者面《づら》で。

共和国人と同じ、己の罪を意識さえもしない被害者面で。

「……ふざけるなよ」


西方方面軍参謀長ヴィレム・エーレンフリート准将を含め、各戦線で方面軍副司令官や、参謀長が相次いで解任された。

解任の理由はいずれも、抗命。誰もが方面軍司令官にとっては腹心と、あるいは将来の後任と目されていた、有望な将官ばかり。

有望な後任と、目した士官を事前に遠ざけて。

方面軍司令部は、やはりいずれも、その命令を下した。


「エイティシックスの女王たるわたしを首都に留《とど》め、彼らへの人質にする。これから必ず、憤《いきどお》りや恨みや叛意《はんい》さえ抱くだろう彼らに、なおも連邦軍の意志を強要するために」

敗戦への不満のはけ口の一つとなり、市民の不信と猜疑《さいぎ》の対象とされて最早《もはや》連邦国内には戻せず、連邦軍人と共にも戦えないエイティシックスを、それにもかかわらず。

「エイティシックスに裏切らせず、逆らわせず。これまでと同じように〈レギオン〉への爪牙《そうが》とする。──そのための、わたしは人質でしょう」

「……死神ちゃん」

それはもうきっぱりと不愉快だが、いい加減聞き慣れてもしまったあだ名でシデンが呼ぶから、これまたいつものうんざりした気分でシンは振り返る。

呼んだ当のシデンは、けれどシンではなく基地の窓の外、東の空を不審げに見つめている。

「あれ、輸送機か？　なんか──普段来るのと違くねえ？」

違うも何も、そもそも今日の空輪の予定はない。基地付属の滑走路で慌ただしい動きがないから、緊急着陸の要請を受けたわけでもないだろう。違和感にシンもその窓に歩み寄る。

違う、というのは機種ではなく、機数だった。十数機もの編隊だ。東の、ザンクト・イェデルかその周辺の基地の方角からみるみる近づく。

リュストカマー基地に用があるわけではないようで、まだずいぶん遠い辺りで一斉に旋回して横腹を向ける。長大な胴体部で外開きの扉が開く。その機構には見覚えがある。

輸送機ではない。爆撃機だ。連合王国の雪の戦場で、特攻していった爆撃機と同じ機構。

……爆撃機が、何故《なぜ》。

自軍の戦線の後背で、爆弾投下の準備をしている？

一拍置いて、気がついた。ぞっと総身が粟立《あわだ》った。

「――大佐！」

レイドデバイスの設定を切り替えるのももどかしく、グレーテに繋《つな》ぐ。本来ならば直接グレーテにではなく副官に、まずは取次を頼むべきなのだがそうも言っていられなかった。

『ノウゼン大尉!?　……〈レギオン〉ね？』

「違いますが最優先です！　部隊全員、編入した戦闘属領兵《ヴァルグス》の部隊を含めて全員を呼び戻してください！　今すぐ！」

緊急度が高いだろう直接連絡と、シンの異能とを即座に結びつけて問い返すのを、ほとんど遮るようにして伝えた。困惑しつつ傾聴してくれる、グレーテの信頼が心底ありがたい。

先の後退からこの方、断続的に続いていた〈レギオン〉の攻勢が、昨日の夜で一旦落ちついていたのも幸いだった。こうして集合する時間がとれるし、よりにもよって戦闘の最中にそれを、隊員たちが目の当《ま》たりにする事態だけは避けられる。

「その間、索敵はおれが担当します――隊員が憶測や誤情報で分裂する前に、旅団長のあなたが全員を掌握してください！」

あの頃よりも遥《はる》かに人数が多い。まとめるためには経験と手腕、知識とそして努力がいる。

まずは初動の遅れを回避しなくては。

こちらも気づいたのだろうシデンが、身を翻《ひるがえ》すのが視界の端に映る。集合、集合、他の奴《やつ》にも伝えろと知覚同調《パラレイド》越しに叫びながら、レイドデバイスを持たない研究員か軍属の下《もと》へ走る。たとえわずかな取りこぼしでも、情報の共有と意志の統一が図れていない人間の存在はこの先には命取りだ。

スケジュールにない航空機の接近だ。滑走路の管制塔からも連絡が来たようでグレーテが席を立つ気配。そんな、と零《こぼ》したのは窓の外を見て、彼女もまたその意図を察したからだろう。

「連邦本土から戦場が切り離される。西部戦線が——連邦の全戦線が、八、六、区、に、な、り、ます、！」

金属の巨鳥が、そのはらわたを振り零《こぼ》す。

爆弾槽から投下された無数の爆弾が、戦線後方の大地に豪雨と降り注ぐ。降り注いで突き刺さる。爆発はしない。何故《なぜ》なら投下された弾薬は、眼下の敵を排除するものではない。

散布地雷。

人間を、車両を、機甲兵器を検知して炸裂《さくれつ》、以《もっ》て部隊の往来を妨害する兵器。

それが大量に投下されて敷設《ふせつ》される。機動打撃群が拠《よ》るリュストカマー基地の、戦闘属領民が宿舎とするフォトラピデ市街の、その属する西部戦線ハルタリ陣地帯のはるか後方に。

〈ジャガーノート〉とその処理装置《プロセッサー》に、一切の後退を許さぬために要塞壁と地雷原とを敷設《ふせつ》した、共和国の戦場と同じように。

地雷原の第一陣の敷設《ふせつ》が完了し、西方方面軍の全戦闘部隊が——連邦の全戦線が後退を封じられてからようやく、その命令は伝えられた。

集合した隊員たちを前に、グレーテはそれを隠さなかった。

機動打撃群は、以降、リュストカマー戦区を死守。部隊の後退はこれを許可しない。

同じ命令が全戦線の全部隊に下る。当然噴出する不満も怨嗟《えんさ》も、けれど、地雷原によって戦場に閉じこめられてしまった今となってはその地雷原の向こうには届かない。

平和の故郷に　帰ることも。

彼らを切り捨てた者たちのために、命を賭《と》しても〈レギオン〉の侵攻を防げと命じられて、けれど戦場の兵士たちには最早《もはや》、命じられた戦闘に従う以外に生き残る術がない。補給を握られ、退路を妨げられ、眼前には〈レギオン〉が迫る戦場で、遠い本土への反逆を行う余地などあるはずもない。

征路を〈レギオン〉に、退路を人の悪意に鎖《とざ》される。

そのありかたは共和国で、八六区と呼ばれた戦場と何一つも変わらなかった。

あとがき

ここに与太話を書く紙幅がないのが恒例になってますね。こんにちは、安里《あさと》アサトです。

『86―エイティシックス―』13巻『ディア・ハンター』、大変分厚くお送りいたします！

・サブタイ
DEERじゃないよDEARだよ。そしてイェーガーはドイツ語で「狩人」の意味だよ。

そんなわけで「親愛なる狩人へ」です。チトリからダスティンへ。届かなかったけれど。

・章タイトル
今回は和歌で統一しています。ちなみにチトリの名前の由来が五章の「言問へよ～」です。
序章：あまの原ふりさけみれば　春日《かすが》なるみかさの山にいでし月かも
一章：名にしおはばいざ言とはむ　都鳥　わが思う人は有りやなしやと
（引用元：『古今和歌集』佐伯梅友校注、岩波書店、一九八一年一月）
二章：忘れじと契《ちぎ》りて出《い》でし面影は見ゆらむものを古里の月
三章：おぼつかな都に住まぬ都鳥言問ふ人にいかが答へし
四章：人をなほ恨みつべしや都鳥ありやとだにも問ふを聞かねば

五章：言問へよ思ひおきつの浜千鳥なくなく出《い》でしあとの月影
（引用元：『新古今和歌集　上』久保田淳訳注、KADOKAWA、平成十九年三月）

そして謝辞です。

担当編集、田端《たばた》様、西村《にしむら》様。一章から五章まで、あちこちで悲鳴を上げていただけてよかったです。やったぜ！　しらび様。表紙のユート＆チトリが、ずっと見ていたい二人でもう……！　I－Ⅳ様。アジ・ダハーカが恰好良《かつこう》すぎて、アニメで出してもらわなかったのを心の底から後悔しました。動くところが見たかったなぁ……！　染宮《そめみや》様。『魔法少女レジーナ☆レーナ』、レーナもちびエイティシックスたちも可愛《かわい》すぎて、毎回楽しみにしています。可愛《かわい》いが溢《あふ》れています。魔法少女セイント☆マグノリアも美少女で最高でした！

そして今巻もお読みいただきました皆様。

次巻から『86』は最終篇です。最終篇の、そしてシリーズ当初からの敵と対峙《たいじ》できるまでシンとレーナとエイティシックスたちは成長してくれました。今度こそ、立ち向かってもらいましょう。かつては屈服を余儀なくされた、戦場を閉ざす人の悪意に。

最終篇は『八六区篇』です。どうぞ、見届けてください。

あとがき執筆中BGM：廃墟《はいきよ》と楽園（志方あきこ）

●安里アサト著作リスト

「86―エイティシックス―Ep.1〜13」（電撃文庫）
「86―エイティシックス―Ep.12
ねんどろいどヴラディレーナ・ミリーゼ　ブラッディレジーナVer.付き特装版」（同）
「86―エイティシックス―Alter.1　―死神ときどき青春―」（同）

本書に対するご意見、ご感想をお寄せください。

ファンレターあて先
〒102-8177　東京都千代田区富士見2-13-3
電撃文庫編集部
「安里アサト先生」係
「しらび先生」係
「I-IV先生」係

本書は書き下ろしです。

電撃文庫

86—エイティシックス—Ep.13

—ディア・ハンター—

安里《あさと》アサト

2024年1月10日　初版発行

発行者　山下直久
発行　株式会社KADOKAWA
〒102-8177　東京都千代田区富士見2-13-3
0570-002-301（ナビダイヤル）
装丁者　荻窪裕司（META＋MANIERA）
印刷　株式会社暁印刷
製本　株式会社暁印刷

●お問い合わせ
https://www.kadokawa.co.jp/（「お問い合わせ」へお進みください）
※内容によっては、お答えできない場合があります。
※サポートは日本国内のみとさせていただきます。
※Japanese text only

※定価はカバーに表示してあります。

ISBN978-4-04-915071-1　C0193　Printed in Japan

電撃文庫　https://dengekibunko.jp/

電撃文庫DIGEST　1月の新刊　発売日2024年1月10日

86―エイティシックス―Ep.13 ―ディア・ハンター―
著／安里アサト　イラスト／しらび
メカニックデザイン／I-IV

共和国避難民たちは武装蜂起を決行し、一方的に独立を宣言。鎮圧に駆り出されたのはシンたち機動打撃群で……一方ユートはチトリを連れ、共和国へ向かう。そして、ダスティンは過去と現在の狭間で苦悩していた。

新作　私の初恋は恥ずかしすぎて誰にも言えない
著／伏見つかさ　イラスト／かんざきひろ

女子にモテモテのクール少女・楓は恋をしたことがない。そんな楓はある日、息を呑むほど可愛い女の子と出逢う。人生初のときめきに動揺したのも束の間、麗しの姫の正体はアホで愚かな双子の兄・千秋だったぁ!?

新作　ほうかごがかり
著／甲田学人　イラスト／potg

よる十二時のチャイムが鳴ると、ぼくらは「ほうかご」にとらわれる。そこには正解もゴールもクリアもなくて。ただ、ぼくたちの死体が積み上げられている。恐怖と絶望が支配する"真夜中のメルヘン"解禁。

魔王学院の不適合者14〈下〉 ～史上最強の魔王の始祖、転生して子孫たちの学校へ通う～
著／秋　イラスト／しずまよしのり

魔弾世界で大暴れするアノス。それを陽動に魔弾世界の深部へ潜入したミーシャとサーシャの前に、創造神エレネシアが姿を現す――第十四章《魔弾世界》編、完結!!

いつもは真面目な委員長だけどキミの彼女になれるかな?2
著／コイル　イラスト／Nardack

映像編集の腕を買われ、陽都は後輩（売れない）アイドルの「ＪＫコンテスト」を手伝うことに。けど吉野さんも一緒なら、初のお泊まり――合宿も行ける!?　だがＪＫコンには、陽都の苦い過去を知る人物もいて……。

不可逆怪異をあなたと2 床辻奇譚
著／古宮九時　イラスト／二色こぺ

異郷の少女・一妃。土地神となった少年・蒼汰。二人は異界からの浸食現象【白線】に対処しながら、床辻の防衛にあたっていた。そんな中、蒼汰の転校が決定。新しい学校では、土地神の先輩・墨染雨が待っており――。

勇者症候群3
著／彩月レイ　イラスト／りいちゅ

精神だけが《勇者》の精神世界に取り込まれてしまったカグヤ。心を無くした少女を護り、アズマたちは《勇者》の真相に立ち向かう――！

ツンデレ魔女を殺せ、と女神は言った。2
著／ミサキナギ　イラスト／米白粕

ツンデレ聖女・ステラの杖に転生した俺。二年生へ進級したステラは年に一度の『聖法競技会』に臨むことに！　優勝候補・クインザに対抗するため、俺（杖）は水の聖法を操るクーデレ美少女・アンリの勧誘に乗り出す！

少年、私の弟子になってよ。3 ～最弱無能な俺、聖剣学園で最強を目指す～
著／七菜なな　イラスト／さいね

ラディアータとの約束を果たすため、頂へ駆け上がる識。ついに日本トーナメントへ出場！　しかし、聖剣"無明"の真実が白日の下に晒されてしまい!?　聖剣剥奪の危機を前に、師弟が選んだ道は――。

新作　放課後、ファミレスで、クラスのあの子と。
著／左リュウ　イラスト／magako

なんとなく家に居づらくて。逃げ込むように通い始めたファミレスで、同じ境遇の同級生・加瀬宮小白と出逢った。クラスメイトは知らない彼女の素顔が、彼女と過ごす時間が、俺の退屈な日常を少しずつ変えていく――。

新作　彼女を奪ったイケメン美少女がなぜか俺まで狙ってくる
著／福田週人　イラスト／さなだケイスイ

平凡な俺の初カノは"女子"に奪われました。憎き恋敵はボーイッシュな美少女・水嶋静乃。だけど……「本当の狙いはキミなんだ。私と付き合ってよ」　ってどういうこと!?　俺は絶対に落とされないからな！

新作　セピア×セパレート 復活停止
著／夏海公司　イラスト／れおえん

３Dバイオプリンターの進化で、生命を再生できるようになった近未来。あるエンジニアが〈復元〉から目覚めると、全人類の記憶のバックアップをロックする前代未聞の大規模テロの主犯として指名手配されていた――。

新作　【恋バナ】これはトモダチの話なんだけど ～すぐ真っ赤になる幼馴染の大好きアピールが止まらない～
著／戸塚 陸　イラスト／白蜜柑

悩める高二男子・瀬高蒼汰は、幼馴染で片思い相手・藤白乃愛から恋愛相談を受けていた。「友達から聞かれたんだけど……蒼汰ってどんな子がタイプなの？」まさかそれって……

レプリカだって、恋をする。
Even a replica falls in love
榛名丼
［イラスト］
raemz
16歳、夏。はじめての、青春。
愛川素直という少女の
身代わりとして働く
分身体《レプリカ》、それが私。
本体のために生きるのが
使命……なのに、
恋をしてしまったんだ。
海沿いの街で
巻き起こる
ちょっぴり不思議な
青春ラブストーリー。
応募総数
4,128作品の
頂点
第29回
電撃小説大賞
大賞
受賞作
電撃文庫

クセつよ異種族で行列ができる結婚相談所
～看板ネコ娘はカワイイだけじゃ務まらない～
五月雨きょうすけ
ill. 猫屋敷ぷしお
見習い秘書係のネコ娘、今日も頑張っています！
第29回 電撃小説大賞受賞作
電撃文庫
特設サイトを
check!!
STORY
訪れるのはワケあり相談者ばかり？
異種族同士の婚活って大変なんです！
ドタバタ婚活ファンタジー、はじまります!!
電撃文庫

第29回
電撃小説大賞受賞作
電撃文庫
四季大雅
［イラスト］一色
TAIGA SHIKI
Illust: ISSHIKI
僕が君と別れ、君は僕と出会い、
舞台《ものがたり》は始まる。
ミリは
猫の瞳のなかに
住んでいる
MILI LIVES
IN THE
CAT'S EYES
STORY
猫の瞳を通じて出会った少女・ミリから告げられた未来は、
探偵になって『運命』を変えること。
演劇部で起こる連続殺人、死者からの手紙、
ミリの言葉の真相――そして嘘。
過去と未来と現在が猫の瞳を通じて交錯する！
豪華PVや
コラボ情報は
特設サイトでCheck!!
電撃文庫

MONSTER HOLIC
怪物中毒
PICK UP!
超人気作家
三河ごーすと
が贈る原点回帰にして
最新の
ダークファンタジー！
AUTHOR
三河ごーすと
ILLUST
美和野らぐ
怪物以上人間未満の
少年少女たちが
《官製スラム》の夜を駆ける——！
MONSTER HOLIC
電撃文庫

七つの魔剣が支配する
宇野朴人
illustration ミユキルリア
運命の魔剣を巡る、
学園ファンタジー開幕！
春――。名門キンバリー魔法学校に、今年も新入生がやってくる。黒いローブを身に纏い、腰に白杖と杖剣を一振りずつ。胸には誇りと使命を秘めて。魔法使いの卵たちを迎えるのは、満開の桜と魔法生物のパレード。喧噪の中、周囲の新入生たちと交誼を結ぶオリバーは、一人に少女に目を留める。腰に日本刀を提げたサムライ少女、ナナオ。二人の、魔剣を巡る物語が、今始まる――。
電撃文庫

学生統括ゴッドフレイ。
煉獄と呼ばれる男。
その若かりし日の、
苛烈なる青春の軌跡。
宇野朴人
illustration ミユキルリア
七つの魔剣が支配する
Side of Fire ―煉獄の記―
オリバーたちが入学する五年前――
実家で落ちこぼれと蔑まれた少年ゴッドフレイは、
ダメ元で受験した名門魔法学校に思いがけず合格する。
訳も分からぬまま、彼は「魔法使いの地獄」キンバリーへと
足を踏み入れる――。
電撃文庫